Édouard Philippe

DES LIEUX QUI DISENT

JC Lattès

Maquette de couverture : Le Petit Atelier.
Photo du bandeau : © Patrice Normand

ISBN : 978-2-7096-6954-2

Première édition septembre 2023.

À Anne-Marie Philippe, ma mère.

« C'est le propre des esprits affaiblis
de voir toutes choses à travers un crêpe ;
c'est l'âme qui se fait à elle-même ses horizons. »
Alexandre Dumas, *Le Comte de Monte-Cristo*.

« Rien ne compose le fond de l'âme
comme les premiers souvenirs. »
Alexandre Dumas, *Le Comte de Monte-Cristo*.

L'école Michelet

Apprendre

« La crise de l'enseignement
n'est pas une crise de l'enseignement ;
il n'y a pas de crise de l'enseignement ;
(...) les crises de l'enseignement
ne sont pas des crises de l'enseignement ;
elles sont des crises de vie (...)
les crises de vie sociales s'aggravent, se ramassent,
culminent en crises de l'enseignement (...) »
Charles Péguy, *Pour la rentrée.*

La mémoire est une maîtresse compliquée. Même exercée, même agile au point de pouvoir être mobilisée en un instant pour convoquer un chiffre ou une référence littéraire en réponse à une question, même capable de dénicher un souvenir enfoui sous des tonnes d'ennui sédimenté, de préventions masquées ou de distractions inutiles, cette « *sentinelle de l'esprit* » que décrivait Shakespeare ou ce « *cimetière abandonné* » que redoutait Yourcenar peut jouer des tours.

Je ne suis pas sûr de mon premier souvenir à l'école. Je n'arrive pas à savoir si je l'ai inventé, ou si j'ai mis des images sur ce qu'on m'a raconté bien plus tard, ou si je me souviens vraiment de ce qui s'est passé.

Je suis certain de me souvenir de mon premier jour en cours préparatoire, à l'école du conservatoire de Rouen, dans une école disparue depuis[1]. Une école avec des toilettes « à la turque » que des portes en bois peint séparaient trop imparfaitement à mon goût de la cour de récréation. Une école faite de classes aux planchers vieillis, ordonnées par des alignements de bureaux en bois, à deux places, avec un orifice en haut du bureau légèrement incliné dans lequel les générations qui m'avaient précédé avaient trouvé l'encrier qui leur servait à écrire. Je me souviens du nom de ma maîtresse de cours préparatoire, Mme Girardelli. Je me souviens avoir rencontré mes deux amis Nicolas Delaunay et Jean-Baptiste Lecouturier dans les premiers jours de cette année de CP, et je constate, avec un mélange de fierté et de tendresse sereine, qu'après quarante-cinq ans, et même si nous nous voyons moins, ils sont toujours mes amis. Je me souviens que j'ai appris à lire et à écrire dans une salle de classe dont je pourrais dessiner[2] la forme et

1. Il demeure un collège Fontenelle, installé sur le même site, mais l'école primaire qui existait à mon époque a été fermée au milieu des années 1970.

2. Même si l'honnêteté m'oblige à reconnaître que je dessine très, très mal…

l'emplacement, juste à droite de l'escalier biscornu qui menait aux étages.

Mais, avant cela, avant l'école primaire comme je disais à l'époque, il y a eu l'école maternelle.

J'ai passé les dix premières années de ma vie à la Grand'Mare, sur les Hauts de Rouen. Ce quartier nouveau et verdoyant, aménagé à la fin des années 1960, devait permettre de compléter le développement de la périphérie rouennaise. En lisière de la forêt qui descendait depuis le plateau vers Darnétal, un programme d'urbanisme ambitieux de construction de 500 logements, répartis en 25 immeubles dits « verre et acier », édifiés après une préfabrication faisant la part belle au bois, à l'aluminium et au verre, avait offert à de nombreuses familles un cadre réjouissant pour élever leurs enfants. L'isolation sonore et thermique était mauvaise, l'étanchéité relative, mais on y vivait bien, notamment grâce à d'immenses baies vitrées qui nous donnaient l'impression de surplomber le monde. L'ensemble revendiquait une véritable originalité architecturale et urbanistique. Tout cela était élégant, lumineux, confortable et bon marché. Mais dangereux. La structure des bâtiments et les matériaux employés se révélèrent, à l'usage, très fragiles en cas d'incendie. Et plusieurs sinistres dramatiques condamnèrent l'ensemble. Cinquante ans après leur construction, il ne reste que deux de ces immeubles, dont un est classé. Le reste du quartier a été réaménagé, reconstruit, transformé. Me promener aujourd'hui à la Grand'Mare, c'est me souvenir de choses qui ne sont plus là et ne pas me souvenir de ce qui est demeuré, comme l'école Jean-Philippe Rameau.

Ouverte en 1970, elle a été ma première école, entre 1974 et 1977.

D'elle, je ne me souviens de rien. Ni de la disposition des lieux, ni du nom de celles ou ceux qui ont été mes maîtres ou mes camarades. Je ne me souviens de rien, sauf de l'accident, sauf de m'être placé dans quelque chose qui ressemblait à un Caddie que poussait assez vigoureusement quelqu'un dont je ne me rappelle plus ; je me souviens du mur devant moi qui arrivait vite et de mon réflexe somme toute assez idiot, consistant à penser que mes petits bras tendus en avant suffiraient à éviter l'accident. J'ai appris à 5 ou 6 ans que présumer de ses forces était risqué.

Rien de grave, sinon un coude cassé assez nettement pour justifier deux mois de plâtre sur la totalité du torse et du bras afin, disaient les médecins, que l'épaule ne bouge pas. Une armure, lourde et chaude. Quelque chose de pas commun, aussi gênant dans la vie quotidienne que propice à la conversation ou à la tendresse des adultes qui m'entouraient.

Mon premier souvenir d'école est donc, sans doute, celui d'un accident. Et pourtant, aussi loin que je remonte, et sans oublier quelques grands moments d'ennui ou d'angoisse, j'ai aimé l'école. Les classes, les cours de récréation, les salles d'étude, les cantines, les gymnases, les coins les plus reclus où il est interdit d'aller (il y en a toujours dans les écoles, surtout quand on y est élève), les extérieurs où on attend le matin et où on tarde le soir. J'ai mis beaucoup de temps à percevoir et encore plus à comprendre que l'école était un lieu qui pouvait mettre mal à l'aise, ou devenir un lieu de souffrance, de frustration ou de harcèlement. Pour mille raisons heureuses, c'est toujours l'inverse qu'ont produit sur moi les établissements scolaires dans lesquels j'ai vécu.

J'ai toujours aimé l'école, même si je ne suis pas certain d'avoir eu le choix.

Sartre se décrit volontiers en petit garçon programmé par une famille exigeante et déterminée à ce qu'il aime les mots, la littérature, le savoir et le travail intellectuel. Malgré tout ce qui me distingue de Jean-Paul et malgré tout ce qui sépare sa famille de la mienne, peut-être en allait-il ainsi chez moi s'agissant de la réussite scolaire. Mes parents étaient professeurs de français. Tous les deux. Quand en 1981 mon père est devenu principal de collège, il a cessé d'enseigner, mais nous a installés dans l'appartement de fonction du collège. L'école a donc toujours été au centre de la vie familiale : tout y ramenait, depuis les discussions de mes parents sur leurs collègues, sur les péripéties courtelinesques découlant de leurs relations avec l'administration de l'Éducation nationale, sur leurs aspirations professionnelles ou sur ce que nous avions appris pendant la journée, jusqu'à la cloche qui marquait les heures et les récréations et qui, merveille de la technologie de l'époque, sonnait tous les jours, même lorsque l'école était fermée, condamnant avec une sévérité mécanique toute possibilité de grasse matinée le dimanche.

Notre époque ne croit plus guère à l'élitisme républicain et au rôle que doit jouer l'école dans l'ascension sociale. Des générations de sociologues ont fini par convaincre que derrière l'ascension sociale de quelques-uns, il y avait surtout la reproduction des privilégiés et que l'élitisme républicain n'était rien d'autre qu'une immense illusion destinée à masquer la puissante capacité de la bourgeoisie à conserver ses prérogatives. Peut-être. Mais pour des générations d'enseignants modestes, pour des générations de Françaises et de Français dont l'histoire familiale n'avait rien à voir avec la bourgeoisie, l'école et sa formidable capacité à élever les âmes, son élitisme assumé, la place importante dans l'imaginaire national des postes de fonctionnaires accessibles par concours ont nourri l'idée simple qu'un bon élève, travaillant beaucoup et réussissant à l'école, vivrait infiniment mieux que ses parents[1].

Être élevé dans une grande révérence pour l'école et saisir très tôt qu'il s'y joue quelque chose de bien plus important que des notes et des bulletins scolaires ne

1. Annie Ernaux décrit parfaitement cette espérance sociale non dénuée d'angoisse identitaire chez son père dans *La Place*.

suffit pourtant pas à faire aimer l'école. On peut savoir que l'école est importante et ne pas l'aimer, et on peut ignorer tout de son intérêt et en faire un paradis.

J'ai aimé l'école d'abord parce qu'elle était le lieu des amis et du jeu.

Sartre, après avoir été élevé « *sous séquestre* » par son grand-père, découvre stupéfait en arrivant à l'école les cours ex cathedra destinés à une classe entière et surtout les camarades, qui vont changer sa vie. Mona Ozouf raconte dans *Composition française* qu'elle a ressenti, dans sa Bretagne natale, le même sentiment que Sartre de « *reconnaissance d'être si aisément intégrée aux groupes éphémères que chaque récréation ramène* ». Son seul regret est « *de ne pouvoir, les jeudis et les dimanches, prolonger la sociabilité démocratique de l'école* ». Au-delà de la camaraderie, l'école est souvent le lieu de découverte de l'amitié : Albert Cohen rencontre en classe de sixième Marcel Pagnol et l'amitié qu'ils nouent devient un des sentiments les plus puissants et les plus durables qu'il aura ressentis. À la fin de sa vie, dans ses *Carnets 1978*, il se désole d'être séparé depuis la mort de Pagnol en 1974 de celui qu'il appelait son « *frère depuis sa onzième année* ». Émile Zola et Paul Cézanne se rencontrent au collège Royal de Bourbon à Aix-en-Provence et deviennent d'inséparables amis pendant plus de quarante ans.

La joie de l'école, c'est d'abord celle de l'amitié, d'un groupe qui n'est pas la fratrie imposée mais la bande choisie, d'une forme d'autonomie à l'extérieur de la famille. Dans une vie familiale aimante mais rangée, l'école venait chez moi insuffler un brin de folie, de camaraderie déconnante, de pratique sportive, de découverte sociale. Dans toutes les classes successives dont j'ai été élève, faire naître et cultiver une relation d'amitié m'est toujours apparu aussi essentiel qu'avoir des notes correctes. Et d'ailleurs, c'était en vérité pour moi la même chose. Sans revendiquer une quelconque expertise pédagogique, et en reconnaissant que ceux qui y prétendent m'effraient bien souvent plus qu'ils ne me rassurent, il m'a toujours paru utile que l'école pratique une forme d'équilibre entre l'étude et le jeu, entre le plaisir et l'effort, entre l'émulation des autres et l'émulation de soi-même.

C'est à l'école, comme beaucoup de gens, que j'ai découvert la diversité sociale. En plusieurs temps.

À l'école primaire d'abord, où, par un choix heureux de mes parents, j'avais rejoint une classe dite, à l'époque, « en horaires aménagés ». L'idée était simple : faire tout le programme de l'année avec des cours concentrés sur la seule matinée, et consacrer l'après-midi de tous les jours de la semaine à l'enseignement de la musique : solfège, chorale, histoire de la musique, instrument… Le matin, les cours se tenaient à l'école Michelet ; l'après-midi, au conservatoire de musique. Les enfants scolarisés dans ces classes étaient pratiquement tous issus de familles qui survalorisaient la réussite scolaire et la culture. Peu de prolétaires, beaucoup d'enseignants, quelques médecins et professions libérales mais pas tant que ça, une bourgeoisie bien plus intellectuelle que matérielle, mais une bourgeoisie assurément. Au sein de la classe, nous étions, aux différences individuelles près, des semblables, issus de milieux comparables, rassemblés par cette exception que nous partagions d'aller dans une école particulière, aux rythmes peu conventionnels en France et aux exigences différentes.

À l'extérieur de la classe, c'était bien autre chose, car l'école Michelet, située à la « Croix de Pierre[1] », accueillait aussi les enfants du quartier, qui étaient soumis aux rythmes normaux de l'Éducation nationale. Il y avait ainsi, dans l'école, « eux » et « nous ». Des classes différentes mais des récréations communes et des déjeuners à la cantine partagés. Ma première expérience de mixité sociale se situe dans la cour de l'école Michelet. Dans cette découverte que d'autres façons de s'habiller étaient envisageables, que d'autres mots étaient utilisés avec d'autres accents, que d'autres pratiques étaient considérées comme la norme là où pour moi elles constituaient des bizarreries souvent fascinantes. On n'est pas sociologue à 8 ans, et c'est tant mieux. Aucun d'entre nous n'aurait voulu théoriser cette coexistence, et personne ne ressentait le besoin de la critiquer ou de la justifier :

---

1. Quartier très populaire, à l'époque en tout cas. Les villes et les hommes ont ceci de commun qu'en cinquante ans, ils peuvent changer assez nettement.

elle était une donnée, vécue dans l'ensemble de façon plutôt harmonieuse, mais ressentie et perçue.

Au collège cette découverte s'intensifia encore. Au tout début des années 1980, suivant mon père devenu principal de collège, je quittais la Grand'Mare et la rive droite de Rouen pour vivre à Grand-Quevilly, dans la banlieue de la rive gauche. À vol d'oiseau, pas grand-chose. Dans la vraie vie, un monde différent. D'autant qu'avec le déménagement et l'entrée en sixième, il m'avait fallu abandonner les horaires aménagés et le conservatoire. Mon père considérait qu'il n'était pas possible que ses enfants soient scolarisés ailleurs que dans l'établissement qu'il dirigeait. Il ne voulait pas s'exposer à la critique, dont il pensait qu'elle aurait immédiatement fusé, d'une absence de confiance dans « son » collège. Le collège Jean Texcier[1], construit en briques claires à la fin des années 1960, entouré par des immeubles HLM et par des pavillons modestes, devint donc, pendant quatre ans, mon terrain de jeu. Un terrain où la diversité sociale ne s'exprimait plus dans le cadre d'une distinction entre « eux et nous », mais bien dans un modèle plus exigeant, plus délicat parfois mais aussi plus instructif d'un « eux et moi » encore accentué par la circonstance que mon père était le principal

1. Jean Texcier, « humaniste, poète et résistant », est une figure aussi estimable qu'oubliée de l'histoire du socialisme français. Mort en 1957, il a prêté bien involontairement son nom à l'un des protagonistes (et pas le plus sympathique) du roman *Dans l'ombre* que j'ai écrit avec Gilles Boyer. J'espère que ses héritiers, s'il en a, ne nous en veulent pas…

du collège. Une fois de plus, cette différence sociale, qui tenait moins au niveau de vie qu'au genre de vie, n'a jamais vraiment constitué un problème. Je la ressentais quand j'entrais chez mes camarades et que je constatais l'absence totale de livres et l'omniprésence de la télévision. Elle était palpable dans le niveau de langage, et j'ai rapidement compris qu'il était utile de pouvoir modifier son lexique et sa syntaxe pour être accepté. Elle a pu donner lieu à des frictions sans jamais aller jusqu'à la souffrance, la frustration ou même la difficulté. Comme des milliers d'enfants, j'ai découvert à l'école une forme de similarité entre individus, heureusement jamais complète, et des formes de différence, préexistantes à l'école et que celle-ci ne rompt jamais vraiment, entre les familles et les origines sociales. Comme pour des milliers d'enfants, cette découverte a été fondamentalement enrichissante.

De ces années rouennaises, heureuses, j'ai retenu une expérience de l'école et quelques enseignements. J'aimais l'école, et d'une certaine façon elle me le rendait bien. Lieu de l'amitié et de la stimulation intellectuelle, elle était un endroit où je me sentais bien, et où mes qualités comme mes défauts étaient assumés. J'aimais côtoyer, au conservatoire, des lycéens et profiter chaque après-midi de moments où la pratique instrumentale et la compréhension de la musique prenaient le pas sur l'assignation d'une classe en raison de son âge. J'aimais aimer ou détester mes professeurs, selon la matière qu'ils enseignaient ou selon la manière de l'enseigner. Je constatais aussi qu'en dépit de tous les discours sur l'importance des arts, sur la vigueur de l'exception culturelle française, sur la place unique que revêtait dans l'intelligence la maîtrise d'une forme de création artistique, l'enseignement des arts et du dessin dans le cursus normal était d'une pauvreté affligeante. Le contraste avec le conservatoire était bien sûr spectaculaire, mais plus encore, je faisais le constat, sans doute toujours valable, que rien dans les cours proposés de musique ou de dessin ne permettait à des enfants de découvrir réellement la pratique d'un instrument, la technique d'un art, l'exercice de la création.

Ces souvenirs d'école sont les miens. Conjugués à l'observation des liens entre mes enfants et l'école à trente ou quarante ans d'intervalle, ils constituent une expérience. Il pourrait être tentant de faire de cette expérience le terreau d'une analyse ou d'une critique de l'Éducation nationale. Chacun de nous ayant une expérience de l'école, nous pouvons tous en dire quelque chose de légitime. Est-ce à dire que cette expérience nous permet de tirer des conclusions ou de formuler des propositions pertinentes sur l'école ? Rien n'est moins sûr. D'autant qu'appréhender l'école autrement que par sa propre expérience exigerait un débat public de qualité, permettant de saisir les enjeux de ce sujet pour une génération et pour un pays.

Or, de tous les sujets qui mériteraient un débat public de qualité, l'école est probablement celui qui est le plus maltraité. Comme d'autres, il jaillit dans l'espace public à l'occasion de faits divers, de débats aussi polémiques qu'anecdotiques ou d'urgences insatisfaites. Le harcèlement, les rythmes scolaires, les programmes, le recrutement des professeurs, les classes de niveau, l'uniforme, l'enseignement de telle ou telle matière ou, préoccupation particulièrement sensible à notre époque, l'inclusion, la violence, la laïcité, la baisse du niveau en sciences, le mammouth, la baisse du niveau général… tous ces sujets suscitent des polémiques aussi vives que passagères, révélatrices de l'importance que nous accordons à l'école autant que de notre incapacité à penser de façon globale l'école que nous voulons.

***

Aucun sujet n'est plus important que celui de l'école.

Aucun problème important, et ils sont nombreux, ne sera durablement résolu si nous ne savons pas reconstruire une école digne de notre pays et de notre époque. Aucun ministère ne mériterait autant que celui de l'Éducation nationale une politique de refondation complète, adossée à des moyens importants, et portée par une équipe politique forte. Aucune politique publique n'est aussi intimement liée au projet républicain, au point que la dérive lente dans laquelle elle est engagée finit par saper les fondements mêmes de ce projet.

L'école n'a pas attendu la République pour exister. Ni la loi Guizot de 1833, qui constitue la première étape de l'école pour tous, ni surtout celle de Duruy en 1867, qui instaure la possibilité d'une gratuité de l'école (si et seulement si les communes le décident et avec la possibilité de financer cette gratuité par la mise en place d'un impôt communal spécifique) et ouvre la scolarité aux jeunes filles, ne sont d'inspiration ou de revendication républicaine. Ailleurs qu'en France, l'école s'est évidemment développée, parfois très bien, dans d'autres cadres institutionnels et politiques.

Il reste cependant que du projet de décret sur l'instruction publique de Condorcet en 1792 à la loi Lakanal de 1794 qui impose la création d'écoles primaires dans les communes (une pour 1 000 habitants), de la loi Sée de 1880 qui ouvre l'enseignement secondaire aux jeunes filles aux deux lois Ferry de 1881 et 1882 qui rendent l'école gratuite, obligatoire et laïque et à la loi Zay de 1936 qui prolonge la scolarité obligatoire jusqu'à 14 ans, le modèle républicain a voulu faire de l'école le creuset d'un citoyen éclairé.

Toute la littérature de l'époque en atteste, qu'elle soit dithyrambique ou critique : l'école est d'abord là pour former des bons républicains.

Pagnol décrit ainsi, dans des pages savoureuses de *La Gloire de mon père*, les écoles normales, où sont formés les instituteurs, comme des « *séminaires dans lesquels l'étude de la théologie avait été remplacée par des cours d'anticléricalisme* » et où « *les cours d'histoire étaient élégamment truqués dans le sens de la vérité républicaine. Je n'en fais pas grief à la République : tous les manuels d'histoire du monde n'ont jamais été que des livrets de propagande au service des gouvernements* ». L'instituteur, ainsi formé, devient le hussard noir, qui porte la voix de la République jusque dans le village le plus reculé. « *J'en ai connu beaucoup, de ces maîtres d'autrefois. Ils avaient une foi totale dans la beauté de leur mission, une confiance radieuse dans l'avenir de la race humaine. Ils méprisaient l'argent et le luxe, ils refusaient un avancement pour laisser la place à un autre, ou pour continuer la tâche commencée dans un village déshérité. Un très vieil ami de mon père, sorti premier de l'école normale, avait dû à cet exploit de débuter dans un quartier de Marseille : quartier pouilleux, peuplé de misérables où nul n'osait se hasarder la nuit. Il y resta de ses débuts à sa retraite, quarante ans dans la même classe, quarante ans sur la même chaise.*

Et comme un soir mon père lui disait :

— Tu n'as donc jamais eu d'ambition ?

— Oh mais si ! dit-il, j'en ai eu ! Et je crois que j'ai bien réussi ! Pense qu'en vingt ans, mon prédécesseur a vu guillotiner six de ses élèves. Moi, en quarante ans, je n'en ai eu que deux, et un gracié de justesse. Ça valait la peine de rester là. »

Cette figure du professeur qui fait de ses élèves des républicains et leur enseigne la Raison et la Science, on la retrouve, critiquée, dans *Les Déracinés* de Maurice Barrès. Publié en 1897, alors que Barrès a déjà exercé un mandat de député dans le parti boulangiste, le livre décrit avec une ironie mordante l'effet sur des élèves à la fois sincères et fragiles de l'enseignement de Paul Bouteiller, jeune professeur de philosophie. « *M. Bouteiller, dès le début, se confondait pour ses élèves avec les deux images les plus importantes qui flottaient sur la France : il fut Victor Hugo et la République héroïque. Il ne devait pas s'en tenir là : il abrégea dédaigneusement la philosophie universitaire pour insister avec de puissants développements sur l'histoire de la philosophie… Il allait hausser ces enfants admiratifs au-dessus des passions de leur race, jusqu'à la raison, jusqu'à l'humanité.* »

Farouche adversaire politique de Barrès, mais ami de l'écrivain respecté, Jaurès place lui aussi, dans sa célèbre lettre aux instituteurs, la République dans les mains de l'école et de ses maîtres : « *Vous tenez en vos mains l'intelligence et l'âme des enfants ; vous êtes responsables de la patrie. Les enfants qui vous sont confiés n'auront pas seulement à écrire et à déchiffrer une lettre, à lire une enseigne au coin d'une rue, à faire une addition et une multiplication. Ils sont français et ils doivent connaître la France, sa géographie et son histoire : son corps et son âme.* » Pour Jaurès, comme pour la République dans son ensemble, l'école doit servir à fabriquer des Français, et les instituteurs doivent donc écarter ce qui, dans la société ou dans la famille, peut faire obstacle : « *Ce n'est pas par des formules, ce n'est pas par des mots balbutiés par complaisance, ce n'est pas par des timidités, c'est, au contraire, par l'enseignement toujours plus hardi, plus large, je dirai plus auguste de la science elle-même que vous éveillerez dans les jeunes esprits, sans qu'ils puissent voir dans votre enseignement un piège ou une routine, le sens des vastes problèmes (...) Proudhon, qui était un grand libéral et un grand socialiste*[1], *l'a dit avec force : l'enfant a le droit d'être éclairé par tous les rayons qui viennent de tous les côtés de l'horizon, et la fonction de l'État, c'est d'empêcher l'interception d'une partie de ces rayons.* »

Gambetta, le plus grand des républicains de combat, résume l'ensemble en 1881 par ces mots célèbres : « *L'école est vraiment le séminaire de l'avenir, notre séminaire à nous, celui d'où sortiront les citoyens mûrs pour les difficultés de la vie intérieure, et prêts aussi pour le service extérieur de la France, le séminaire républicain, qui implique à mon sens cette triple nécessité : l'obligation, la gratuité, la laïcité*[2]. » Et, plus lyrique encore, dans un discours de 1878 prononcé à Romans : « *Il faut amener le laïque, le citoyen, le savant, le Français dans nos établissements d'instruction, lui élever des écoles, créer des professeurs, des maîtres, les doter, ne pas craindre la dépense sur ce chapitre.* »

---

1. Je souligne pour noter avec délice cet « en même temps » élogieux dont il n'est pas certain qu'il serait assumé par les héritiers proclamés de Jaurès.
2. Cité dans l'article de Christian Vigouroux, « Gambetta et l'éducation », *Après-demain*, 2016/4.

Ce combat d'enracinement républicain, volontiers anticlérical, souvent synonyme d'une volonté de restreindre ou d'encadrer au maximum l'enseignement privé ou confessionnel, a perdu (un peu) de son intensité. La ligne de partage entre l'école publique et l'école privée est, du point de vue juridique, stabilisée. Les grandes manifestations de 1984 pour la défense de « l'école libre » et celles de fin 1993, opposées à la révision de la loi Falloux, montrent certes combien les cendres de ce combat ancien sont chaudes et combien il est facile, dans notre pays, de redonner vie à la querelle scolaire. Mais de fait, la différence qui demeure entre l'école publique et bon nombre d'écoles privées n'est plus relative à l'enracinement républicain, le contrôle exercé par l'État sur les écoles sous contrat la limitant pour l'essentiel au champ pédagogique et à l'animation scolaire.

Il serait bien hasardeux, toutefois, de déduire de cette accalmie que le combat engagé par les pères fondateurs de la République et poursuivi depuis par des générations de maîtres, d'instituteurs ou de professeurs aurait été victorieux. Qui pourrait dire aujourd'hui que l'école en France forme de bons républicains ? Qui sait encore ce que cela peut vouloir dire ? Et qui pense que c'est encore l'objectif principal de l'école ? Qui peut ignorer que l'obscurantisme longtemps honni et combattu par les républicains a pris des formes nouvelles, radicales et religieuses ?

Parallèlement à cette volonté d'enraciner la République grâce à l'école, c'est la massification progressive de l'enseignement primaire, secondaire, puis supérieur qui a constitué l'autre évolution spectaculaire des deux derniers siècles.

En 1829, on comptait 1 357 934 élèves à l'école primaire, soit 417 élèves pour 10 000 habitants. En 1872 ils sont 4 722 754, soit 1 303 élèves pour 10 000 habitants. En 1906, juste après la séparation de l'Église et de l'État, ils sont 5 451 094, soit 1 389 élèves pour 10 000 habitants[1]. Cinquante ans plus tard, le nombre d'enfants scolarisés dans le système public primaire n'a pas considérablement augmenté : 5 517 000, auxquels il convient d'ajouter les 1 050 000 élèves inscrits dans le privé, soit un total de 6 567 000 élèves du primaire. En 2021, ils sont 3 558 498 dans le public et 608 452 dans le privé. Entre-temps, l'école maternelle s'est imposée et accueille à elle seule, depuis qu'elle a été rendue obligatoire par la loi Blanquer de 2021, 2 241 659 élèves.

La tendance, plus tardive, est d'une certaine façon plus spectaculaire encore s'agissant de l'enseignement secondaire. Sous la IIIe République, le taux d'une classe d'âge obtenant le baccalauréat est de 1 % en 1881, de 1,1 % en 1911, de 1,6 % en 1926 et de

1. Grew, Harrigan et Whitney, « La scolarisation en France, 1829-1906 », *Annales*, 1984.

2,7 % en 1936. Les chiffres en valeur absolue sont éloquents : en 1881, 7 129 personnes obtiennent leur bac, toutes séries confondues, et en 1936, ils ne sont encore que 12 299. La massification du lycée et du baccalauréat commence véritablement bien plus tard : il faut attendre 1956 pour passer le cap des 50 000 bacs délivrés annuellement, et 1966 pour celui des 100 000. Le cap des 200 000 est passé en 1974, et l'accélération se poursuit avec le cap des 300 000 en 1988[1] et celui des 500 000 en 2000. Les derniers chiffres, de 2022, font état de 664 000 reçus. Entre 1994 et 2010, c'était environ 60 % d'une classe d'âge qui obtenait son bac, et à partir de 2010, la proportion a encore augmenté pour atteindre environ 80 %.

Rien de plus ennuyeux, c'est vrai, qu'une longue série de chiffres. Mais rien de plus fragile qu'un raisonnement ne s'appuyant sur aucun élément documenté. Et ces chiffres montrent que la massification a été une réalité puissante et rapide. Nous devrions en être fiers. Derrière ces chiffres, il y a des investissements publics massifs, des destins transformés, des fiertés industrielles, des réussites familiales, un développement humain et social incontestable et quelque chose comme la réalisation d'une promesse républicaine. Et pourtant là encore, cette massification laisse un goût amer aux amoureux de l'école.

1. Dont le mien d'ailleurs, en série B, avec une mention Assez Bien qui m'avait un peu déçu à l'époque.

Comme si une fois l'objectif atteint, le système scolaire s'interrogeait sur le prix payé pour l'atteindre et sur ce qu'il restait à faire.

Le paradoxe douloureux du projet scolaire de la République, c'est qu'alors même qu'il arrive au terme d'une longue évolution, il se découvre confronté à une crise profonde, tectonique, presque existentielle et qu'il s'en trouve totalement désemparé. Une crise que chacun ressent, que tous déplorent, dont personne ne s'accorde sur les causes et que bien peu paraissent en mesure de juguler. Une crise d'affaissement, dont il faut redouter qu'elle ne se termine en effondrement. Oui, notre école s'affaisse. Elle s'affaisse non sans résister vaillamment parfois, gagnant encore çà et là quelques batailles et parvenant à produire des succès spectaculaires en matière d'émancipation intellectuelle ou de promotion sociale. La rencontre lumineuse d'un enfant avec un professeur reste une réalité, et même dans les écoles les plus dures, même dans les familles les plus rétives à l'instruction, on trouve, chaque année, des merveilles de réussite, de progrès et de miracles. L'accueil des enfants souffrant d'un handicap est aujourd'hui bien meilleur que ce qui prévalait il y a cinquante ans[1]. Ignorer ces batailles gagnées, ce serait être injuste avec tous les professeurs qui croient à leur métier et avec tous les élèves qui découvrent l'intérêt et le plaisir du savoir. Mais s'en contenter, c'est passer à côté d'une réalité préoccupante.

1. Même si les progrès à réaliser restent évidents.

Car notre école s'affaisse. Et les manifestations de cet affaissement sont multiples.

Premier signe, indiscutable, documenté, littéralement saisissant : la baisse du niveau.

Il faut toujours être prudent lorsqu'on parle de niveau scolaire. Pas seulement parce que le choix des mots et des idées expose immanquablement à la critique de la bienveillance optimiste et naïve d'un côté et à celle du pessimisme réactionnaire de l'autre. Ma grand-mère maternelle, pianiste talentueuse mais qui n'avait pas fait de longues études générales, née en 1925, se demandait souvent pourquoi j'étais regardé comme un bon élève au collège alors que je faisais des fautes d'orthographe et que j'étais incapable de réciter la liste des sous-préfectures département par département[1]. Mon grand-père, son mari, ingénieur formé à Lille dans les années 1930, plus prudent sur ces questions, remarquait qu'à son époque, un bachelier n'aurait pu ignorer qui était Henri de La Tour d'Auvergne ou Michel de L'Hospital[2], mais reconnaissait que le niveau en histoire mondiale ou

1. J'admets bien humblement qu'il m'arrive encore de faire des fautes d'orthographe, et que je pourrais aisément être pris en défaut sur l'énumération de toutes les sous-préfectures de France.
2. Et je ne doute pas qu'il me faisait remarquer ainsi qu'il me serait précieux de comprendre que l'histoire de France n'avait pas commencé à la Révolution. De ce point de vue-là, j'ai beaucoup mieux suivi les leçons de mon grand-père que celles de ma grand-mère.

en géopolitique exigé d'un bon élève de terminale de 1988 était plutôt supérieur à ce qui prévalait à son époque.

Je me souviens avec bonheur avoir lu, à la fin des années 1980, le formidable livre de Baudelot et Establet *Le niveau monte*, dans lequel, avec un talent incontestable et une forme réjouissante de vigueur intellectuelle, les auteurs démontaient l'idée de l'affaissement du niveau scolaire, dénonçant une « vieille idée de vieux », reprise avec régularité à chaque époque, comme l'antienne déçue de générations regrettant un âge d'or de l'école dont on ne trouve en vérité aucune trace dans les archives. Et c'est pourquoi j'ai toujours été prudent et dubitatif face aux constats aussi définitifs qu'implacables sur cette chute du niveau. Parler du niveau, c'est évoquer une notion souvent relative, incroyablement diverse entre les individus et les époques. Ce n'est pas impossible, et certains le font avec une grande pertinence, mais ce n'est généralement pas eux qui ont la possibilité de s'exprimer, avec toutes les nuances nécessaires et toutes les mises en perspective indispensables, sur les plateaux de nos chaînes d'information en continu…

Parler du niveau est donc plus compliqué que ce que l'on croit généralement. Mais ne pas en parler est devenu un problème, tant les indicateurs les plus objectifs montrent des évolutions préoccupantes.

S'il fallait résumer ce qui ressort des enquêtes françaises et des comparaisons internationales, c'est au fond un double mouvement qui s'accélère avec le temps : la polarisation classique de la structure scolaire française augmente, et glisse vers le bas. Notre pays compte toujours des élèves très forts (mais de moins en moins nombreux et de moins en moins forts relativement aux autres pays) et voit le nombre de ses élèves très faibles augmenter rapidement.

Plus cruel encore pour une école qui entend porter un projet républicain, le niveau général baisse, particulièrement en sciences et en mathématiques, et la corrélation entre le niveau scolaire et le niveau socio-économique des familles reste plus forte en France qu'ailleurs.

Selon le sondage TIMSS (« Trends in International Mathematics and Science Study »), qui mesure les performances en mathématiques et en sciences d'environ 4 000 élèves de niveau CM1 et 4 000 élèves de niveau quatrième, évalués en mai 2019, la France serait classée, s'agissant des élèves de CM1, avant-dernière des 33 pays testés, devant le seul Chili. Pour le niveau en quatrième, la France arrive 31e, devant la Nouvelle-Zélande et le Chili… L'enquête TIMSS permet d'avancer que le niveau des élèves de quatrième en 2019 est équivalent à celui des élèves de cinquième en 1995. Seuls 2 % des élèves atteignent le niveau dit avancé, contre 11 % dans l'Union européenne et... 50 % à Singapour ou en Corée du Sud[1].

Pire encore, si 72 % des élèves au niveau national maîtrisent les connaissances attendues en mathématiques, ce taux monte à 79,6 % pour Paris intra-muros, mais reste inférieur à 50 % dans les outre-mer. Dans les REP+, 61 % des élèves ont une maîtrise fragile ou insuffisante du niveau en mathématiques ; dans les établissements privés sous contrat, ce taux chute à 20 %[2].

Autre élément à la fois très net et très gênant pour les amoureux de l'école telle qu'elle existe : les résultats des élèves français sont parmi les plus fortement corrélés des pays de l'OCDE au niveau socio-économique et culturel de leurs familles. En France, le niveau à l'écrit des 10 % d'élèves des familles les plus riches équivaut ainsi à une avance de quatre années scolaires environ par rapport aux 10 % d'élèves les plus pauvres, contre trois années pour la moyenne des pays de l'OCDE[3].

1. Ces résultats internationaux sont largement confirmés par les études nationales, et notamment par l'étude d'octobre 2020 de la Direction de l'évaluation, de la prospective et de la performance du ministère de l'Éducation nationale.
2. Rapport fait au nom de la commission des finances du Sénat par M. Gérard Longuet, sénateur (LR) de la Meuse, ancien ministre, et président de l'Office parlementaire d'évaluation des choix scientifiques et technologiques de 2012 à 2020.
3. Enquête PISA, 2018.

Le niveau, donc, ne monte plus.

Autre signe de l'affaissement notable du système éducatif français : il ne fait plus envie. L'attrait pour le métier de professeur diminue, à un rythme variable entre les spécialités, celles pouvant donner lieu à une valorisation facile dans d'autres secteurs d'activité que l'enseignement étant les plus soumises à la pénurie, et entre les époques, celles marquées par un fort taux de chômage incitant plus les jeunes diplômés à passer les concours de la fonction publique. L'attrait des élèves, ou plus souvent de leurs parents, pour l'école publique faiblit aussi. On notera ainsi, chiffre intéressant, qu'en 2010 on comptait 48 522 écoles maternelles et élémentaires publiques en France, contre 5 276 écoles privées. Huit ans plus tard, en 2018, ce ne sont plus que 44 902 écoles publiques contre 5 590 écoles privées[1]. La baisse des effectifs peut évidemment expliquer la fermeture d'un certain nombre d'écoles, mais la comparaison reste frappante. L'école privée est de plus en plus regardée comme un refuge, dans lequel la part des enfants issus de familles plus aisées que la moyenne se renforce.

Enfant, je baignais dans un milieu où les professeurs de l'enseignement public constituaient la norme. Mes parents, leurs amis, leurs voisins, tout le monde était professeur, ou l'avait été, ou

1. Tableaux de l'économie française, édition 2020, Insee.

se destinait à le devenir. Il y avait bien quelques conjoints curieux, aventurés dans des métiers sans rapport avec l'école, et parfois même dans le secteur privé, mais ils étaient peu nombreux. Ces professeurs avaient sans doute mille points communs qui m'étaient totalement invisibles, mais il en était quelques-uns qui sautaient aux yeux, même d'un enfant distrait comme je pouvais l'être. Le premier était l'importance de l'école. Ce n'était pas seulement un métier. Chacun avait conscience que se jouait à l'école quelque chose de plus grand et de plus profond que le simple exercice d'une activité professionnelle. Le deuxième point commun qui était évident, et qui me concernait directement, c'était qu'il fallait réussir à l'école et par l'école. Tous les codes, toutes les complexités du système, tous les choix d'orientation offraient l'occasion à ces professeurs admirables de faire en sorte que leurs enfants bénéficient de la plus grande chance de réussir. Le choix de l'allemand en première langue vivante puis celui du latin ou du grec garantissaient l'inscription dans la meilleure classe du collège. Les choix des options en seconde permettaient d'accéder, indépendamment des contraintes relatives à la carte scolaire, aux meilleurs lycées. Ces stratégies étaient discutées, partagées et revendiquées. Le troisième point commun était le refus complet, presque viscéral, d'envisager la scolarisation d'un de ses enfants dans le secteur privé. L'opprobre aurait été général, et peu se seraient risqués à l'affronter. Mais surtout prévalait le sentiment qu'il était possible partout de trouver des solutions pour faire accéder ses enfants à une éducation de qualité, permettant d'envisager l'accès ultérieur aux formations d'excellence. Je constate depuis quelques années, au Havre, lorsque je rencontre des professeurs ou des directeurs d'école publique à qui je demande où sont scolarisés leurs enfants, que cette barrière a disparu. Peut-être pas pour tout le monde, mais que ce qui était rarissime lorsque j'étais enfant est devenu courant, possible, acceptable : l'école privée n'est plus seulement, aux yeux des enseignants du public, un lieu de préservation sociale ou d'enracinement confessionnel, mais aussi un lieu de projet éducatif de qualité, d'émulation, d'excellence scolaire. Il est courant en politique de dire que les gens votent avec leurs pieds, c'est-à-dire que leurs comportements quotidiens révèlent bien plus souvent leurs choix que leurs discours. Il faut évidemment lire dans ce succès de l'école privée l'attrait de plus en plus fragile d'une école publique ressentie par ceux qui la connaissent le mieux comme un système en crise.

Le niveau baisse, l'attrait diminue. Manque de moyens, diront ceux qui interprètent toujours l'inefficacité d'une politique publique comme la conséquence d'un financement insuffisant. Manque de moyens qui expliquerait une rémunération trop faible des professeurs, un encadrement trop limité des élèves, un investissement trop contraint des établissements, et *in fine* une bonne partie de l'affaissement du système.

Si seulement.

Si seulement l'affaissement pouvait s'expliquer par une simple baisse du budget consacré à l'école. La cause de tous nos maux serait à la fois facile à identifier et aisée à corriger.

Mesurer ce que coûte un système scolaire n'est pas facile. Comparer ces chiffres dans le temps (c'est-à-dire prendre en compte leur évolution) et dans l'espace (c'est-à-dire les confronter à ce que font d'autres pays) n'a rien de simple et proposer à partir de ces comparaisons une interprétation robuste est un exercice intellectuel qui mérite d'être pris au sérieux. Et en écrivant ces lignes, j'ai été pris d'une hésitation tenace, en me demandant s'il fallait publier les tableaux, les colonnes de chiffres de l'Insee, les comparaisons internationales de l'OCDE permettant à chacun de se faire une idée ; s'il fallait aussi, comme on le ferait dans un manuel, expliquer les limites de chaque chiffre évoqué. J'ai choisi de ne pas aller jusque-là. D'abord parce que tous ceux qui s'intéressent à ce sujet pourront, très facilement, avoir accès aux données brutes : internet a sans doute des limites et présente probablement bien des risques, mais pour qui cherche des sources solides et se limite à ces sources solides[1], c'est un miracle d'intelligence

1. Les chiffres évoqués à partir de cette note de bas de page sont soit issus des travaux de l'Insee, soit des publications de l'OCDE.

disponible. Ensuite parce que je me garderais bien de prétendre être une référence en matière de statistiques ou de techniques quantitatives[1].

La dépense intérieure d'éducation est la mesure de l'ensemble des sommes consacrées en France à financer l'école : ce que verse l'État, bien sûr, à travers le budget de l'Éducation nationale notamment, mais aussi ce que versent les collectivités territoriales pour construire et entretenir les écoles, les collèges et les lycées ou pour faire fonctionner les cantines, ce que versent les entreprises (hors fiscalité normale) et les ménages.

Entre 1980 et 2018, la dépense intérieure d'éducation française est passée de 29,4 à 157,2 milliards d'euros. Si si. Vous avez bien lu. Si j'en restais à ce simple chiffre, vous pourriez croire qu'en presque quarante ans, le montant consacré chaque année par la Nation à son école a été multiplié par un peu plus de 5. Vous auriez tort. Parce qu'entre 1980 et 2018, l'inflation parfois rapide (dans les années 1980) et parfois quasi inexistante (dans les années 2000) est passée par là. Un euro de 1980[2] et un euro de 2018 ne se valent

---

1. Je me souviens trop du commentaire acide d'un de mes professeurs à Sciences Po de Techniques quantitatives, c'est-à-dire de statistiques appliquées à l'économie, qui en guise d'appréciation générale m'avait gratifié d'un « *Sauf accident, l'ensemble est mauvais* ».

2. Et oui, je sais qu'en 1980 on utilisait des francs et pas des euros, je m'en souviens, j'y étais. Il s'agit évidemment d'une conversion sur la base de 1 euro = 6,56 francs de 2002.

pas. Si on compare ce qui est comparable, c'est-à-dire la dépense intérieure d'éducation entre 1980 et 2018 à euro constant, c'est-à-dire en écartant l'effet de l'inflation, on constate un passage de 77, 7 milliards d'euros à 157,2 milliards d'euros. C'est une progression très nette, une multiplication par 2 en quarante ans, mais pas une multiplication par 5[1].

Entre 1980 et 2018, les effectifs aussi ont évolué. Mais nettement moins vite que la dépense consacrée par la Nation à son école, ce qui explique que le montant de cette dépense intérieure par élève ait lui aussi considérablement augmenté : de 4 770 à 8 810 euros. Derrière ces chiffres, qui sont des moyennes, se cachent des différences importantes : 6 820 euros par élève du premier degré, 9 930 par élève du second degré et 11 470 par étudiant.

En quarante ans, la France a donc consacré des sommes de plus en plus importantes à l'éducation de ses enfants. Mais comme rien n'est complètement simple, on doit aussi reconnaître que l'évolution de ces chiffres doit être lue à l'aune de l'évolution de la richesse globale de la Nation. Et là, la progression est plus modeste. Beaucoup plus modeste. En 1980, la dépense intérieure d'éducation représentait 6,5 % du PIB français. En 2018, elle en représentait 6,7 %[2]. Et

1. À partir de maintenant, c'est promis, je ne parle plus qu'en euros constants.
2. Avec un plateau entre 1993 et 1998 à 7,6 %.

6,7 % du PIB, c'est un peu au-dessus de la moyenne des pays de l'OCDE, juste un peu au-dessus de la moyenne.

La France est donc un pays où on dépense beaucoup pour l'éducation, un pays qui n'a pas cessé de consacrer une part importante d'une richesse de plus en plus considérable au financement de son école, un pays qui est un peu au-dessus de la moyenne des pays les plus riches en matière de dépense d'éducation, mais qui, en dépit de tout cela, voit le niveau de son école s'affaisser. Au fond, la vérité qui se dégage des chiffres est assez simple : nous ne consacrons ni moins d'argent qu'avant ni moins d'argent qu'ailleurs à notre école et pourtant, elle va de plus en plus mal.

Mais alors, à quoi le dépensons-nous ?

D'abord à payer des professeurs.

Et s'il fallait résumer en une formule l'évolution, nous dirions que nous payons de plus en plus mal un nombre quasi stable d'enseignants. Au cours des quinze dernières années, alors que des postes ont été supprimés sous Sarkozy et créés sous Hollande, le nombre de professeurs est passé d'environ 860 000 en 2008 à environ 859 000 aujourd'hui[1]. Le nombre

---

1. Avec des bas autour de 830 000 en 2012 et des hauts autour de 866 000 en 2018. Des évolutions donc autour d'un socle d'une grande stabilité.

des professeurs ne diminue pas vraiment, mais leur traitement a lui plutôt tendance à décrocher.

Il ne paraît pas, à la lecture des statistiques de l'OCDE, que les professeurs du premier degré et du second degré travaillent moins en France qu'ailleurs. Au contraire ! En termes d'heures d'enseignement[1], les enseignants en France sont plutôt dans le premier tiers des pays. En revanche, lorsqu'il s'agit de la rémunération de ses professeurs, la France se situe en-dessous de la moyenne de l'OCDE, quel que soit l'indicateur analysé : la rémunération au moment de l'embauche, celle après dix ans d'exercice et celle à l'échelon maximal en fin de carrière[2]. Plus déterminant encore, depuis 2000, si la plupart des pays ont assisté à une régression du salaire des enseignants en pourcentage du PIB par habitant, ce phénomène a été particulièrement net en France. Autre façon de mesurer le même phénomène : le salaire d'un professeur des écoles en début de carrière représentait en 1990 1,8 fois le SMIC et 1,5 fois le SMIC en 2020.

La vérité des chiffres confirme l'impression qui prédomine, et dont font état les professeurs eux-mêmes : la paupérisation relative des enseignants par rapport aux autres travailleurs diplômés de l'enseignement

1. C'est-à-dire, au sens de l'OCDE, le temps statutaire d'enseignement et le temps de préparation.
2. www.oecd.org/fr/education, une mine de chiffres et d'analyses comparées.

supérieur et par rapport au reste des salariés est manifeste.

Formidable métier que celui de professeur, à la fois commun et extraordinaire, dont chacun peut parler avec la légitimité de celui qui dispose d'une expérience assez fournie de ses propres relations avec un assez grand nombre de professeurs. Un métier commun, au sens où il est exercé par un très grand nombre de femmes et d'hommes : un peu plus de 860 000 dans le public et le privé sous contrat[1]. C'est largement plus que tous les agriculteurs et les ouvriers agricoles réunis (environ 650 000) ; c'est deux fois plus que l'ensemble des salariés du secteur bancaire (un peu plus de 350 000) et plus que le secteur de la grande distribution (environ 700 000 salariés) ; c'est infiniment plus que le nombre de curés (moins de 15 000 désormais)[2]. Un métier extraordinaire aussi puisqu'il s'agit d'instruire, de former, d'apprendre à réfléchir, de révéler, de stimuler, d'ouvrir les esprits d'enfants ou d'adolescents afin de leur permettre d'affronter la vie. Participer à un exercice permettant à la fois l'émancipation individuelle et le progrès collectif

1. Pour ne parler que de l'enseignement du premier et du second degré.
2. On se souvient de l'émotion qu'avait suscitée la phrase du président Sarkozy en 2007 : « *Dans la transmission des valeurs et dans l'apprentissage de la différence entre le bien et le mal, l'instituteur ne pourra jamais remplacer le curé ou le pasteur, même s'il est important qu'il s'en approche, parce qu'il lui manquera toujours la radicalité du sacrifice de sa vie et le charisme d'un engagement porté par l'espérance.* » En termes numériques, en tout cas, l'instituteur a bel et bien remplacé le curé et le pasteur…

grâce à la transmission du savoir et de la réflexion restera longtemps le plus beau métier du monde.

Je ne connais personne qui ne soit en mesure de citer celui ou celle de ses professeurs qui lui a, un jour, donné le goût ou bien qui l'a écœuré pour toujours de telle ou telle matière. Et même si nous oublions tous, avec le temps, l'immense majorité de celles et de ceux qui nous ont enseigné, nous vivons souvent avec des figures dont nous savons que nous leur devons beaucoup.

M. Pinguet par exemple. Un hussard noir. Toujours vêtu d'un costume trois pièces et d'une cravate, ce qui n'avait absolument rien d'évident dans une école primaire publique à la fin des années 1970[1], il tenait à nous faire apprendre les affluents à droite et à gauche de chaque fleuve français, à nous faire lire aussi souvent et aussi longtemps que possible et à nous faire respecter une discipline qui souffrait peu d'exceptions tout en nous faisant évoluer dans une bienveillance exigeante. On ne riait pas tous les jours avec M. Pinguet, mais on était bien dans son école, à la fois en sécurité et en tension pour progresser, et il nous semblait qu'il y était bien aussi. Un vrai instituteur. Ce terme d'*instituteur* avait une saveur et un sens qui méritent d'être rappelés. L'instituteur, au sens littéral, c'était d'abord « celui qui institue quelque chose », « celui qui établit de manière

1. Et qui est devenu inconcevable aujourd'hui.

durable », celui qui est au commencement de quelque chose qui va se prolonger. Il n'y a probablement pas de hasard si le terme *instituteur* ressemblait à la contraction d'une institution, c'est-à-dire quelque chose de vertical, quelque chose qui a vocation à structurer et à organiser, et d'un tuteur, c'est-à-dire quelque chose qui permet de pousser jusqu'à ce qu'on n'en ait plus besoin. « *Un bon maître a ce souci constant : enseigner à se passer de lui* », écrivait à juste titre André Gide. Et M. Pinguet était un bon maître, et un grand instituteur. Aurais-je aimé autant l'histoire sans avoir croisé la route de M. Prié au collège et de M. Cabanel au lycée, qui tous les deux, dans des styles différents, la rendaient vivante, drôle, tragique et complexe ? Aurais-je aimé la physique avec d'autres professeurs que ceux que j'ai croisés, dont je ne comprenais jamais les réponses aux questions que je posais ?

Ce qui est certain, c'est qu'une des règles les plus strictes dans ma famille, et il y en avait assez peu, était l'interdiction absolue de dire du mal d'un de ses professeurs. On pouvait critiquer chez les Philippe : le gouvernement, les journalistes, les voisins bruyants, les automobilistes qui ne s'arrêtaient pas au passage piéton, les gens qui n'aimaient pas les livres parfois, les dévots et les gendarmes que mon père n'aimait pas, les ingrats que ma mère détestait, au fond à peu près tout le monde pourvu qu'il y ait la manière, c'est-à-dire un raisonnement solide, si possible teinté d'humour, léger ou acide pour autant qu'il soit exempt de vulgarité ou d'insulte. Mais pas les professeurs. Ou plus exactement, pas ses professeurs. Jamais.

Peut-être parce que chez les Philippe, on était professeur. Mon père, ma mère puis, plus tard, ma sœur ont été professeurs de français. Tous les trois, sous des formes diverses mais toujours puissantes, aimaient la langue et la littérature françaises, les enfants et l'éducation. Jamais je ne les ai entendus regretter le choix de ce métier ni n'ai observé un désintérêt pour ce qui relevait de l'éducation.

Souvent, en revanche, je les entendais pester contre l'administration de l'Éducation nationale et contre leur hiérarchie, critiquée tantôt pour son omniprésence tatillonne, tantôt pour ses absences coupables sur des sujets brûlants. Chez ma mère, cette insatisfaction ne dépassa jamais les moments de mauvaise humeur, rares au demeurant. Ni agrégée, ni titulaire du Capes, elle a enseigné en maternelle, au collège, au lycée, en milieu urbain comme en milieu rural, corrigeant des masses de copies, préparant ses cours avec un sérieux qu'il aurait été dangereux de mettre en cause, et les assurant avec une autorité jamais prise en défaut et d'autant plus surprenante qu'elle s'exerçait sans élever la voix et à l'égard d'élèves mesurant souvent une tête de plus qu'elle.

Chez mon père et chez ma sœur, cette insatisfaction prit des formes différentes. Seize ans après avoir commencé à enseigner, ma sœur, professeur certifiée de lettres modernes, décida de quitter l'Éducation nationale, fatiguée des petits renoncements et de l'absence de soutien de sa hiérarchie face à ceux qui, dans la banlieue parisienne, venaient provoquer et fragiliser l'école à laquelle elle tenait. Chez elle, le ras-le-bol conduisit à la décision d'interrompre radicalement sa carrière, de passer un CAP d'encadreur et de se consacrer à une activité commerciale qui lui laisserait une plus grande liberté.

Pour mon père, ce fut plus brutal. Trente ans après avoir commencé sa carrière de professeur puis dirigé des établissements scolaires en Seine-Maritime, en Allemagne, dans le Val-de-Marne, le Cher et enfin au Havre, où il était revenu pour finir sa carrière, usé par la maladie, son métier, son milieu professionnel, sa hiérarchie et écrasé par les injonctions contradictoires qui pèsent sur les épaules des principaux et des proviseurs, il tenta de mettre fin à ses jours. Maladroit ou hésitant, malheureux ou chanceux, il fut sauvé mais mit un terme à sa vie professionnelle pour cause d'invalidité. Chez lui comme chez beaucoup d'anciens professeurs, l'amertume et la rancœur affleuraient chaque fois qu'était évoquée l'Éducation nationale alors même que la beauté du métier de professeur et la grandeur de la vocation de l'école demeuraient des valeurs fondamentales. « *Très vite, un professeur devient un vieux professeur* », écrit Daniel Pennac pour décrire la transformation imposée par l'usure et l'expérience que vivent tous ceux qui s'essaient à l'enseignement. Certains la supportent mieux que d'autres, mais tous la connaissent.

Je n'ai jamais, pour ma part, envisagé d'embrasser la carrière. Mon niveau en orthographe m'a longtemps laissé penser qu'il me serait impossible de devenir professeur de lettres, et je n'en avais d'ailleurs aucune envie. Professeur d'histoire à la rigueur. Mais passer une vie à l'école, d'abord comme élève puis comme professeur, ne me satisfaisait pas. Sacha Guitry remarquait avec malice que l'école se transformait souvent en un ensemble « *d'établissements où l'on apprend à des enfants ce qui leur est indispensable de savoir pour devenir des professeurs* ». Lorsque, jeune adulte, j'ai réussi le concours de Sciences Po et mis un terme à ma scolarité en khâgne où je préparais Normale Sup, je me souviens avoir deviné un moment d'absence dans les yeux de mon père. Sans doute aurait-il aimé voir son fils réussir un concours qu'il n'avait jamais tenté et obtenir ensuite une agrégation qu'il n'avait jamais décrochée. J'espère que cette frustration, si elle a affleuré, lui a passé avec le temps, et que là où il est, il ne la rumine plus.

Car je sais aussi qu'il voyait d'un bon œil l'idée que son fils échappe à la difficulté du métier d'enseignant, laquelle est trop souvent sous-estimée. La sécurité de l'emploi, l'ampleur des congés d'été, le nombre apparemment restreint d'heures devant la classe, le caractère routinier d'un exercice semblant se répéter année après année, tout concourt à laisser penser à ceux qui n'en connaissent pas les contraintes que ce métier de professeur est relativement facile. C'est pourtant tout l'inverse. Être professeur n'est pas facile. Être un bon professeur est très difficile. Il n'y a rien de simple dans le fait de transmettre un savoir, dans l'équilibre à atteindre vis-à-vis de ses élèves entre l'enseignement de connaissances théoriques et l'apprentissage de la réflexion personnelle, dans la conjugaison entre l'autorité nécessaire et la bienveillance indispensable. Tenir une classe est usant. Préparer un cours qui ne soit pas que l'énoncé d'éléments successifs mais bien une forme de conversation et de parcours intellectuel avec une classe n'a rien d'aisé. Corriger mois après mois et année après année des copies en conservant une fraîcheur d'analyse et un souci pédagogique individualisé demande une concentration et un engagement qu'on aurait tort de méconnaître. Rien de plus navrant que les attaques imbéciles contre des professeurs privilégiés.

Les moyens que nous consacrons à l'éducation nous permettent donc de payer, de moins en moins bien, nos enseignants. Mais la dépense d'éducation sert aussi à construire et à entretenir des établissements scolaires. Un des grands succès de la décentralisation de 1983, c'est l'énorme effort d'investissement consenti par les départements et les régions à l'égard des collèges et des lycées. La part des dépenses intérieures d'éducation relevant des collectivités territoriales a ainsi considérablement augmenté au cours des dernières décennies, passant de 14 % en 1980 à 22,4 % en 2020. Et pour le coup, cette dépense se voit : l'immobilier scolaire a connu une amélioration sensible par rapport à ce qui prévalait avant 1980.

Peut-être parce que l'élégante modernité et la dangereuse fragilité des immeubles « verre et acier » de mon enfance avaient marqué mon imagination, j'ai toujours été fasciné par l'histoire terrible des collèges dits « Pailleron », du nom de la rue du 19e arrondissement de Paris dans laquelle un collège brûla en 1973, provoquant la mort d'une vingtaine de personnes dont seize collégiens. Construits rapidement, pour faire face à la croissance rapide du nombre d'élèves du secondaire dans les années 1960, ces collèges montés à partir de structures métalliques s'étaient, pour des raisons sans doute similaires, révélés aussi fragiles au feu que les immeubles de mon enfance. Plus d'une soixantaine de ces collèges avaient été construits[1] dans des conditions souvent contestables, ou au moins pour parer au plus pressé et au coût le moins élevé. Les lycées traditionnels de centre-ville ne pouvaient pour leur part accueillir les générations montantes de futurs bacheliers issues de la massification engagée à partir du milieu des années 1960. Bref, à la fin des années 1970, l'immobilier scolaire exigeait un effort considérable, que l'État pouvait difficilement consentir dans de bonnes

1. Certains existent encore, assez largement remaniés pour mieux résister au risque d'incendie.

conditions, et dont il a fort opportunément confié le soin aux collectivités territoriales. Parfait. Mais, pour le résumer en une formule, cela veut dire que depuis quarante ans, nous avons bien plus investi dans les murs que dans les hommes. C'est un peu brutal, cela ne résulte pas forcément d'une politique consciente, cela traduit sans doute le rattrapage impératif qu'il convenait de réaliser à compter de la fin des années 1970, mais cela n'en reste pas moins vrai, et cela dit sans doute beaucoup de choses sur la façon dont nous envisageons notre école.

***

Charles Péguy est un écrivain assez particulier.

Je ne suis pas certain que beaucoup de collégiens ou de lycéens aient aujourd'hui à commenter son œuvre dans le cadre de leur cursus scolaire. Pour ma part, je l'ai découvert tard, à la fin de mes études, ne l'ayant jamais croisé ni dans mes manuels, ni dans mes discussions familiales. Le « Mécontemporain[1] » rentre en effet assez peu dans les cases, ce qui constitue probablement pour lui une satisfaction posthume, mais ce qui nuit sans aucun doute à sa diffusion dans notre école. Péguy aurait pourtant bien des atouts à faire valoir aujourd'hui : ses origines sociales modestes et sa réussite scolaire exceptionnelle, permise par des maîtres exigeants qui le propulsent, à force de travail,

1. Du nom du très beau livre que lui a consacré Alain Finkielkraut.

vers le savoir et l'excellence ; sa défense acharnée et admirable du capitaine Dreyfus ; son talent aussi, avec son écriture circulaire, répétitive à la façon d'une musique hypnotique et rageuse. Seulement voilà, Péguy est aussi un écrivain catholique, dont la vie et l'œuvre sont une forme d'ode à la foi, à la France, à sa permanence, à la terre. J'ai toujours pensé que le républicain Péguy, mort en 1914 au combat, dreyfusard de la première heure, souffrait injustement aux yeux de notre monde moderne d'une identité que certains se plaisaient à retrouver dans Vichy et la réaction pétainiste. Si on ajoute à cet anachronisme absurde la propension toute laïcarde de notre école à écarter les Bernanos, les Mauriac et autres écrivains catholiques de son panthéon usuel, on comprend mieux la faible notoriété actuelle de Péguy.

Et pourtant, c'est chez lui que l'on trouve une des analyses les plus pénétrantes des défis que l'école, quelle que soit l'époque, doit relever. « *La crise de l'enseignement n'est pas une crise de l'enseignement ; il n'y a pas de crise de l'enseignement ; (…) les crises de l'enseignement ne sont pas des crises de l'enseignement ; elles sont des crises de vie (…) les crises de vie sociales s'aggravent, se ramassent, culminent en crises de l'enseignement* », écrit Péguy, qui déplore déjà, au début du XXe siècle, l'affaissement de la mystique républicaine et l'ambition faiblissante de son école.

Notre école est en crise, mais la crise qu'elle connaît n'est pas la sienne, en tout cas pas seulement la sienne.

C'est celle de notre société, celle de notre Nation, traversées par des évolutions rapides et puissantes, paradoxales et déstabilisantes, travaillées par des révolutions parfois silencieuses. Nous vivons, et l'école avec nous, la transformation de la notion même de Savoir, de sa disponibilité désormais immédiate et de son usage différent. Nous vivons, et l'école avec nous, un profond changement de perception du temps, l'instantanéité, l'urgence et le court terme prenant irrémédiablement le pas sur la construction lente et progressive d'une pensée, d'un savoir et d'une intelligence. Nous vivons, et l'école avec nous, la sécularisation de notre société qui célèbre la laïcité mais n'a plus aucune idée de comment la défendre face aux attaques souvent insidieuses et parfois violentes d'un obscurantisme religieux qui se confond pour l'essentiel aujourd'hui avec l'islam politique et militant. Nous vivons, et l'école avec nous, l'incapacité à dire ce que doivent être la Nation et la France, ce refus même d'imaginer ou d'assumer un projet ou un roman national. Comment espérer que l'école puisse fonctionner si elle ne sait pas clairement pourquoi ? La première école républicaine, celle des hussards noirs et de l'anticléricalisme, a d'abord et avant tout été une école conçue et organisée pour imposer la République dans les cœurs et les esprits et pour préparer la revanche contre l'Allemagne. Dans quelle aventure la nôtre s'inscrit-elle ? Former au marché du travail ? Produire des citoyens au sens critique et à l'engagement républicain ? Préparer des Français au monde de la technologie et d'une planète en danger ?

Préparer la France à défendre ses intérêts dans un monde dangereux ? Vouloir demeurer une puissance pesant sur les affaires du monde plutôt qu'un pays s'abandonnant avec une pointe d'amertume et d'arrogance dans la contemplation d'une grandeur passée ?

La question de l'école n'est pas celle des moyens dont elle dispose. En tout cas pas seulement et loin s'en faut. Elle n'est pas non plus celle de l'organisation qui la structure. Elle ne sera pas résolue à coups de mesures anecdotiques ou spectaculaires. Tous ces sujets sont importants, mais les décisions prises en la matière n'auront de portée que lorsque la France aura redéfini un projet pour elle-même et pour son école.

Cela ne doit pas impliquer une forme de résignation. Ce projet, la France peut et doit le formuler dans les années qui viennent. Et sans attendre qu'il soit formulé, validé et partagé, des grandes orientations peuvent être mises en œuvre qui permettront de préparer la refondation de l'école. Sans attendre, il est nécessaire de regarder ce qui, ailleurs, a pu fonctionner et qui peut être copié. Sans attendre, il faut s'attaquer aux causes de tous les dysfonctionnements, afin d'enrayer le lent affaissement qui nous fragilise, et commencer en rappelant une évidence : au cœur de l'école, il y a l'effort de l'élève et l'autorité du professeur.

Régis Debray, dont les plus insoumis des gauchistes de notre époque doivent trouver qu'il incarne une forme de réaction particulièrement désagréable parce qu'issue de la gauche la plus pure, décrit avec justesse le caractère central de cette double exigence sans laquelle l'école n'est rien d'autre qu'une occupation. Apprendre est difficile et exige un effort, un travail, une répétition. On peut apprendre en s'amusant ou en jouant, mais il en va de la pensée comme du sport, ou de la musique, ou du dessin, ou de toute autre chose : sans travail, sans répétition, sans discipline, on ne peut jamais véritablement progresser. Pour apprendre, il faut un maître, qui n'est pas l'égal, ni l'ami, ni le « baby-sitter » de l'élève ; un maître qui ne pense pas qu'autorité soit synonyme d'autoritarisme, et encore moins de brutalité ; un maître qui s'impose, par son savoir et sa connaissance, à ses élèves, à leurs parents (qui soutiennent trop souvent l'autorité des professeurs aussi longtemps qu'elle ne vient pas les perturber) et à sa propre administration (dont il faut reconnaître qu'elle n'est pas toujours au rendez-vous lorsqu'elle devrait soutenir les professeurs).

Une fois ces principes rappelés, quatre directions paraissent devoir être privilégiées.

D'abord commencer par le commencement, et au commencement il y a toujours le verbe. La priorité absolue doit être accordée aux petites classes, à la maternelle et l'école élémentaire, afin que les enfants, le plus tôt possible, entendent et prononcent le maximum de mots. Penser, c'est d'abord utiliser des mots. Apprendre, lire, parler, tout cela exige une souplesse intellectuelle qui passe par la maîtrise des mots, et toutes les études montrent qu'en fait de mots, c'est l'inégalité sociale qui domine. Le volume de mots entendus en une heure par un enfant américain de 3 ans varie par exemple du simple au triple selon la catégorie socio-professionnelle des parents (616 mots/heure dans une famille défavorisée, contre 2 153 mots/heure dans une famille favorisée). À 4 ans, la différence en termes de mots entendus s'établit déjà à 30 millions[1] ! Pour l'immense machine à apprendre qu'est le cerveau, l'exposition intensive aux mots est une condition essentielle de développement. Voilà qui milite fortement pour une scolarisation précoce dans les milieux les plus défavorisés, voire pour un accueil obligatoire dans les structures spécialisées de la petite enfance pour tous les enfants de familles s'installant en France et maîtrisant imparfaitement le français. Apprendre à parler afin d'apprendre à lire, et pas seulement à lire des mots ou des phrases mais à lire des textes, dans la longueur. Les « peu lecteurs », comme les appelle Alain Bentolila, savent lire mais ne dépassent jamais le paragraphe ou la page de lecture, car lire au-delà de la phrase exige un entraînement auquel il vaut mieux consentir tôt. Lire beaucoup, lire longtemps et lire tous les jours, et tout cela le plus tôt possible, y compris lorsque personne ne lit dans la famille de l'enfant, voilà la priorité. Et pour atteindre cet objectif, tout doit être bon : la machine à lire d'Alain Bentolila, mise au point après une expérimentation au Havre, qui allie progression mesurée, assistance numérique et accompagnement pédagogique, offre un exemple intéressant de méthode

1. « The early catastrophe », *Education Review*, 17, 1, 2003, p. 110-117.

innovante. Mais en la matière, toutes les innovations et toutes les méthodes sont bonnes à prendre pour autant que la logique soit claire. Et le dédoublement des classes, engagé il y a quelques années et qui doit permettre une présence plus intense de l'adulte auprès d'un nombre d'enfants plus restreint, rend plus facile la mise en œuvre de cette exigence selon des modalités qu'il appartient *in fine* au professeur de choisir.

Au-delà de l'apprentissage du langage, de la lecture et de l'écriture, il y a celui du calcul, des chiffres, des opérations. Je ne crois pas, comme mon grand-père avait coutume de me le dire, que la mémoire et le calcul mental constituent à eux seuls la moitié utile de l'intelligence, mais je suis certain qu'il est aussi important d'être à l'aise avec les chiffres qu'avec les lettres. Et au moins autant que tout cela, il paraît essentiel de favoriser tous les modes de stimulation intellectuelle et sensible des enfants, et cela le plus tôt possible. Le chant, la pratique d'un instrument, la récitation longue, l'expression publique : tout est bon et tout doit être envisagé. Depuis quelques années, 86 élèves des écoles maternelles Valmy et Lamartine, situées dans les quartiers sud du Havre, pratiquent le violon. Grâce au financement d'une fondation[1], ces enfants reçoivent gratuitement un violon lorsqu'ils ont 4 ans, et pratiquent, trois fois par semaine, pendant les horaires de classe, leur instrument grâce à des professeurs formés et

1. La Fondation Vareille, à l'origine de ce projet magnifique qu'elle met en œuvre dans de nombreuses communes réputées difficiles.

payés par la Fondation. Il ne s'agit pas de faire de ces enfants des virtuoses, ni même d'ailleurs des violonistes assidus, mais de leur proposer une discipline et un effort stimulant leur agilité manuelle et intellectuelle, ce qui produit des effets dans leur capacité d'apprentissage. L'idée est brillante et les résultats réjouissants. Elle coûte cher, et aucun financement public n'est accessible pour la mettre en œuvre à grande échelle, ni elle, ni toutes celles qui pourtant produiraient des effets infiniment plus notables sur les résultats scolaires d'une génération que les moyens consacrés en fin de parcours à essayer de lutter contre le décrochage ou l'échec scolaire. La célèbre formule du professeur Heckman, prix Nobel d'économie, selon laquelle « *il faut au nom de la prospérité future, favoriser de plus en plus les interventions précoces et préventives* » prend tout son sens dès lors qu'il est démontré que le taux de rendement de l'investissement dans l'éducation est décroissant en fonction de l'âge des élèves. Porter l'effort financier et pédagogique le plus tôt permet de conjuguer une bonne gestion de l'argent public (et/ou privé d'ailleurs) et un impératif de justice sociale. Voilà de quoi rassembler un spectre large de soutien politique !

La seconde direction à privilégier, sans doute moins consensuelle, tient à la plus grande autonomie des établissements d'enseignement. L'idée que face à une difficulté, il soit toujours, par principe, préférable de donner plus de liberté n'est pas naturelle en France. Dans notre pays, alors même que Liberté et Égalité fondent la devise républicaine, on les oppose volontiers, en s'indignant de ce que la liberté finisse par méconnaître l'égalité et en redoutant que l'égalité ne restreigne la liberté. L'aspiration à la liberté et la revendication égalitaire coexistent ainsi dans une tension démocratique sans doute salutaire mais souvent épuisante. L'école n'échappe pas à ce champ magnétique singulier. L'égalité des chances y est revendiquée et appliquée par la norme, par la définition et la mise en œuvre de programmes, d'examens et de recrutements nationaux. La plupart du temps, elle paraît tout emporter sur son passage. Mais l'aspiration à la liberté n'est jamais absente : ni dans la pédagogie individuelle des professeurs qui n'aiment rien tant que s'affranchir du carcan des méthodes imposées par d'autres, ni dans les initiatives pédagogiques des établissements qui souhaitent s'inscrire dans des logiques particulières. Cette aspiration à plus de liberté dans les établissements n'est pas neuve : en 1889, le député Ribot écrivait, dans un rapport parlementaire sur le fonctionnement des lycées : « *Moins d'uniformité, moins de bureaucratie, un peu de liberté, c'est le vœu général qui se dégage de l'enquête. Les lycées étouffent sous la centralisation.* » Cent trente ans plus tard, ils étouffent encore.

Difficile d'imaginer quelque chose de moins autonome qu'un établissement scolaire français. L'école primaire est à peu près uniforme, aux différences (d'ailleurs limitées) liées à la cartographie de l'éducation prioritaire près ; le collège se rêve unique depuis 1975 et la réforme Haby ; les lycées sont certes un peu plus variés, les lycées généraux et technologiques se distinguant des lycées professionnels ou des lycées agricoles, mais enfin, comme tout le système scolaire, ils relèvent d'un pilotage centralisé, bénéficient d'affectations d'enseignants décidées au niveau central, disposent de ressources prédéfinies au niveau central, appliquent un programme construit au niveau central, sont limités par des marges de manœuvre quasi nulles pour construire des projets pédagogiques innovants. Lorsqu'il se lamentait sur l'absence d'autonomie dévolue à un chef d'établissement, mon père dressait souvent l'interminable liste de ce qu'il ne pouvait pas faire, quand bien même il obtiendrait l'accord de son conseil d'administration. Mais tout à son angoisse devant l'inégalité que pourrait engendrer entre les enfants d'une même classe d'âge l'autonomie des établissements, notre pays refuse d'assouplir un cadre dont tout montre qu'il a pour effet principal de renforcer les inégalités sociales. Paradoxe cruel, et à tous égards insupportable, avec lequel il est urgent de rompre.

Favoriser l'autonomie des établissements scolaires, c'est accepter que les instances de direction d'une école ou d'un lycée puissent prendre des vraies décisions : en matière de vie scolaire, de projet pédagogique, d'organisation des rythmes, de recrutement et de mutation des enseignants. Il ne s'agit pas de mettre un terme au caractère national de l'Éducation, l'État pouvant toujours fixer le cadre dans lequel peuvent s'épanouir les initiatives et les limites à ne pas franchir. Mais il est illusoire de penser que la machine administrative d'un État qui croule sous les injonctions contradictoires et les contraintes financières puisse être plus efficace pour prendre des décisions dans l'intérêt des élèves qu'une proviseure de lycée ou un directeur d'école entourés d'un conseil d'administration disposant de pouvoirs étendus. Et si un établissement veut se distinguer en proposant un cursus plus intense dans les matières artistiques, ou sportives, ou en renforçant le caractère expérimental de l'enseignement des sciences, ou en imposant le port de l'uniforme, ou en créant des classes de niveau par matière, ou en proposant des rythmes annuels différents, pourquoi considérer *a priori* qu'il y a là un risque pour les élèves et pas, au contraire, une opportunité ?

Comment, diront certains, comment accepter le risque que les établissements soient manipulés par le poids des élus dans telle ou telle commune ? Comment résisteront les professeurs aux pressions des parents ou de l'environnement ? Comment garantir le respect des programmes ou celui du principe de laïcité si l'autorité ultime n'est pas l'État ? Ces préventions et ces craintes étaient *mutatis mutandis* à peu près celles qui nourrissaient les contempteurs de la décentralisation il y a un peu plus de quarante ans. On pourrait les entendre si notre système éducatif se portait bien, ou était au moins en bonne voie pour aller mieux, mais tout indique le contraire, et le pire danger pour notre école est plutôt de continuer à faire plus que ce que nous faisons déjà.

Autonomie ne veut pas dire anarchie. La puissance publique peut et doit évidemment continuer à garantir le niveau des enseignants ; elle peut et elle doit fixer quelques règles claires sur le fonctionnement des établissements, être représentée au sein de chaque conseil d'administration, évaluer les résultats et l'impact des choix de ces établissements, contracter avec eux sur des objectifs ou sur un projet en contrepartie de moyens supplémentaires.

Si l'école publique cherche sa rupture et sa capacité de rebond, c'est dans l'autonomie qu'elle les trouvera, en s'appuyant sur les professeurs et les élus locaux, en comptant sur l'implication des parents et de l'écosystème local qui partagent tous un intérêt au moins aussi puissant que celui que poursuit l'État : construire une école qui fonctionne plutôt que se lamenter sur une école qui s'affaisse.

Troisième direction prioritaire : la formation, la rémunération et le recrutement des enseignants. Là encore, la priorité est évidente : l'école est le lieu de la transmission et de l'apprentissage du savoir, et pour cela il faut un professeur, bien formé et bien payé. Mais plus encore que le sujet de l'autonomie des établissements, cette question conduit à s'aventurer sur un terrain glissant. Les enseignants sont nombreux, et ils n'aiment guère qu'on discute leurs compétences, qu'on s'interroge sur leur recrutement ou qu'on critique leur formation. Lorsque ce sujet est abordé par un de leurs confrères, ils s'emportent. Lorsque c'est par un homme politique, leur niveau de décontraction et de bienveillance s'approche rapidement de zéro. Et pourtant, le sujet mérite d'être traité.

Pour éviter l'incompréhension, ou au moins pour essayer de l'éviter, il convient d'abord de refuser de s'inscrire dans un cercle vicieux qui pollue les débats depuis trop longtemps. La question n'est pas de savoir s'il faut augmenter les professeurs d'abord ou bien s'il faut exiger qu'en contrepartie ils travaillent plus. Ce débat ancien a donné lieu à toutes les postures imaginables depuis que les organisations syndicales et les ministres de l'Éducation se parlent. Il n'a aucun sens, sinon celui d'être le moment d'un théâtre sans grand intérêt. Disons-le clairement, il faut augmenter les professeurs et l'école doit fonctionner autrement. Et si ces deux éléments doivent intervenir, ce n'est pas en contrepartie l'un de l'autre, mais parce qu'ils sont tous les deux indispensables pour que l'école fonctionne mieux pour les élèves. Rappeler, à intervalles réguliers, que l'objet principal de l'école est l'élève, et pas la satisfaction du professeur ni le confort du parent, n'est jamais inutile.

La rémunération des enseignants français du primaire et du secondaire est très largement inférieure à la moyenne européenne, tant en début qu'en fin de carrière. Le salaire mensuel net moyen des enseignants est d'environ 2 180 euros à l'école primaire, 2 510 euros au collège, et celui des enseignants du lycée d'environ 2 820 euros. Le sentiment d'exercer son métier dans des conditions difficiles est bien plus développé chez les enseignants français que chez ceux des autres pays européens. Selon l'OCDE, seuls 6,6 % des enseignants français se sentent valorisés par la société. Seuls les professeurs de Slovaquie et de Slovénie se sentent moins bien valorisés. Au cœur de cette insatisfaction, la rémunération bien sûr, mais aussi une organisation du travail très problématique qui limite la collaboration entre les collègues et laisse souvent très seul le professeur face aux problèmes qu'il rencontre.

Ce qui est vrai partout dans la société est vrai pour l'Éducation nationale. Pour attirer et conserver des professeurs bien formés, il faut les payer suffisamment. Et nous en sommes loin. Faut-il créer des nouveaux corps, dotés d'obligations statutaires différentes de celles qui prévalent actuellement, afin de payer mieux leurs membres ? Faut-il augmenter significativement les nouveaux entrants ou bien au contraire imaginer une carrière prévoyant une augmentation notable et sensible de la rémunération au fur et à mesure que l'expérience s'accroît ? Le débat est permis, pour autant qu'il soit clair qu'il ne sera pas possible de refonder notre école sans accorder à nos professeurs une meilleure rémunération et des conditions de travail plus satisfaisantes : des bureaux individuels ou de passage, des moyens informatiques adaptés, des formations continues exigeantes, des assurances et des obligations de mobilité…

Mieux payés, les professeurs doivent être formés et recrutés de façon différente. Le biais puissant et mortifère qui frappe le recrutement des enseignants du primaire notamment doit être corrigé. Il apparaît en effet que parmi les étudiants désireux de choisir l'enseignement, l'appétence et le goût des sciences et des mathématiques sont en régression constante. Difficile de faire aimer les mathématiques lorsqu'on y est soi-même réfractaire, difficile de faire découvrir leur caractère fondamentalement ludique, le plaisir et l'exigence de la démarche expérimentale, l'intérêt d'une pensée scientifique qui vise à comprendre le monde physique tel qu'il est lorsqu'on n'est pas à l'aise avec ces matières. Si nous voulons corriger l'évolution préoccupante du niveau en sciences des jeunes Français, il est urgent de mettre en face d'eux, très tôt, des professeurs susceptibles de leur faire aimer les sciences. Sans doute faudra-t-il, pour attirer des scientifiques dans les écoles, imaginer des carrières différentes, des modes d'association nouveaux d'intervenants extérieurs pendant les heures de cours. Partout en France, lorsque des initiatives pédagogiques et associatives se rencontrent et parviennent à desserrer l'uniformité administrative, des expériences, mettant au contact de jeunes enfants des étudiants, des élèves d'écoles d'ingénieurs ou des scientifiques pour susciter l'envie et la curiosité[1], montrent la voie.

Le choix de former les professeurs du premier degré à l'université et plus dans le cadre de l'Éducation nationale par des cursus spécifiques revenant sur les bases essentielles et permettant d'affermir les compétences des professeurs par matière doit probablement être revu. Si l'on peut comprendre la logique « d'universitarisation » et la volonté de monter en compétence les enseignants qui l'animait, les résultats obtenus, pour le moins mitigés, et la nécessité de reformer solidement les professeurs du premier degré militent plutôt pour un système nouveau, peut-être affranchi de la nécessité d'avoir obtenu un master 2 et sans doute organisé autour des besoins réels de l'Éducation nationale plutôt qu'en fonction d'une logique universitaire nécessairement plus théorique. Et au moins autant que le recrutement et la formation initiale, il importe de repenser, pour les professeurs de demain, des carrières plus ouvertes, peut-être moins linéaires, donnant l'avantage à ceux qui font le choix de se former, permettant de moduler en fonction de l'âge l'intensité du service, d'entrer dans la carrière bien plus tard, après une vie professionnelle remplie, d'en sortir dès lors que l'envie, l'enthousiasme ou la capacité se tarissent.

Enfin, et c'est la quatrième direction qu'il convient d'envisager pour avancer, il nous faudra nous interroger

1. On citera par exemple la formidable Fondation « La main à la pâte ».

sur des questions devenues taboues et qui pourtant sont au cœur de la réflexion sur l'école. Ouvrir ces pistes, c'est toujours susciter un débat sonore, c'est encourir l'opprobre de beaucoup de professionnels dont je ne doute pas une seconde qu'ils aiment l'école mais qui refusent la discussion sur ces sujets, c'est probablement prendre à rebrousse-poil les organisations syndicales. Mais ne pas les ouvrir me paraît encore plus dangereux. On ne refonde pas une institution aussi essentielle que l'école, on ne traite pas la première priorité d'une Nation comme la France en s'interdisant *a priori* une réflexion pourtant essentielle sur quelques questions qui fâchent, certes, mais qui se posent.

Et d'abord celle des rythmes : celui de la journée, celui de la semaine et peut-être surtout celui de l'année scolaire. Nos journées d'école sont intenses, nos semaines assez pleines et notre année est caractérisée par une longue, très longue période de vacances estivales. Ces vacances d'été, formidables pour les professeurs et leurs familles, utiles pour l'industrie touristique nationale qui répartit ainsi sa fréquentation entre les « juillettistes » et les « aoûtiens », caractéristiques peut-être d'un certain art de vivre, sont surtout au cœur de l'inégalité sociale que reproduit merveilleusement, en dépit de tous les discours républicains, notre système scolaire. Deux mois de coupure et souvent plus lorsque le mois de juin est amputé pour des raisons liées aux examens, c'est formidable lorsqu'un enfant est entouré, lorsque son niveau de langage, sa socialisation, les rencontres qu'il enchaîne ou les activités qu'il pratique lui permettent de mettre en perspective les journées d'école. Mais c'est dramatique lorsque tout cela manque. Lire, écrire, travailler, tout cela s'oublie, tout cela stagne voire régresse lorsque la sollicitation disparaît. Combien de temps fera-t-on mine de penser que les vacances d'été ne creusent pas les inégalités scolaires ? Combien de temps refusera-t-on de comprendre qu'adapter les rythmes en fonction des besoins des élèves est plus conforme à l'ambition de l'école que de se réfugier derrière la fiction d'un niveau homogène à la rentrée ? Combien de temps faudra-t-il attendre pour que soit posée la question de la transformation du rythme annuel, afin que certains enfants partent plus tard en vacances ou rentrent plus tôt, ou que tous les élèves puissent avoir des journées scolaires moins longues mais plus nombreuses pendant l'année ?

Deuxième question délicate : celle de l'élitisme et de l'excellence. Revendiquer l'élitisme et l'excellence à l'école publique, c'est curieusement s'exposer aux critiques acerbes d'un certain nombre de professionnels de l'éducation. Curieusement, car il est très rare qu'à l'extérieur de l'Éducation nationale on conteste explicitement l'idée qu'il soit nécessaire de promouvoir une forme d'élitisme, sauf à évoquer le sujet avec des gens qui pensent que, par nature, l'école ne sert à rien. Pendant longtemps, le but de l'école républicaine a été l'élitisme : il s'agissait de former une base large, pour ancrer le régime, et de permettre la sélection progressive d'une élite scolaire. La IIIe République assumait explicitement cette logique. Avec la massification des études secondaires, puis encore plus avec celle des études supérieures, cet élitisme a pris une autre forme sous la IVe et surtout sous la Ve. Il ne s'agissait plus de sélectionner tôt, mais d'accompagner un nombre de plus en plus grand d'élèves vers des formations de plus en plus complètes sans mettre en danger les logiques et les parcours d'excellence. Cela a fonctionné. Cela fonctionne encore, mais de plus en plus difficilement, au fur et à mesure de l'affaissement du niveau général de l'école.

Il m'arrive parfois d'avoir à justifier mes études. Sciences Po puis l'ENA : voilà qui vous place automatiquement dans la catégorie des parvenus ou des « fils d'archevêque ». Peu importe que mon père ait été le premier Philippe à obtenir son bac, qu'il soit issu d'une famille modeste, que j'aie grandi avec mes parents dans les banlieues de Rouen et qu'il n'y ait eu, dans mon parcours d'enseignement supérieur, aucune possibilité d'intervention, de « piston » ou favoritisme, ces deux écoles représentent aujourd'hui aux yeux de beaucoup une élite qui pourra toujours faire mine d'être ouverte mais qui demeure fondamentalement reproductrice d'elle-même.

Combien de « fils d'archevêque » à Sciences Po et à l'ENA ? Quelques-uns, c'est vrai. Y étaient-ils parce qu'ils étaient issus de familles privilégiées ? En partie peut-être, mais en partie seulement, parce que des fils et des filles d'archevêque incapables de préparer des concours exigeants et de les réussir, préférant profiter de leur jeunesse dorée dans la douceur de leur milieu plutôt que de se soumettre à une compétition exigeante et incertaine, j'en ai rencontré beaucoup plus ! Et les autres, dont on parle peu, qui à force de travail, de lecture, d'exercices, parce qu'ils veulent se confronter aux meilleurs, parce qu'ils veulent s'élever, non pas par honte ou par ingratitude, mais parce que vouloir aller plus haut et plus loin n'est pas complètement étranger à la grandeur de la condition humaine, ceux qui comme mes parents avant moi et comme moi après eux voient dans l'école le moyen le plus sûr et le plus digne pour progresser, ceux qui partout en France ne demandent qu'à croire à nouveau à la promesse républicaine d'une promotion sociale fondée sur l'effort et les mérites : ceux-là, qui ne comptent pas pour peu, qui sont le terreau de la France de demain, aimeraient que l'école ne néglige pas les logiques d'excellence.

Or bien des instruments qui traduisaient ces logiques ont été supprimés. L'enseignement des langues dites mortes, jugé trop difficile, ou trop coûteux, ou peut-être inutile ou sans doute trop discriminatoire, a été balayé. Les classes de niveau, les classes européennes ou internationales, tous les programmes qui visaient explicitement à pousser les élèves les plus doués encore plus loin ont été rabotés et sacrifiés sur l'autel consternant d'une égalité des moyens et d'un nivellement des opportunités. Les parcours d'excellence scolaires, pour fonctionner, doivent être balisés, visibles, connus. Plus ils seront immergés dans des établissements nombreux, plus ils auront un effet d'entraînement sur les parcours des autres enfants et mieux ils préserveront la nécessaire mixité sociale. L'instauration de classes de niveau par matière ou de suivi personnalisé ou collectif des élèves dans la matière dans laquelle ils excellent s'inscrit dans cette logique et devra être encouragée.

Dernier sujet compliqué à aborder, lui aussi à l'origine de crispations régulières : l'ouverture de l'école au monde extérieur. Bien sûr l'école doit être un sanctuaire, tout entier consacré à l'apprentissage de l'élève et protégé autant que possible contre la furie, les distractions et les vanités du monde extérieur. Mais comment imaginer que l'apprentissage de l'élève puisse être complet si l'interaction avec le monde extérieur n'est pas organisée ? Le monde de la culture bien sûr, mais aussi celui de l'entreprise ou plus exactement de la production, de la recherche, de la santé. Faire en sorte que les élèves puissent entrer en contact rapproché au cours de leurs premières années d'école avec des œuvres, avec des artistes, avec des personnes exerçant des métiers qui leur sont souvent inconnus mais qu'ils gagneraient à découvrir autrement que par le biais de la télévision. L'instauration des stages de découverte à la fin du collège participait de cette volonté mais elle ne peut en être la seule illustration. Et les hésitations traditionnelles d'enseignants méfiants devant le monde de l'entreprise ou rétifs à toute forme d'expertise ou d'expérience extérieure à l'Éducation nationale ne devraient pas freiner les initiatives en la matière.

***

Il est facile aujourd'hui de célébrer Camus. Écrivain, intellectuel, prix Nobel, résistant, figure du séducteur respectueux des femmes, à la fois révolté et mesuré, Albert Camus apparaît comme un modèle citoyen. On oublie qu'il fut vilipendé à gauche, pour son anticommunisme et pour avoir demandé au général de Gaulle la grâce de Brasillach, et critiqué à droite pour sa dénonciation continue du libéralisme économique, du système colonial et de l'Algérie française. Sa simplicité, son sens de la formule, son humanité profonde, son destin peut-être, son talent aussi ont eu raison, et c'est heureux, de ces préventions. Le Covid a même semblé donner une nouvelle jeunesse à *La Peste*.

La lettre qu'adressa Camus à Louis Germain, son instituteur, après avoir appris qu'il était lauréat du prix Nobel de littérature, est célèbre. Au même titre que celle adressée aux instituteurs par Jaurès, elle est devenue un des éléments du panthéon dressé aux enseignants par leurs élèves reconnaissants. Peu importe sans doute, même s'il n'est jamais mauvais de s'en souvenir, que l'école du début des années 1920 en Algérie ait été profondément inégalitaire, et que les méthodes et le contenu de l'enseignement d'alors puissent faire défaillir d'horreur et d'effroi un bon nombre des admirateurs contemporains de Camus, ce que l'écrivain dit à son professeur résume parfaitement ce que nous aimons de l'école et ce que nous devons à ceux qui la font vivre :

« *Cher Monsieur Germain, J'ai laissé s'éteindre un peu le bruit qui m'a entouré tous ces jours-ci avant de venir vous parler un peu de tout mon cœur. On vient de me faire un bien trop grand honneur, que je n'ai ni recherché ni sollicité. Mais quand j'ai appris la nouvelle, ma première pensée, après ma mère, a été pour vous. Sans vous, sans cette main affectueuse que vous avez tendue au petit enfant pauvre que j'étais, sans votre enseignement, et votre exemple, rien de tout cela ne serait arrivé.* »

Le port du Havre

Aménager

« *L'Histoire passe par les mêmes chemins que la géographie.* »
François Mitterrand

Le département du Gers n'est pas tourné vers la mer.

Rythmés par des reliefs sinueux et doux, ponctués par des cyprès apaisants, ses paysages renvoient, avec leurs faux airs de Toscane française, à un enracinement continental tranquille. Capitale historique de la Gascogne et désormais préfecture du département, Auch attire les visiteurs en valorisant un patrimoine architectural, culturel et gastronomique respectable. Et dans une région richement dotée en merveilles architecturales, Auch a des arguments à faire valoir : un escalier monumental qui permet au promeneur de croiser l'imposante statue de d'Artagnan, de rejoindre la tour d'Armagnac, de se perdre dans les pousterles dont les itinéraires tissent des liens capillaires entre les deux parties de la ville, d'admirer la maison Fedel et, enfin, de découvrir la cathédrale Sainte-Marie.

Étonnante cathédrale que celle d'Auch. Édifiée à partir de la fin du XVe siècle, trois ans seulement avant la découverte de l'Amérique et la fin de la Reconquista espagnole, sa construction tardive lui donne la tonalité anachronique d'un projet moyenâgeux entrepris au moment où la Renaissance s'impose en Europe. Illuminée par des vitraux exceptionnels aux couleurs chaudes et riches, servie par deux orgues construits pour le premier sous Louis XIV et pour le second sous Napoléon III, Sainte-Marie est surtout impressionnante pour son chœur et les cent treize stalles qui y attendent le visiteur.

Chacune de ces stalles, sculptées dans un chêne rendu imputrescible, illustre un personnage ou une scène bibliques. Merveilles du XVIe siècle, elles représentent alternativement des figures masculines et féminines. Le luxe de détails, l'inspiration à la fois biblique et profane de ces représentations massives par leur taille mais délicates par leur raffinement font de cet ensemble complet un témoignage passionnant sur la France de l'époque : un Indien y fume un calumet, un homme y frappe la tête de sa femme avec une enclume (laquelle, prétendent les locaux, casse, pour démontrer que la tête d'une femme est plus dure encore qu'une enclume)… Entre la stalle représentant l'apôtre Jean, premier disciple du Christ, et celle représentant l'évangéliste saint Marc, saint patron de Venise, se dresse la stalle représentant l'Espérance. Figure féminine, l'Espérance tient dans sa main gauche une pelle qui repose sur le sol et dans sa main droite une ancre de marine.

En plein Gers, à plusieurs centaines de kilomètres de la mer, l'ancre de marine, symbole de l'espérance ! Pour les premiers chrétiens, l'ancre disait la fermeté, les tribulations et le salut dans la foi. Pour les sculpteurs du chœur, l'ancre c'était tout cela, et c'était peut-être aussi un des symboles du grand bouleversement du monde qu'impliquait le développement des grandes expéditions maritimes contemporaines de la construction de la cathédrale.

Pour moi, l'ancre est le plus beau des objets.

À la fois symbole de la maîtrise de son destin et de l'aspiration à l'aventure, emblème des troupes de Marine qui occupent une place particulière dans mon panthéon militaire, l'ancre est mon porte-bonheur. Je conserve, dans tous les bureaux qu'il m'est donné d'occuper au fur et à mesure que se déroulent ma vie politique et ma vie professionnelle, en plus de mon sabre d'officier d'artillerie, une ancre sobre, en carton, qui me rappelle la nécessité d'alterner les périodes de mouvement et d'enracinement. Curieusement superstitieux, je porte désormais en permanence une ancre sur moi. Et au-delà de cette fascination pour l'ancre de marine, je constate, avec l'âge, que le lien avec la mer me devient de plus en plus nécessaire.

Addiction puissante, la mer est entrée dans ma vie d'abord par la culture portuaire.

Enfant, je la voyais depuis le dixième étage d'une des deux tours qui dominent le quai de Southampton et l'entrée du port du Havre. Surplomber le ballet des bateaux, des ferrys, des vraquiers, des pétroliers et des abeilles qui inlassablement les accompagnaient dans leurs manœuvres, c'était disposer d'une vue en perpétuel mouvement, où l'activité industrielle et portuaire dialoguait avec le soleil, la pluie, le vent et la marée. Des heures durant, l'été, je contemplais cette activité lente et inexorable, fascinante de puissance.

Le Havre est la ville de ma famille paternelle, depuis toujours. Le premier à en être parti était mon père, qui avait jugé opportun de mettre une centaine de kilomètres de distance entre lui et son propre père, mais qui avait souhaité ne pas partir trop loin pour rester proche de son frère jumeau. Les monozygotes supportent mal la distance. En conséquence, nous habitions à Rouen et venions au Havre dès la fin de semaine et pendant une bonne partie des vacances scolaires. Mon père, qui avait grandi dans la cité portuaire, y retrouvait son frère et ses sœurs, quelques rares amis, et moi, je restais interdit par cette ville surprenante, qui me désarçonnait compte tenu des réactions ironiques ou désagréables qui fusaient à chaque fois qu'ailleurs, je la mentionnais : « grise et triste », faisaient mine de s'affliger les Rouennais, « venteuse et lointaine », notaient de façon péremptoire les autres, « communiste à jamais », prédisaient les commentateurs de la vie politique locale qu'il m'arrivait de croiser.

Dans cette ville orthogonale, faite de béton et d'embruns, le passé le plus lointain tenait à une petite cathédrale à la façade baroque à laquelle s'adossait un clocher discordant. Le Havre et sa modernité presque brutale tranchaient avec les encorbellements des constructions normandes et la profusion d'églises moyenâgeuses de Rouen. Mes grands-parents et leurs amis ne cessaient de désigner les rues et les places par les noms qui avaient prévalu avant la guerre, cultivant une nostalgie incompréhensible pour l'enfant que j'étais, sans parler des difficultés d'orientation associées à cette troublante habitude. À la fin des années 1970, lorsque Oscar Niemeyer est venu construire son théâtre en forme de volcan de béton blanc, ils râlaient encore, ressassant leur détestation des Anglais qui avaient rasé la ville et leur agacement contre la mairie qui ajoutait du contemporain à la reconstruction. Enfant, il m'arrivait de me demander si les gens d'ici aimaient leur ville.

Mais il y avait la mer. Et le port. La pêche au maquereau et au bar avec le petit bateau que mon grand-père avait acheté avec quelques-uns de ses amis qu'il prenait un plaisir non dissimulé à appeler ses associés, les soirées d'été sur la plage à marée basse, lorsque les galets laissaient la place au sable plat, les visites dans les entrepôts de coton, les explications sur le fonctionnement du port, sa description des métiers qui sonnaient à mes oreilles comme des mystères et des aventures : lamaneurs et dockers, pilotes et transitaires…

Mon grand-père aimait le port. Son père avait été longtemps docker, il l'avait été lui aussi, jeune, après son « certif », mais avait dû interrompre cette carrière très tôt après que la tuberculose l'avait rendu inapte à l'exercice d'un métier physiquement exigeant. Alors il avait choisi le coton, qu'il importait, classait et négociait, devenant ainsi un acteur modeste mais reconnu du monde portuaire havrais. Issu d'une famille pauvre, il avait gravi quelques barreaux de l'échelle sociale et terminait sa vie de façon plus confortable qu'il ne l'avait commencée, confessant sans barguigner sa passion pour les beaux costumes, les bons vins et les jolies femmes. Être mariée à mon grand-père devait être pénible, être son fils ou sa fille sans doute difficile. Mais être son petit-fils était merveilleux. Ensemble nous choisissions les vins dans sa cave, des vins rouges qu'il aimait me décrire, avec fierté, comme s'il s'agissait de bijoux ou de chefs-d'œuvre. Enfant, j'étais surtout sensible au charme des étiquettes, à la puissance d'évocation des noms et des châteaux, mais j'étais confondu d'admiration devant le vocabulaire utilisé, devant l'ancienneté presque canonique de bouteilles qui avaient parfois le double de mon âge et devant les rites que cette cave et son maître commandaient d'observer. Dès la fin de l'adolescence, je repartais toujours du Havre avec quelques bouteilles « qui ne pouvaient plus attendre et qui devaient être bues » et dont mon grand-père s'évertuait à faire croire que c'était à elles qu'il rendait service.

J'abusais sans doute un peu de la générosité de celui dont la joie d'être grand-père était manifeste, mais je savais qu'il convenait de ne pas dépasser les limites. Elles avaient été repoussées à mille lieues de celles qui avaient prévalu pour mon père, son jumeau et ses sœurs, mais elles existaient encore et les franchir par désinvolture ou impolitesse vous condamnait sans autre forme de procès à un coup de pied au cul et à une engueulade conséquente. Le Havrais sait aussi être rugueux.

Jamais timide à l'idée de montrer que sa vie professionnelle lui permettait de vieillir bien mieux qu'il n'avait grandi, mon grand-père roulait en DS. La ligne élancée, la forme bizarrement aquatique et l'élégance toujours officielle quoique déjà un peu surannée de cette grande voiture blanche m'enchantaient. J'avais même fini par croire qu'il était impossible de la conduire sans porter les gants de cuir clair et de crochet en coton que mon grand-père enfilait à chaque fois qu'il se mettait au volant. Aussi loin que je me souvienne, je ne l'ai jamais vu conduire autrement qu'avec ces gants patinés. Bien plus tard, lorsqu'il fallut que j'apprenne à conduire, il m'entraînait sur les hauteurs du Havre, derrière l'aéroport, sur des petits chemins agricoles dont il affirmait contre toute évidence que la maréchaussée ne les connaissait pas et où il prétendait qu'il était possible, et même autorisé, en tout cas toléré, voire admis, en vertu d'un usage quasi ancestral qu'il convenait donc de défendre, pour les grands-pères méritants, d'y faire conduire leurs petits-enfants sans permis. Et lorsque l'aéroport paraissait trop lointain, c'est sur les immenses parkings du port du Havre, à l'époque facilement accessibles à quiconque, qu'il m'apprenait à faire des créneaux, des demi-tours et autres manœuvres dont il se plaisait à noter qu'elles étaient de plus en plus mal maîtrisées par les jeunes conducteurs. Et même si notre époque incite à être discret sur un sentiment qui ne lui fait pas honneur, il faut avouer qu'il avait sur l'idée que les femmes puissent conduire aussi bien que les hommes des théories aussi arrêtées que réactionnaires.

Le port était un monde à part. Un monde en soi. Avec ses codes, son vocabulaire, ses usages, ses fidélités et ses combats. Un petit monde, gigantesque par son étendue mais délimité et cartographié, ouvert sur le lointain et pourtant profondément enraciné, attaché à un entre-soi riche de complicités, de connivences, de concurrences et d'antagonismes. Un monde fondé sur une économie, la mondialisation, et sur deux cultures, la lutte et le négoce, qui ne sont au fond que deux figures de l'échange et du rapport de forces.

La mondialisation a souvent mauvaise presse.

Stade ultime du capitalisme qui intègre la totalité du commerce mondial dans un marché global, désastre environnemental fondé sur des flux massifs de matières premières et de marchandises à destination de nos sociétés de grande consommation, inexorable machine à niveler les cultures, les sociétés et les nations qui finissent, sous son effet, par converger dans un « globish » sans grande saveur ni réelle originalité, la mondialisation est dénoncée aussi bien par ceux qui y voient l'instrument du déclassement de l'Occident que par ceux qui y voient l'instrument d'oppression du reste du monde, par ceux qui redoutent de perdre le contrôle de leur destin et par ceux qui y voient l'instrument fatal d'un effondrement causé par l'utilisation excessive des ressources naturelles. Et si la mondialisation est toujours critiquée de façon virulente à l'extrême gauche comme à l'extrême droite, elle est rarement défendue par les autres : relocaliser l'industrie sur notre sol, construire et développer des circuits courts, promouvoir la souveraineté plutôt que l'interdépendance, défendre les plus fragiles contre les méfaits d'une mondialisation devenue folle, ces idées et ces slogans relèvent aujourd'hui du bon sens. Ils sont partagés et revendiqués sur l'ensemble du spectre politique. Même en étant particulièrement attentif, on peine à trouver dans le débat public français des arguments ne serait-ce que vaguement favorables à la mondialisation. À gauche, les travailleurs de tous les pays du monde sont sommés de s'unir pour défaire l'intégration mondiale des marchés et interrompre cette course mortifère à la croissance ; à droite, les citoyens de toutes les nations sont invités à refuser l'effacement de leur identité, et entre les deux, bon courage à qui essaie de faire remarquer que comme toutes les précédentes mondialisations, celle que nous vivons présente quelques avantages certains.

On s'épuiserait à rappeler que l'espérance de vie des femmes et des hommes a partout considérablement progressé avec l'intégration de l'économie mondiale ; on donnerait le sentiment de s'abandonner à un cynisme abject en remarquant que jamais dans l'histoire de l'humanité une aussi faible proportion d'hommes et de femmes n'a été soumise au risque de famine ; on passerait pour un provocateur malicieux ou irresponsable en suggérant que jamais non plus l'humanité n'a été, au moins à court terme, aussi préservée des effets des catastrophes climatiques ; on verrait écartés du plat de la main les arguments tenant à la sortie massive de la pauvreté de plusieurs centaines de millions de personnes vivant en Asie et en Afrique grâce à l'émergence d'une classe moyenne en Chine, en Inde, en Indonésie, au Kenya, au Brésil, au Vietnam, en Turquie ou en Côte d'Ivoire. Oser dire que le mouvement de mondialisation des quarante dernières années s'est traduit par un enrichissement du monde sans précédent, c'est prendre le risque d'être regardé comme le pire des hermétiques et le pire des hérétiques : hermétique à la pauvreté et à la souffrance qui n'ont pas disparu de la surface du globe ; hérétique face à la vérité révélée de l'effondrement qui vient compte tenu du rythme de consommation des ressources naturelles et de dérèglement du climat qui y est associé. Merveille du débat public, qui interdit de se réjouir d'éléments positifs parce qu'ils ne sont pas uniformément positifs ou parce qu'ils doivent être balancés par des éléments négatifs…

Le débat sur ces sujets mériterait à coup sûr un ou plusieurs livres à lui seul. Il gagnerait sans doute à accepter que des positions nuancées puissent être formulées et peut-être même, rêvons un peu, entendues. Il pourrait profiter utilement d'une mise en perspective qui montrerait que les mondialisations d'hier et d'aujourd'hui sont souvent le fruit de mécanismes sous-jacents et puissants, qui échappent assez largement au pouvoir politique, et que les quelques exemples de décisions politiques prises pour y mettre un terme ou pour s'en extraire ont eu, en règle générale, des conséquences nulles ou catastrophiques pour les États concernés. Il mériterait que l'on s'interroge non pas sur comment mettre un terme à la mondialisation, mais bien plutôt sur comment l'organiser de façon à en conserver durablement les avantages et à en limiter durablement les inconvénients.

Quoi qu'on pense de la mondialisation, il n'est pas contestable qu'elle est d'abord un phénomène maritime. On l'imagine souvent incarnée par la circulation immédiate de l'information ou des capitaux ou par la convergence technologique, mais au cœur de cette réorganisation du commerce mondial, il y a la mer, le transport maritime et le développement portuaire.

S'il fallait définir l'objet le plus emblématique de la mondialisation, à côté de l'iPhone conçu en Californie, assemblé en Chine et vendu partout dans le monde, concentré de technologie conviviale et égalisatrice, ce serait, à mes yeux, comme probablement aux yeux de tous ceux qui vivent, partout dans le monde, dans des grands ports, le container. Cette boîte en métal d'une grande simplicité, qui peut être empilée sur d'autres boîtes, posée sur un camion, sur un train ou sur un bateau, a plus qu'aucune autre chose profondément changé le monde. En rendant infiniment plus simples les opérations de chargement et de déchargement des bateaux, la sécurité et le suivi de la marchandise, en permettant l'interopérabilité complète de tous les modes de transport entre le point de départ et le point d'arrivée de la marchandise, le conteneur a permis à la fois une massification du transport maritime et une chute vertigineuse de son coût.

Les ports du monde entier sont aujourd'hui « containerisés ». Dans les années 1950, Malcom McLean crée la première compagnie maritime faisant le pari du transport de containers et transforme un bateau existant, l'*Ideal-X*, en porte-conteneurs d'une capacité de 58 boîtes. Le premier porte-conteneurs construit spécifiquement pour transporter des boîtes, le *Clifford J. Rodgers*, sera capable d'embarquer 600 boîtes du port de Vancouver à un port de l'Alaska. La course au gigantisme ne s'arrêtera pas. En 1973, les deux premiers porte-conteneurs français, le *Kangourou* et le *Korrigan*, atteignent la capacité record de 3 000 boîtes. Au début des années 2000, la capacité moyenne des bateaux est de 8 500 boîtes. Elle dépassera les

10 000 en s'affranchissant des limites de taille imposées par le passage du canal de Panama à partir de 2006. Et ce cap étant franchi, la course au gigantisme ne connaîtra plus beaucoup de limites. Aujourd'hui, les porte-conteneurs sont des bateaux de 400 mètres de long qui emportent plus de 23 000 boîtes avec des équipages d'environ 25 personnes. Il faut se représenter ce qu'est la cargaison d'un tel navire. Le prix total de la marchandise transportée par un seul de ces bateaux excède le milliard d'euros ; et s'il prenait à quelqu'un l'envie d'aligner les 23 000 containers chargés sur le bateau, ils formeraient une ligne de 138 kilomètres. Chaque jour, il en arrive plusieurs au Havre.

La mondialisation est maritime parce que l'immense majorité du transport physique de marchandises, plus de 80 % de son volume, passe par la mer et par les ports. C'est colossal, et à vrai dire quasi inimaginable, sauf à saisir que tout ce qui nous entoure est fabriqué à partir de produits, de matières premières ou d'énergie qui ont fait l'objet eux-mêmes de plusieurs transports maritimes. Une chemise, c'est du coton qui a poussé en Égypte et qui a été tissé en Turquie, du pétrole saoudien pour faire tourner les moteurs des pompes, des tracteurs et des camions qui auront contribué à l'ensemble, des boutons vietnamiens produits à partir de plastique chinois, et le tout est assemblé quelque part après avoir transité par plusieurs ports. Les vins et spiritueux produits en France, qui sont consommés partout dans le monde, passent par le port du Havre, qui voit transiter plus d'un milliard de bouteilles chaque année. Le papier sur lequel ce livre est écrit, l'encre aussi, tout cela est très probablement passé dans un port, au moins une fois et probablement plusieurs. Roberto Saviano, dans son *Gomorra*, a cette formule limpide à propos du port de Naples : « *Tout ce qui a été fabriqué passe par le port.* » On ne saurait mieux dire.

La mondialisation est maritime, et nous autres Français, si nous aimons la mer, nous la connaissons finalement assez mal. Fernand Braudel a décrit mieux que quiconque la relation particulière que notre pays entretient avec la mer. Une relation ratée, ou au moins contrariée, la France ne parvenant jamais à s'envisager maritime en dépit d'atouts évidents, de ports naturels remarquables et d'une triple façade maritime incomparable en Europe. « *Il y avait au moins deux France, l'une maritime, vivante, souple, prise de plein fouet par l'essor économique du XVIIIe siècle, mais qui est peu liée avec l'arrière-pays, tous ses regards étant tournés vers le monde extérieur, et l'autre, continentale, terrienne, conservatrice, habituée aux horizons locaux, inconsciente des avantages économiques d'un capitalisme international. Et c'est cette seconde France qui a eu régulièrement dans les mains le pouvoir politique*[1]. »

Quel aurait été le destin de la France si elle s'était tournée vers la mer ? Qu'aurait été son identité si la capitale politique du pays avait été dans un port

1. *La dynamique du capitalisme*, Flammarion, 1977.

maritime, à Marseille, au Havre ou à La Rochelle, plutôt qu'à Paris ? La question est aussi passionnante que purement rhétorique. Il reste que, choix conscient toujours répété ou décision subie en raison de notre géographie et de nos frontières terrestres à défendre, l'aspiration à la puissance continentale a souvent prévalu et que la mer a longtemps été oubliée.

Notre pays a su consacrer des moyens considérables et une intelligence collective impressionnante pour développer des infrastructures exceptionnelles. Au cours des cinquante dernières années, la France a su construire un réseau remarquable de près de 2 500 kilomètres de lignes TGV, permettant de transporter dans des conditions exceptionnelles de vitesse et de confort un très grand nombre de passagers, et un parc nucléaire de 56 réacteurs encore en exploitation ; elle a développé une industrie aéronautique et spatiale superbe, construit un tunnel sous la Manche, équipé le territoire national de 10 000 kilomètres supplémentaires d'autoroutes, développé 135 kilomètres de métro en régions et environ 850 kilomètres de lignes nouvelles de tramway dans 28 villes et agglomérations, engagé la construction d'un chantier titanesque visant à construire 200 kilomètres de nouvelles lignes de métro express desservant 72 gares en Île-de-France, d'un canal Seine-Nord reliant l'Île-de-France au système portuaire de l'Europe du Nord et quelques autres merveilles.

L'intensité de l'effort collectif d'investissement en matière d'infrastructures ne doit pas être sous-estimée.

Son impact sur la compétitivité et l'attractivité de notre pays a été décisif. La géographie française s'en est trouvée modifiée : les distances se sont raccourcies, la Grande-Bretagne a presque cessé d'être une île et surtout les métropoles reliées à Paris par des lignes ferroviaires à grande vitesse ont profité d'un développement accéléré. En 1947, le géographe Jean-François Gravier dénonçait la macrocéphalie française et déplorait une forme d'accaparement parisien des dépenses d'infrastructures. La France dessinée dans son ouvrage *Paris et le désert français*, c'était une hémorragie interne, la province se vidant à grande vitesse et Paris en profitant sans vergogne. Devenu le livre de chevet de tous les décentralisateurs convaincus, critiqué mollement par quelques scientifiques qui décelaient dans l'ouvrage des relents de haine urbaine non dénuée d'inspiration vichyste, *Paris et le désert français* a marqué la façon dont des générations d'étudiants ont imaginé la France et dont a été construite leur représentation du pays. Force est de constater que cette vision ne correspond plus, enfin (!), à la réalité. L'aménagement du territoire et la décentralisation ont produit une France dans laquelle des métropoles dynamiques et attractives peuvent rivaliser avec leurs concurrentes européennes, et parfois avec Paris. Notre géographie a changé sous l'effet conjugué d'investissements massifs et de transformations sociales et démographiques. Et nous ne devrions pas en avoir honte.

Mais en transformant la France comme nous l'avons fait depuis plus de cinquante ans, et comme l'avaient avant nous transformée les générations précédentes, nous avons raté quelques rendez-vous importants, ce dont nous payons trop souvent le prix aujourd'hui. Et le premier de ces rendez-vous ratés, ce sont la mer et les ports.

Le plus grand port de France pour le commerce extérieur est le port du Havre. Marié depuis 2021 avec celui de Rouen et de Paris, il permet l'importation et l'exportation d'environ 3 millions de conteneurs par an. Celui de Marseille est à 1,5 million, et celui de Dunkerque à 650 000. Les trois grands ports français atteignent donc, additionnés, environ 5 millions de conteneurs par an. Dans le même temps, Anvers en traite 12 millions et Rotterdam 15 millions. Pourquoi sommes-nous loin derrière ? Pourquoi une grande partie de ce qui est consommé ou produit en France transite par Anvers ou Rotterdam plutôt que par un port français ? Est-ce grave ?

Évoquer les ports français conduit toujours à parler de la CGT. Et évoquer la CGT, et notamment sa branche des « ports et docks », en conservant un peu de mesure, en ne sombrant ni dans le dénigrement automatique ni dans le romantisme syndical, en tentant de faire la part des choses en somme, c'est toujours délicat. Surtout quand on est maire du Havre.

Je ne sais plus quand j'ai croisé pour la première fois la CGT au Havre. Je ne me souviens pas de la première manifestation à laquelle j'ai assisté enfant ou du premier reportage. Mais je me souviens assez précisément de ce que mon grand-père pensait de la CGT. Son propre père en avait été membre, car il n'était pas envisageable à l'époque d'être docker et de ne pas être membre de la CGT. Les deux choses allaient de pair. J'ai dans mon bureau du Havre la carte de Louis Philippe, mon arrière-grand-père, avec tous les timbres qui vont bien, et qui précise : « membre depuis 1928 ». Je l'exhibe avec une certaine fierté, non pas tellement parce qu'elle me donnerait des droits ou qu'elle permettrait je ne sais quelle connivence avec les dockers d'aujourd'hui, lesquels pensent sans doute plutôt que, né dans une famille honorable, j'ai bien mal tourné. Je la montre parce qu'elle traduit un enracinement et un attachement que je partage avec mon grand-père et dont il aurait été heureux qu'ils soient affichés dans le bureau du maire.

Mon grand-père était viscéralement anticommuniste, mais avait pour la CGT Dockers une forme de bienveillance critique. Il détestait les grèves, mais savait reconnaître l'intérêt de la lutte. Il n'aimait pas les organisations collectives contraignantes, mais respectait ceux qui se battaient pour leur « bout de gras ». L'opposition frontale au Parti communiste lui était venue sur le tard, sans que je sache si elle avait été motivée par les relations difficiles qu'il entretenait avec son propre père, par une opposition idéologique ou pour une autre raison. Mon avis est qu'il était trop attaché à Édouard Senn, le patron qui lui avait sauvé la mise pendant la guerre, et à la propriété privée en général pour supporter le discours des communistes. Dans les années 1970 et 1980, il vouait aux gémonies les communistes havrais et les communistes russes à chaque fois que cela lui était possible. Seuls les Anglais, communistes ou non, qui avaient rasé Le Havre en septembre 1944 étaient encore plus critiqués, avec une mauvaise foi insupportable à tous mais qui me fait encore sourire aujourd'hui.

Avec la CGT, il était bien plus mesuré. Il en voulait au syndicat de se mettre en grève et de limiter le développement du port du Havre, parce qu'il aimait le port par-dessus tout. Mais il savait aussi d'où il venait, et il savait que les métiers du port étaient difficiles, et qu'en travaillant dur les hommes qui faisaient tourner le port permettaient à d'autres de s'enrichir considérablement. Et il savait déjà que mettre sur le compte de la CGT toutes les difficultés du port, tous les retards de la France en matière maritime et portuaire, était absurde.

Et il avait raison. Au moins autant qu'à la CGT, on pourrait s'en prendre au patronat local et à l'État. La CGT avec sa défense acharnée des droits acquis, sa vigilance confinant à l'obsession et sa capacité aussi évidente que revendiquée à bloquer complètement les places portuaires du pays a sans aucun doute refroidi les ardeurs de clients en France et à l'étranger. Bien trop souvent, à l'occasion d'une visite d'entreprise, lorsque je demande par où passent les exportations, on me répond par Anvers ou Rotterdam, en levant les épaules, à peine désolé, « parce que c'est plus sûr », dit-on. Cette réalité existe et ne doit pas être sous-estimée. Elle me tord le ventre, ne me paraît pas toujours fondée, souvent injuste, mais elle existe et à la fin, c'est toujours le client qui décide. Mais le patronat local du Havre, en profitant longtemps d'une économie de rente, en limitant ses investissements, en freinant durablement (parfois dans une forme d'accord implicite avec les dockers) l'arrivée d'investisseurs étrangers qui auraient pu intensifier la concurrence, en choisissant bien souvent de se retourner vers la puissance publique pour régler des questions qui auraient dû relever de l'accord entre employeur et salariés, ce patronat partage une partie de la responsabilité. Et l'État n'est pas en reste. En privilégiant souvent la technique au management, en aménageant sans comprendre que la compétitivité d'un port dépend au moins autant des quais et du tirant d'eau que de la qualité du réseau ferroviaire, fluvial et routier qui le relie à l'hinterland, en tardant à organiser des coopérations entre ports complémentaires et entre établissements publics cousins, il a gâché des atouts maritimes exceptionnels.

Pour comprendre l'ampleur du gâchis, il faut avoir à l'esprit que la bataille de la mer se gagne à terre. Or, sur 100 conteneurs qui passent par Le Havre, 5 seulement arrivent ou repartent par voie ferrée, 10 sont transportés par le fleuve et 85 par la route. Reposer pour la logistique portuaire à 85 % sur le camion, c'est se condamner à être moins compétitif qu'Anvers ou Rotterdam où la part modale du fret ferroviaire est plutôt de l'ordre de 50 %. De ces deux ports du nord, on part plus facilement dans toute la Ruhr et au-delà en mode massifié, donc nettement moins onéreux. Une bonne partie de notre retard tient à la très grande médiocrité de notre système de fret ferroviaire, qui plombe la compétitivité des ports français. Pendant des années la France a cherché à faire voyager le plus vite possible le maximum de gens et s'est désintéressée des boîtes. Les Belges et les Hollandais ont fait l'inverse.

Ce gâchis a des conséquences sérieuses mais n'est pas irréversible.

La mondialisation a ses routes, essentiellement maritimes, qui relient les grandes zones de production et les grandes zones de consommation. La géographie physique contribue à les définir. Des Dardanelles au canal de Suez ou de Panama, du détroit de Malacca à celui d'Ormuz, les marins ont toujours fait avec ce que la géographie leur offrait. Mais l'intensité avec laquelle une route est utilisée tient aussi à la qualité du port qui fait la jonction entre la mer et la terre. Et lorsque les flux passent par Barcelone ou par Gênes plutôt que par Marseille, par Anvers ou Rotterdam plutôt que par Le Havre, notre pays voit son tissu industriel pénalisé, car dans une économie mondialisée, il est toujours précieux de ne pas être installé trop loin d'une route. Plus la route est importante, meilleure est la localisation. La politique portuaire est donc en vérité une politique industrielle. Et négliger ses ports revient à négliger son industrie, ce que notre pays a fait, avec une désinvolture consternante, pendant bien trop longtemps.

Il n'est heureusement pas trop tard pour réagir. C'est d'ailleurs une règle à laquelle il est préférable de croire lorsqu'on aime l'action publique et son pays. Il n'est pas trop tard pour bien faire, pas trop tard pour inverser une courbe, pas trop tard pour prendre une décision qu'il aurait été intelligent de prendre avant. Les seules malédictions fatales en politique sont la désinvolture et le renoncement.

Au cours de ces dernières années, plusieurs raisons d'espérer sont venues éclairer le paysage portuaire. Le succès incroyable de CMA CGM d'abord, qui a rappelé aux Français que le transport maritime existait et qu'un acteur national faisait partie des plus grands. La fusion des ports du Havre, de Rouen et de Paris a pour sa part permis la construction d'un axe logistique et industriel le long de la Seine, en garantissant l'unicité de la stratégie et de la politique commerciale et la cohérence des choix d'investissement. L'irruption dans le débat public de la mer, elle qui était trop souvent réduite à ses dimensions touristique ou piscicole (essentielles aussi), grâce notamment aux interventions récurrentes sur ce sujet de Jean-Luc Mélenchon et d'Emmanuel Macron, a fini de mobiliser l'État sur ce thème, ou plutôt a permis de commencer à le mobiliser utilement.

Il y a deux ans, MSC, le premier armateur mondial, a décidé d'investir massivement au Havre. Près d'un milliard d'euros pour équiper les dernières centaines de mètres disponibles sur les terminaux les mieux placés du port. Le directeur général de TiL, la filiale de manutention de MSC, Ammar Kanaan, Américain formé au MIT aussi sympathique au premier abord que direct, précis et ferme dans la discussion, venu sur place vérifier que les conditions d'un investissement aussi important seraient réunies, a parfaitement articulé les éléments nécessaires au développement rapide des ports français : des investissements massifs qui peuvent relever du privé ou du public, une augmentation de la productivité horaire qui doit être discutée et négociée avec les dockers et une amélioration sensible des solutions ferroviaires et fluviales. Deux ans après, les investissements ont été décidés, les travaux avancent et les dockers ont signé. L'amélioration de la desserte ferroviaire, elle…

***

Les grands projets d'infrastructure occupent une place désormais curieuse dans notre débat national. Ils sont souvent réclamés par les élus locaux et, pour une bonne part d'entre eux, par une partie importante de la population. Et ils font de plus en plus l'objet d'une opposition frontale, radicale, partagée par quelques élus et une autre partie de la population. Ils sont devenus les symboles de la controverse très peu apaisée qui distingue les tenants du développement économique, de la compétitivité, de l'aménagement du territoire et ceux qui considèrent que ces projets sont devenus sans objet compte tenu de l'urgence climatique et même totalement contre-productifs dès lors qu'ils accaparent des moyens importants qui pourraient être plus utilement employés à financer la lutte contre le dérèglement climatique ou l'adaptation à ses conséquences.

Notre-Dame-des-Landes, le contournement Est de Rouen, le centre d'enfouissement des déchets nucléaires de Bure, l'autoroute Castres-Toulouse, le tunnel entre Lyon et Turin, les grandes bassines de stockage d'eau, en attendant la construction des futures centrales nucléaires..., la liste des « Zones à Défendre » s'allonge au fur et à mesure que les projets se concrétisent. À chaque fois la méthode est la même : contestation de la légalité, contestation de la légitimité, occupation du terrain puis conflictualisation en espérant que la somme des moyens publics à mettre en œuvre pour mener le projet à son terme devienne si excessive qu'elle conduise à la remise en cause des raisons mêmes qui ont conduit à l'envisager.

J'ai raconté, avec mon ami Gilles Boyer, dans *Impressions et lignes claires* ce que je retenais de ce triste épisode de Notre-Dame-des-Landes. Aucun regret quant à la décision finale, qui me paraissait à vrai dire la seule envisageable compte tenu du degré d'enlisement du dossier et de l'enthousiasme avec lequel les gouvernements précédents avaient laissé le soin aux suivants de prendre les décisions délicates, mais le sentiment d'un énorme gâchis dont l'effet corrosif sur la parole publique et la confiance légitime dans les procédures démocratiques est insuffisamment pris en compte. Il ne s'agit pas de dire que par nature les grands projets d'infrastructures sont nécessaires et vertueux. Il a pu arriver et il arrivera sans doute encore que la puissance publique engage l'étude puis la réalisation de projets mal pensés ou obsolètes avant même leur mise en service. L'idée selon laquelle, parce qu'elle est la puissance publique, elle ne se tromperait jamais est une idée fantaisiste. Mais l'idée selon laquelle elle se tromperait nécessairement, parce qu'elle serait incapable de comprendre le nouveau monde et ses impératifs écologiques, me paraît tout aussi loufoque, et au moins aussi dangereuse.

Que des opposants s'affranchissent de toutes les règles de la légalité en dénonçant une démocratie malade, que ceux-là mêmes qui déplorent la violence d'État soient les premiers à trouver des excuses à toutes les infractions à la liberté de circuler ou aux violences à l'encontre des forces de l'ordre, que des législateurs puissent encourager des manifestants à enfreindre la loi me laisse profondément inquiet. Chacun aujourd'hui peut se draper dans les habits du résistant, en reprenant sans vergogne le vocabulaire d'une époque où la Résistance était quelque chose de sérieux. Chacun peut désormais « faire le malin » en interpellant courageusement n'importe qui devant n'importe quelle caméra ou n'importe quel téléphone sans rien risquer sinon le ridicule, qui, à l'époque des réseaux sociaux, ne tue que de façon incertaine et imparfaite. Se dire qu'on résiste est devenu l'attribut moral de tous ceux qui ne respectent pas la loi. En pensant dénigrer ceux qui gouvernent ou qui légifèrent, qu'ils renvoient *volens nolens* au rang d'occupants et d'oppresseurs, nos résistants à la petite semaine, ivres de leur bonne conscience désinvolte, ne se rendent pas compte qu'ils insultent ceux qui se sont vraiment battus.

Mais derrière le solide agacement que suscite chez moi ce mépris de la loi et de la délibération démocratique qui, en dépit de leurs redondances et de leurs hésitations, des contrôles qu'elles impliquent et des procédures qu'elles supposent, demeurent à mes yeux le socle de la vie dans une société libre, il y a quelque chose de plus inquiétant encore. Car le projet qui doit tenir notre Nation ne peut pas être seulement intellectuel. Il ne peut pas relever seulement de l'ordre des idées, ou des valeurs. Elles sont nécessaires bien sûr, mais elles ne sont jamais suffisantes. Le projet qui tient la Nation doit s'incarner dans des projets physiques, et les grandes infrastructures ont toujours, au-delà de leur utilité directe, joué un rôle fondamental en la matière. La construction des infrastructures de défense par Vauban ne répond pas seulement à une logique militaire, mais incarne bien un projet politique porté par Louis XIV ; les grands travaux parisiens de Napoléon et ceux au moins aussi spectaculaires conduits cinquante ans plus tard par Napoléon III n'ont pas seulement pour objet de percer des rues, de dessiner des avenues ou de planter quelques bâtiments monumentaux dans le sol de la capitale, mais bien de participer à la création d'une France nouvelle. Le prodigieux équipement ferroviaire de la IIIe République décidé et mis en œuvre à compter de 1878 à partir du plan conçu par Charles de Freycinet a donné corps à l'idée d'une République modernisatrice et émancipatrice. L'ambitieuse politique d'aménagement du territoire et d'équipement revendiquée par le général de Gaulle puis par Georges Pompidou s'inscrit dans cette perspective : l'effort de redressement de la Nation passe par des incarnations physiques, et les grands travaux d'infrastructures, parce qu'ils reposent sur l'idée de l'intérêt général, du long terme et d'une certaine forme de grandeur, incarnent cette volonté. Pour le dire autrement, il me paraît incertain que la France puisse comprendre qui elle est et plus encore où elle va sans se tourner vers des grands projets qui donnent du sens à la façon dont elle envisage l'avenir.

En 2009, le président Sarkozy avait souhaité engager une réflexion sur les investissements d'avenir et avait créé, après un discours remarqué devant le Congrès, une commission du Grand Emprunt, coprésidée par Michel Rocard et Alain Juppé. L'intensité de la recomposition politique engagée en 2017, qui a conduit des responsables politiques de droite et de gauche à se retrouver dans une majorité commune en renonçant à leur appartenance partisane passée mais pas à leur conviction intime, estompe légèrement l'audace qui avait prévalu à l'époque dans le choix des deux co-présidents. Rassembler deux personnalités rationnelles et passionnées, inspirées pour l'un par la social-démocratie et pour l'autre par une curieuse synthèse de gaullisme et de conviction pro-européenne, partageant tous les deux un véritable sens de l'État et une certaine distance sur ses travers, s'appréciant mutuellement sans être particulièrement proches, membres de formations politiques qui s'opposaient directement pour la conquête du pouvoir, c'était moderniser la démocratie et essayer de développer une culture du compromis. La commission avait été composée, outre ses deux présidents, de vingt-deux membres, dont moi. À l'époque adjoint au maire du Havre et directeur des Affaires Publiques d'Areva, j'étais parfaitement inconnu, mais Alain Juppé me faisait confiance et souhaitait m'associer à l'exercice d'auditions, de synthèse et de réflexions dont l'objet était de définir les priorités d'investissement public justifiant qu'un emprunt massif soit levé pour les financer. Les réunions se tenaient dans l'hôtel Marigny, qu'une rue sépare du palais de l'Élysée. Le choix du lieu disait l'importance accordée par le président de la République à l'exercice. Ou plutôt, comme à chaque fois qu'il s'agit de lieux et de symboles, l'importance que le président de la République voulait que l'on prête à l'exercice.

Pour moi, dont l'engagement politique avait commencé en admirant Rocard et s'était épanoui en rejoignant Juppé, assister aux échanges entre ces deux anciens Premiers ministres renvoyait à une saveur rare où excitation, surprise, curiosité et nostalgie s'entremêlaient. Rocard faisait claquer des affirmations qui résonnaient comme des aphorismes et qui étaient pourtant pleines de doutes. On aurait pu croire qu'il donnait la leçon, sûr de lui-même, de ses chiffres et de sa pensée, mais en vérité il doutait et il écoutait. Juppé, souvent conciliant sur tout ce qui lui semblait secondaire, ne se raidissait que lorsque ce qui lui apparaissait essentiel était en jeu. Très vite, et sans que les autres membres de la commission ne le contestent sérieusement, tous les deux se mirent d'accord sur la nécessité de ne pas intégrer dans la liste des priorités les grands projets d'infrastructures. Non pas, évidemment, par méconnaissance des enjeux : Rocard, ancien maire de Conflans-Sainte-Honorine, capitale française de la batellerie, savait le retard français en matière d'infrastructures fluviales, et Juppé, tout à sa stratégie de développement de Bordeaux, mesurait parfaitement l'enjeu des liaisons ferroviaires à grande vitesse de fret et de passagers. Mais constatant que le montant des besoins en investissements en matière d'infrastructures était tellement important que les 35 milliards d'emprunt envisagés n'y suffiraient pas, ils considérèrent qu'en les intégrant, on risquait en vérité de ne rien financer d'autre. Le choix se porta donc plutôt sur la recherche et l'enseignement supérieur, le soutien aux PME innovantes, le numérique et la biotech, ainsi que la rénovation thermique et la mobilité du futur. L'ambition d'adapter l'investissement public aux nouveaux enjeux de lutte et d'adaptation au changement climatique était déjà bien présente.

Quinze ans plus tard, les investissements se poursuivent, les emprunts prospèrent, et les besoins en matière d'infrastructures sont encore plus pressants.

Or, les infrastructures révèlent bien des choses d'un pays.

La densité du réseau autoroutier allemand, l'hypermodernité du formidable réseau ferroviaire à grande vitesse construit par la Chine, la lenteur traditionnelle des constructions ponctuées d'interruptions presque aléatoires des chantiers indiens, la centralisation ferroviaire française autour de Paris, les différences entre la modernité lombarde et la rusticité sicilienne quelle que soit la nature des ouvrages considérés sont autant de marqueurs d'une identité nationale. Et de toutes les infrastructures, le rail est la plus éloquente. C'est qu'un système ferroviaire, c'est à la fois des investissements énormes pour la construction et pour l'entretien, une complexité technique souvent insoupçonnée, un service complet devant tenir compte d'impératifs de sécurité, de flux massifs, de traversées de distances longues ou de densités folles. Tous les pays ont des trains, et tous les trains disent quelque chose de leur pays.

Le rail en France, c'est quelque chose. Avec un réseau d'environ 27 000 kilomètres, presque 15 000 trains par jour, le réseau français est à la fois passionnément aimé et intensément critiqué, ce qui traduit sans doute l'attachement que nos concitoyens lui portent. 10 % de ce réseau sont constitués de lignes à grande vitesse qui, pour l'essentiel, relient dans des conditions de rapidité, de confort et de régularité exceptionnelles les grandes métropoles et contribuent ainsi à modifier la géographie du pays. En déconnectant le temps de trajet de la distance d'abord : Le Havre et Paris sont distants de 178 kilomètres, Bordeaux et Paris de 587 kilomètres, et pourtant on va plus vite de Paris à Bordeaux qu'au Havre en train. En dessinant une césure ensuite entre les destinations desservies par les lignes à grande vitesse, connectées dans des conditions impeccables au réseau national, souvent dotées de gares modernes, qui attirent une population croissante, et les destinations oubliées par la grande vitesse qui voient le service ferroviaire se dégrader régulièrement.

En 1890, Zola décrivait, dans *La Bête humaine*, la transformation géographique et sociale du pays liée au développement du chemin de fer. « *C'était comme un grand corps, un être géant couché en travers de la terre, la tête à Paris, les vertèbres tout le long de la ligne, les membres s'élargissant avec les embranchements, les pieds et les mains au Havre et dans les autres villes d'arrivée. Et ça passait, ça passait, mécanique, triomphal, allant à l'avenir avec une rectitude mathématique, dans l'ignorance volontaire de ce qu'il restait de l'homme, aux deux bords, cachés et toujours vivaces, l'éternelle passion et l'éternel crime.* » Lorsqu'en 1936, mon grand-père Charles prit le train pour la première fois de sa vie, en utilisant la ligne historique dont parle Zola, la durée de trajet entre Le Havre et Paris était de l'ordre de 110 minutes. Elle est aujourd'hui, dans le meilleur des cas, de 125 minutes. Le service à bord a disparu. Les retards sont réguliers, si on ose dire. Ailleurs les choses vont mieux, ici elles vont plus mal. Et le déclin ferroviaire normand est partagé par toutes les destinations échappant à la grâce de la grande vitesse. La césure qui en résulte est tout sauf anodine : elle entraîne et renforce des effets sur l'activité, l'attractivité, la valeur de l'immobilier. On sous-estime souvent, lorsqu'on vit à proximité du réseau dynamique, le sentiment puissant de déclassement qui frappe ceux qui vivent près du réseau secondaire. Il est d'ailleurs fascinant de constater que les utilisateurs du train sont désormais significativement plus diplômés et plus riches que la moyenne des Français.

La France des « petites lignes » va mal. La route et le véhicule individuel s'y sont imposés comme le moyen de transport obligé. La télévision, les réseaux de télécommunication, la fibre y sont accessibles bien sûr, donnant le sentiment d'une connexion au monde. L'image et le son arrivent, à grande vitesse et de très loin. Mais la proximité physique se réduit, et la géographie humaine se distend : les trains sont moins nombreux et plus lents, les prix de l'immobilier dans les centres renvoient les familles modestes de plus en plus loin, les zones à faibles émissions (ZFE) sont perçues comme des moyens de limiter l'accès des centres-villes aux véhicules les plus anciens donc aux foyers les plus modestes. Lorsque se mélangent une mondialisation qui rend difficilement lisibles les lieux où se prennent les décisions et un éloignement qui rend difficilement accessibles les centralités où la vie sociale est la plus intense, un produit détonant se prépare, instable, inodore, invisible, mais dont l'explosion peut être déclenchée par la première étincelle venue. Il serait bien entendu absurde de penser que la désaffection du réseau ferroviaire secondaire est la cause unique de ce malaise. Le propre des transformations complexes d'une société, c'est qu'aucune cause unique ne les explique. Mais il est certain qu'une façon de répondre à cette défiance corrosive, qui en se développant menace notre cohésion nationale, réside dans une politique d'infrastructures qui se voient, dont l'utilité est manifeste, c'est-à-dire qu'elle peut littéralement se toucher de la main, et dont l'utilité est collective, c'est-à-dire partagée.

Dresser la liste des infrastructures nécessaires, c'est être pris d'un vertige ; imaginer la façon dont elles peuvent être financées finit de vous y plonger. Autant dire qu'il est déraisonnable d'envisager de promettre que chaque infrastructure existante pourra être modernisée, que tous les projets conçus ou en attente de conception seront mis en œuvre ou que chaque région ou chaque secteur est en droit d'attendre des équipements dernier cri. Gouverner, toujours, c'est choisir. Et choisir, toujours, c'est renoncer. C'est pourquoi les lignes à suivre doivent être claires.

La première évidence, à mes yeux, tient à la nécessité de poursuivre et même d'accélérer les grands projets d'infrastructures. Elles sont essentielles à notre confort, à notre compétitivité, à notre attractivité, et elles participent puissamment à incarner notre projet national. Y renoncer par nature, parce que l'heure serait à la décroissance ou, encore plus extravagant, à une prétendue « démobilité », parce que plus personne n'oserait dire que l'intérêt particulier d'un riverain doit être mis en balance et le cas échéant s'effacer devant l'intérêt général, parce que nous n'en aurions plus les moyens ni l'envie, serait renoncer à être une puissance moderne. L'endormissement serait confortable, mais le réveil brutal.

La seconde évidence tient à la nécessité de consacrer nos moyens limités à l'essentiel, c'est-à-dire l'intérêt de la Nation. Pas forcément celui de tel ou tel secteur ou de tel ou tel territoire. Préparer l'avenir d'un pays qui est confronté à une transformation climatique majeure et qui doit donc adapter ses espaces d'habitation, ses modes de consommation, ses lieux et ses méthodes de production à des périodes de sécheresse plus fréquentes et plus intenses, à une montée des eaux et à l'érosion du trait de côte littoral, à un changement du cadre naturel qui affecte les forêts, les glaciers, les sols et les cours d'eau. Préparer l'avenir d'un pays qui est confronté à un monde dangereux, dans lequel le modèle auquel il est attaché, celui d'une démocratie libérale, est remis en cause voire attaqué, ce qui impose de construire une prospérité durable et une puissance suffisante pour ne pas subir les désirs ou les déséquilibres des autres nations. Préparer l'avenir d'un pays qui vit dans un monde où le savoir, la technologie, l'intelligence sont répartis de façon différente de celle qui prévalait dans le monde d'hier et font l'objet de transformations profondes, mais demeurent une des garanties essentielles de la souveraineté.

Reconstruire une école solide, décarboner notre système productif et nos habitudes de consommation, améliorer la compétitivité de notre économie pour servir notre prospérité, assurer le fonctionnement régalien de l'État dans ses fonctions essentielles : voilà les axes qui devraient guider nos choix d'investissement en matière d'infrastructures. Le reste est sans doute intéressant et utile mais devra passer après. Et partout en France, dans chaque région, il est nécessaire que cette restauration de la puissance française que nous appelons de nos vœux s'incarne dans des projets collectifs d'électrification des mobilités, de construction de lignes ferroviaires électrifiées et dédiées au fret, de construction de réseaux urbains de chaleur et de froid fonctionnant grâce à la récupération de la chaleur fatale des industries lorsqu'elle existe, d'électrification des quais pour que les navires ne brûlent plus aucun carburant lorsqu'ils sont amarrés, de construction de centrales nucléaires ou de champs marins dédiés à la production d'électricité renouvelable, d'autoroutes numériques et d'installations permettant le stockage de données, d'écoles maternelles et primaires adaptées à notre époque et d'universités attractives.

***

Le premier chapitre de la biographie de François Mitterrand par Michel Winock s'intitule « Un enfant barrésien ». Comme bien d'autres jeunes hommes de sa génération, François Mitterrand a été séduit par le talent littéraire de celui qui devint le chantre de « l'enracinement ». Et comme bien des hommes politiques de toutes les générations, une partie de son parcours politique a été consacrée à parfaire son enracinement. Rien de plus barrésien qu'un élu local, ou national d'ailleurs, en ce sens qu'il est nécessairement de quelque part, et que ce quelque part a façonné sa façon de voir le monde et d'appréhender les sujets. « On a toujours l'Histoire de sa Géographie », disait Napoléon à propos des nations, mais il aurait aussi bien pu affirmer cette vérité à propos des individus. Tous ceux qui connaissent la vie politique française savent combien la géographie des élus détermine leur histoire : le rapport à l'État, à la Loi, à la France, à l'Europe est profondément différent en Alsace et en Corse, et si on peut partager des convictions identiques sur bien des sujets, que l'on soit corse ou alsacien, il me paraît assez clair que c'est en dépit d'une vision assez différente du monde. Un très grand nombre d'élus aiment parler d'aménagement du territoire, mais il n'est pas impossible qu'en définitive ce soient les territoires qui les aient aménagés.

Au Havre, la politique est marquée par la culture portuaire, l'histoire des luttes ouvrières, les usages du pays de Caux et la géographie.

La lumière unique que filtrent les nuages et que renvoie la mer, l'alternance des marées, l'horizon ouvert au détour d'une rue ou d'un bâtiment, l'odeur du sel et des espaces, tout concourt à rendre la vie à proximité de la mer plus grande et plus belle. Dans notre civilisation essentiellement urbaine, vivre en ville et percevoir encore la puissance des éléments et leur importance n'est pas toujours évident. Il faut une inondation liée aux crues de la Seine ou une canicule durable pour que Paris se souvienne que l'homme n'est pas tout-puissant, et que même dans la capitale les forces de la nature sont telles qu'il peut nous arriver de les utiliser mais jamais de les dompter. Près de la mer, comme près de la montagne où la puissance des reliefs et la suprématie des éléments sont des rappels permanents, la sensation de toute-puissance urbaine est moins forte. Les courses d'altitude valent bien leurs sœurs marines pour enseigner combien la sagesse commande de ne jouer ni avec la mer, ni avec la montagne.

Le gigantisme des installations portuaires, la reconstruction du XXe siècle et la mondialisation du XXIe s'inscrivent dans un paysage culturel que Zola, Maupassant et Jules Verne auraient pu dessiner de concert. La mémoire de Jules Durand, « le Dreyfus ouvrier », est encore vive et les mouvements sociaux donnent toujours lieu à des manifestations nourries. Le Parti communiste français il y a trente ans y a tenu son plus important bastion municipal jusqu'à ce qu'en 1995, à la surprise générale, Antoine Rufenacht, un bourgeois protestant et gaulliste, remporte la ville ouvrière et rouge. Aujourd'hui encore, la troisième et la quatrième ville de la communauté urbaine du Havre sont dirigées par un maire communiste, et ces deux communes, avec une partie du Havre, sont représentées à l'Assemblée nationale par un député communiste. Les relations de travail sont explicites, réciproques et cordiales : opposition évidente sur les sujets nationaux et sur un nombre conséquent de sujets locaux, grand respect des personnes et sympathie non feinte, réelle capacité à agir collectivement à l'échelon local lorsqu'une cause d'intérêt général le permet. Ces déterminants politiques locaux façonnent nécessairement une manière de faire de la politique. L'incompréhension régulière de ceux qui considèrent que travailler en bonne intelligence et respecter des élus communistes relève d'une indulgence coupable ou d'un cynisme achevé tient pour beaucoup à la méconnaissance de la réalité de ce qu'est Le Havre, et parfois un peu aussi à un anticommunisme viscéral ou à un sectarisme prononcé.

Élu à Versailles ou à Angoulême, à Colmar ou à Avignon, j'aurais sans doute perçu le monde politique autrement. Ou je n'aurais pas été élu…

L'enracinement politique existe. Il est nécessaire, et il est donc revendiqué.

Là où Georges Brassens ridiculise avec une ironie mordante et jubilatoire les « imbéciles heureux qui sont nés quelque part », les élus, moi le premier, proclament avec fierté et insistance leurs racines si possible anciennes et leur attachement de toute évidence inaltérable à ces « quelque part » où ils sont devenus eux-mêmes et qui les ont désignés pour être leurs représentants. À côté de la filiation politique et de l'origine sociale, l'enracinement offre, finalement à peu de frais, l'opportunité de proposer une identité et une incarnation. Et lorsque les racines ont été coupées, ou qu'elles se sont distendues par l'effet du temps ou de la carrière professionnelle, il est urgent de les raviver, quitte à les réinventer. Pompidou par exemple, le terrien, l'Auvergnat, natif de Montboudif, député de la deuxième circonscription du Cantal, issu d'une vieille famille paysanne du lieu, a grandi à Albi, étudié à Toulouse puis à Paris et a toute sa vie travaillé à Paris, ne revenant dans le Cantal durablement pour se faire élire député qu'en 1967 et 1968. Pompidou n'invente pas ses racines familiales, elles sont réelles et profondes ; il ne surjoue pas son attachement et son amour pour ce lieu, qui le définit en partie ; mais il s'attache à montrer cet enracinement, lui le gaulliste qui ne peut se prévaloir de la Résistance et qui doit montrer aux barons qu'il peut passer du registre ministériel à celui de l'élu. Il ne nie pas ce qu'il est, un intellectuel passionné de poésie et d'art contemporain, mais il insiste sur une caractéristique qui le complète, qui l'enracine dans la France profonde et qui, sans aucun doute, lui est utile.

Les milliers de kilomètres parcourus par Mitterrand au volant de sa DS blanche en Bourgogne ou en Auvergne à la recherche des chapelles romanes et des paysages d'une France rurale qu'il connaissait comme peu d'autres, les centaines de comices agricoles et de marchés arpentés par Chirac pour rencontrer les ruraux qu'il finira par connaître comme peu d'autres, les tours de France recommencés, ponctués de gares lointaines, de paysages verts et bruns défilant, superbes, derrière les vitres de trains rapides ou en retard, de salles des fêtes improbables, de stations-service blafardes, de petites mairies tenues par de grands maires, d'accents et d'usages aussi variés que les climats ou les fromages constituent les étapes obligées de qui veut rencontrer la France et s'y enraciner.

Rien de tel pour apprendre son pays.

L'hôpital Charles-Nicolle
Soigner

« *La guerre et la maladie, ces deux infinis du cauchemar.* »
Louis Ferdinand Celine, *Le Voyage au bout de la nuit.*

Le docteur Bourquelot était médecin de famille à Rouen.

Pour moi, il était plus que ça. Il était à lui seul toute la Médecine. Il avait l'air sévère de la science mais m'inspirait cette forme de confiance qui relie les adultes intelligents aux enfants lorsque ceux-ci ont conscience qu'on leur parle de quelque chose de sérieux. La première impression est souvent la bonne, ou en tout cas celle qui dure, et il me paraît, aujourd'hui, que mon regard sur la médecine et sur les médecins a d'abord été façonné par ces échanges directs et sereins avec un homme de science pour qui le but de la science était l'homme.

Compte tenu des antécédents médicaux de mon père, diabétique insulino-dépendant depuis ses 14 ans, ma santé était surveillée. Les symptômes qui auraient pu indiquer le déclenchement du diabète étaient traqués, et à intervalles réguliers on me faisait absorber du sirop de glucose pour vérifier, au moyen de prises de sang successives, la façon dont mon organisme absorbait le sucre. On peut imaginer sans peine le bonheur qu'une séance d'hyperglycémie provoquée et les quelques prises de sang successives qu'elle impliquait pouvaient susciter chez un jeune enfant... Pour ne pas me rendre la vie impossible, mes parents affichaient une distance et une décontraction tout à leur honneur. Devenir diabétique, disaient-ils, n'était ni automatique ni grave : le plus probable était que la maladie ne se déclencherait pas, et si cela devait être le cas, elle se soignerait d'autant mieux qu'on la repérerait très vite. D'ailleurs, la médecine avait tellement évolué que ce n'était plus grand-chose. Avant, ça oui, c'était quelque chose d'être diabétique : conserver l'insuline au froid pour lui garder ses qualités, faire chauffer l'eau pour stériliser la seringue, se faire une piqûre tous les matins, ne pas faire de sport, ne pas manger de sucre, adopter un rythme de vie le plus régulier et le plus calme possible, tout cela était contraignant. Mais plus à la fin des années 1970.

En 1960, mon père avait déclenché la maladie. Son frère jumeau avait suivi un mois après.

On ne mourait plus du diabète en 1960. Dès la fin du XIXe siècle, le rôle du pancréas dans la maladie avait été identifié et il était devenu clair une vingtaine d'années plus tard que l'enjeu était la production d'une hormone permettant de réguler l'utilisation du glucose par l'organisme. Jusqu'en 1922, un jeune malade de l'âge de mon père atteint de cette forme de diabète mourait de façon inexorable en quelques mois. C'est ce qui était sur le point d'arriver au jeune Leonard Thompson qui, à 13 ans, n'aurait eu aucune chance de vivre son quatorzième anniversaire si, à Toronto, dans le laboratoire de John James Richard MacLeod, un scientifique et son étudiant, Frederick Banting et Charles Best, n'avaient réussi à mettre au point une insuline permettant, après injection dans le corps du malade, de réguler le glucose. Comme souvent avec les découvertes scientifiques, il est réducteur de ne citer que MacLeod et Banting, leurs recherches s'inscrivent dans une longue lignée d'analyses, d'expériences, d'avancées qui ont concouru à la découverte. Mais le Canadien et l'Anglais obtinrent le prix Nobel en 1923 et, parce qu'ils considéraient que leur découverte devait profiter à l'humanité tout entière, vendirent pour 1 dollar le brevet de l'insuline.

On ne mourait donc plus en quelques mois du diabète en 1960, mais on vivait moins bien et surtout moins longtemps. Avait-on dit cela explicitement à mon père et à son frère ou l'avaient-ils extrapolé des conversations entre adultes, je ne l'ai jamais su, mais ils s'étaient convaincus tous les deux qu'ils n'avaient devant eux qu'une vingtaine d'années. Les deux frères se voyaient vivre jusqu'à 33 ans. Romantisme ou désespoir, détachement ou inconscience, les deux frères observèrent pendant leur adolescence le traitement qui leur était imposé avec une rigueur toute relative. En 1967, lorsque mon père, alors âgé de 21 ans, apprit qu'il allait être père pour la première fois, des médecins lui expliquèrent que cela n'était pas raisonnable compte tenu de son état de santé.

Et pourtant. Porté par l'idée qu'il avait désormais charge d'âmes mais surtout soutenu par des progrès médicaux formidables, mon père vécut jusqu'à l'âge à ses yeux canonique de 68 ans. Enfant, je l'ai vu plonger trois fois dans un coma diabétique, dont une fois particulièrement sérieuse, et trois fois être ramené à la vie par des équipes hospitalières impeccables. Je l'ai connu incapable de lire sans une loupe énorme lorsqu'il avait à peine 40 ans, et quelques années après dévorant des ouvrages presque sans lunettes grâce à des opérations au laser de ses yeux. Je l'ai vu greffé des reins, opéré du cœur, suivi avec minutie par des spécialistes havrais ou parisiens, hospitalisé plus qu'à son tour un peu partout en France, dialysé à la fin de sa vie. Une vie de malade sans doute, mais une vie d'homme, de mari, de père et de grand-père, une vie de littérature et de poésie, une vie compliquée parfois mais complète et remplie. Ce que la France a consacré à la santé de mon père est sans rapport avec sa contribution financière au système de santé, et si j'osais un jour maugréer contre l'importance de ma contribution à ce même système, ce qui ne m'est jamais venu à l'idée, je sais que le fantôme de Patrick Philippe sortirait d'une des sphères du paradis dantesque dans lequel il se prélasse pour venir me jeter un regard sombre.

D'aussi loin que je me souvienne, j'ai donc toujours été à l'aise, reconnaissant et confiant à l'égard de la médecine et de l'hôpital. Au-delà du cabinet rouennais du docteur Bourquelot, où le métal froid du stéthoscope me faisait sursauter dès qu'il était appliqué sur mon dos mais où je savais qu'un docteur bienveillant m'attendait, je n'ai jamais redouté la visite à un proche hospitalisé ni ressenti de malaise en entrant dans un hôpital. Au contraire, les hôpitaux ont toujours exercé une fascination curieuse sur mon imaginaire. Leur odeur si particulière de propre aseptisé et de plâtre frais, la désinvolture surjouée de femmes et d'hommes côtoyant tous les jours la douleur, la peur et la mort des autres, les blouses, les ascenseurs surdimensionnés, les décorations murales drôles à force d'être sinistres ont dessiné depuis mon enfance un monde réconfortant dans lequel on réduisait mes fractures et on sauvait mon père avec un peu d'attente et beaucoup d'efficacité.

Mon premier hôpital, c'était Charles-Nicolle. Enfin le premier dont je me souviens, car comme l'immense majorité des Français d'aujourd'hui, je suis né en milieu hospitalier, à la clinique Saint-Romain de Rouen aujourd'hui disparue. Charles-Nicolle, c'était le service d'urgence dans lequel mes parents se pressaient lorsque je me cassais quelque chose, ce qui m'est arrivé souvent, et c'était l'endroit où était suivi et hospitalisé mon père, ce qui lui arrivait souvent aussi.

J'ai appris bien des années plus tard que ce centre hospitalier universitaire avait succédé à l'Hôtel-Dieu, hôpital rouennais dans lequel Gustave Flaubert était né et où il avait grandi « *au milieu de toutes les misères humaines – dont un mur me séparait* », son père (puis son frère) y exerçant d'importantes responsabilités dans le service de chirurgie. Mon père, qui vénérait Flaubert, jubilait à cette forme de proximité. Tous les deux avaient un frère médecin. Ensemble, ils partageaient une forme d'athéisme à l'égard de la médecine et pratiquaient, en dépit d'une réelle admiration pour les médecins, une critique récurrente parfois teintée d'acidité. Le portrait de Charles Bovary, convaincu par sa femme, elle-même inspirée par le pharmacien Homais, qui échoue lamentablement à opérer le pied bot d'un pauvre Cauchois dont l'amputation face à une gangrène rapide devient inévitable, est de ce point de vue une merveille : faiblesse et arrogance, incompétence et présomption s'y mêlent dans des pages qui annoncent celles où Bouvard et Pécuchet s'intéresseront à la médecine. Certains pourraient y voir une forme d'ingratitude, peut-être fondée, mais qu'importe : le talent de Flaubert excuse presque tout, et le lien filial aussi.

À Charles-Nicolle, je n'ai que des bons souvenirs, ce qui veut probablement dire que j'ai oublié les mauvais ou que, par un tour de l'esprit qui a sûrement beaucoup à voir avec l'âge, les moments désagréables se sont adoucis. Je me souviens de la très grande bienveillance des infirmières qui voyaient arriver un petit garçon au coude fracassé ou à l'entorse bien sévère, au poignet ou au doigt cassés. Je me souviens de l'attente, parfois interminable, avec ma mère, patiente mais agacée, qui aurait préféré être ailleurs et qui considérait sans doute, sans jamais s'en plaindre, qu'un mari en mauvaise santé et un fils turbulent la conduisaient un peu trop souvent à son goût dans les couloirs de l'hôpital. J'ai compris, parce que je l'ai vécu, qu'une fracture spectaculaire et douloureuse pouvait attendre, que le saignement abondant d'une plaie superficielle au crâne n'avait rien de prioritaire, mais qu'un choc aux cervicales ou des symptômes moins visibles mais sérieux devaient donner lieu à une prise en charge immédiate. Et j'ai toujours aimé, même enfant, poser des questions aux médecins qui diagnostiquaient ou qui intervenaient sur le cas que je pouvais constituer.

La capacité du système de santé à soigner tout ce qui se présentait à l'hôpital me fascinait. Il m'arrivait d'apprendre des mauvaises nouvelles : tel ami de mes parents affecté par un cancer, tel cousin victime d'un accident de voiture et qui n'avait pu être sauvé, mais dans l'ensemble, mon univers proche était constitué de gens que l'hôpital sauvait, ce qui suffisait à démontrer que le monde était sûr, la science triomphante et l'avenir radieux.

Et de fait, les Français en particulier et l'humanité en général vont mieux et leur état de santé s'est prodigieusement amélioré au cours des dernières décennies.

Un des meilleurs indicateurs de l'état de santé d'une population est la mortalité infantile. Elle peut être calculée en constatant le nombre d'enfants qui meurent au cours de leur première année, quelle que soit la cause du décès. Au milieu du XVIIIe siècle, environ un tiers des enfants mouraient avant leur premier anniversaire. 30 % des enfants n'atteignaient pas 1 an ! Sur 10 000 naissances, cela représentait environ 3 000 morts. À partir de la seconde moitié du XIXe siècle, ce ne sont plus que 15 %. C'est encore énorme, si on le compare à nos standards, et c'est très largement supérieur aux chiffres de mortalité infantile qui prévalent aujourd'hui dans les régions du monde où la situation est la plus mauvaise, mais enfin c'est une transformation profonde de la situation. En 1950, le chiffre de la mortalité infantile est encore drastiquement réduit, et ce ne sont plus que 5 % des enfants qui meurent avant d'avoir atteint leur premier anniversaire. En France, aujourd'hui, le taux est de 0,35 %. Cela veut dire que lorsque ma grand-mère est née, en 1920, 1 200 enfants sur 10 000 n'atteignaient pas leur premier anniversaire, que ce n'était plus que 500 sur 10 000 lorsque ma mère est née et seulement 35 sur 10 000 lorsque ma fille est née.

Conséquence directe de cette baisse spectaculaire de la mortalité infantile, et effet évident de l'amélioration de l'état de santé de la population générale, l'espérance de vie à la naissance a augmenté dans des proportions inédites.

En 1750, avec une mortalité infantile d'environ 30 % dans la première année de la vie, on estime que la moitié des enfants n'atteignait pas l'âge de 10 ans. L'espérance de vie était de l'ordre de 25 ans. La pauvreté générale, l'hygiène très relative, l'absence quasi générale d'accès aux soins, les maladies infectieuses, au premier rang desquelles la variole, font peser un tribut très lourd. On a oublié la variole. Sous sa forme en circulation en Europe à la fin du XVIIIe, c'est un mal redoutable : environ 95 % de la population française est touchée par cette maladie, et un décès sur dix lui est dû ; 90 % des morts par variole en Angleterre sont âgés de moins de 5 ans ; 10 % des enfants meurent chaque année de variole en Suède. C'est elle qui a décimé les peuples amérindiens ou sibériens au fur et à mesure de la colonisation par des arrivants qui amenaient, avec eux, leurs maladies. Et encore, décimé est un terme en-dessous de la réalité quand le taux de létalité de la variole dans le bassin du Mississippi atteint, s'agissant des populations indiennes, environ 95 %. Bien plus que le fer et les armes à feu, ce sont les virus qui ont détruit/anéanti les populations autochtones, comme l'explique Jared Diamond dans un livre magistral, *Guns, Germs, and Steel.* Il faut attendre la fin du

XVIIIe et le début du XIXe pour que la variolisation puis la vaccination permettent de réduire significativement la maladie : à partir de 1810, l'espérance de vie commence à progresser nettement : elle atteint 37 ans. En dépit des guerres napoléoniennes et du conflit de 1870, en dépit aussi des conditions de vie rudes qui accompagnent la révolution industrielle, l'espérance de vie progresse lentement tout au long du XIXe pour atteindre environ 45 ans au début du XXe siècle. À partir de là, malgré les deux conflits mondiaux, l'épidémie de grippe espagnole et autres horreurs contemporaines et grâce aux progrès de la médecine, la hausse de l'espérance de vie s'accélère pour atteindre, en France, presque 80 ans pour les hommes et 85 pour les femmes.

Cette transformation majeure qui a marqué tous les pays occidentaux pendant le XXe siècle ne leur est pas réservée. Au niveau mondial la mortalité infantile a baissé de moitié entre 1990 et 2020, et même si des disparités impressionnantes demeurent entre les continents et les pays, l'évolution a été partout sensible et importante.

Sans tomber dans la naïveté la plus complète et sans nier la réalité des difficultés et des défis auxquels nous sommes confrontés, il est permis de se féliciter de l'éradication de la variole (1980), de la quasi-éradication de la poliomyélite. Avant 1950 et l'apparition des vaccins permettant de lutter contre la poliomyélite, l'infection provoquait environ

600 000 morts par an dans le monde. Depuis le début de la campagne d'éradication, en 1988, le nombre de cas a diminué de plus de 99,99 %, et si la polio n'a pas complètement disparu, puisqu'on a dénombré une petite trentaine de cas dans le monde en 2002 et quelques centaines de cas liés à des souches nouvelles dont l'origine est liée aux vaccins eux-mêmes, elle ne représente plus du tout le fléau qu'elle a pu être.

En France, la diphtérie et le typhus, terriblement meurtriers jusque dans les années 1950, ont été vaincus. La rage aussi. Et si la tuberculose continue de frapper, avec environ 5 000 cas par an, c'est dans des proportions très réduites et avec des conséquences bien moins graves que ce qui prévalait jusqu'à la découverte des antibiotiques. Certaines formes de leucémie ou de myélome dont la létalité était quasiment certaine sont aujourd'hui soignées dans des conditions inimaginables il y a vingt ans.

La médecine vaccine, soigne, sauve, et nous vivons plus longtemps et bien mieux. Le progrès technique et la stabilité politique n'y sont pas pour rien non plus : les tâches physiques les plus dures ont été allégées, les voitures sont plus sûres, les accidents au travail sont moins nombreux dans l'industrie et dans l'agriculture, dans bien des villes industrielles la qualité de l'air s'est plutôt améliorée, et depuis soixante-quinze ans la France a été peu confrontée à des guerres meurtrières. Mais il reste que la santé a été le véritable miracle du XXe siècle. Un miracle qui a puissamment changé la donne de l'humanité. Un miracle technique et politique qui s'explique aussi par une mobilisation de moyens humains et financiers dont l'ampleur est tellement massive qu'elle en est littéralement prodigieuse.

Les dépenses courantes de santé en France pour l'année 2021 sont d'environ 307 milliards d'euros. 307 milliards d'euros, soit 4 600 euros par habitant. 307 milliards, c'est-à-dire un peu plus de 12 % d'un PIB qui, en 2021, était de 2 500 milliards. En 1950, cette proportion était d'à peine 2,5 %. En 1900, ce chiffre devait être de l'ordre de 1 à 1,5 %, et encore, il est difficilement estimable. L'histoire du XXe siècle, c'est donc celle d'une progression inégalée des dépenses de santé dans la richesse nationale, d'une mobilisation considérable de moyens privés et publics pour financer la recherche, la formation toujours plus complète d'un nombre toujours croissant de professionnels, la production de matériels, la fabrication de médicaments et la prise en charge socialisée de dépenses que beaucoup de nos concitoyens ne parviendraient pas à financer par eux-mêmes. C'est aussi l'histoire de l'avènement de l'hôpital comme clé de voûte du système de santé, au prix de transformations rapides et difficiles.

Bien entendu, le XXe siècle n'a pas créé l'hôpital.

Depuis plus d'un millénaire, les hôpitaux ont leur place à l'intérieur des villes européennes. Fondé au

VIIe siècle, l'Hôtel-Dieu, qui revendique le titre de premier hôpital de Paris, est sans doute pendant ses premiers siècles d'existence une simple salle commune où sont accueillis pauvres et indigents. L'hôpital des Quinze-Vingts, créé par Louis IX vers 1260 et installé alors à quelques pas du Louvre, pourrait sans doute revendiquer lui aussi le titre de premier hôpital de Paris. En développant les fortifications du Louvre et en y déposant le trésor royal, Louis IX, c'est-à-dire Saint Louis, poursuit l'œuvre de Philippe Auguste, et en construisant à deux pas un hôpital, le roi très catholique déploie dans le même mouvement sa marque de souverain régalien et son souci de charité chrétienne. L'hôpital médiéval est lieu de charité bien plus que lieu de soins, mais dès le début il est un lieu politique dont les pouvoirs civils et religieux ne se désintéressent pas.

L'augmentation rapide de la population et les grandes épidémies qui précèdent la Renaissance imposeront à l'hôpital de faire croître ses capacités d'accueil et de prendre en charge, en plus des indigents, les malades, plus nécessiteux mais aussi plus dangereux.

En matière hospitalière, comme dans bien d'autres, la Renaissance puis la construction de notre État moderne sous la monarchie absolue marqueront un passage progressif de l'administration religieuse des hôpitaux à une administration civile. La charité demeure un objectif à l'égard des plus pauvres, mais elle se conjugue à une volonté politique de préserver l'ordre et la salubrité, conduisant à une politique de « grand enfermement » qui éloigne de la société les indigents. L'hôpital général qui se développe à compter du milieu du XVIIe siècle n'a pas vocation à soigner les malades, mais à permettre de séparer les pauvres du reste de la population.

Le rôle sanitaire de l'hôpital, lieu de soins à destination de malades, est en vérité assez récent puisque c'est au XVIIIe siècle qu'il apparaît progressivement. Les Lumières sont contemporaines de la fascination naturaliste, de la place croissante de la science et de l'expérimentation, et ce mouvement général produit sa marque sur la médecine qui va (enfin !) entrer à l'hôpital. Dans son *Mémoire sur les hôpitaux de Paris*, le chirurgien Tenon indique en 1788 que « *les hôpitaux sont en quelque sorte la mesure de la civilisation d'un Peuple* ».

Même pour les admirateurs de la Révolution française, pour ceux qui restent, plus de deux cents ans après la prise de la Bastille, fascinés par les fulgurances de cette période, par ses apports décisifs à l'édification de la France contemporaine, par les valeurs qu'elle promeut et les individus qu'elle révèle, certains domaines restent sombres. Les guerres de l'Ouest et la Terreur rappellent qu'une transformation aussi radicale et aussi rapide d'un État et d'une Nation a sa part d'ombre, de violence et de noirceur. Mais sans aller jusqu'à ces deux extrêmes, il faut garder à l'esprit le bilan proprement catastrophique de la période révolutionnaire en matière hospitalière.

Carnot, le grand Lazare Carnot, organisateur de la victoire, dénonçait la mainmise des religieux sur les hôpitaux en des termes explicites : « *la plupart des hôpitaux sont encore desservis par des sœurs grises qui distribuent leurs soins avec une partialité marquée... Ce sont des foyers de fanatisme et de contre-révolution...* » Souvent rétives à prononcer le serment républicain, les religieuses sont dans les faits expulsées des hôpitaux. Curieux paradoxe que celui qui veut que les Lumières aient commencé à envoyer les médecins dans les hôpitaux et que la Révolution, fille de ces mêmes Lumières, en chasse les infirmières. Les bâtiments sont nationalisés, puis vendus. L'idée même d'hôpital est contestée, la fougue révolutionnaire permettant aux plus optimistes, aux plus doctrinaires et peut-être aux plus obscurantistes de considérer que la Révolution fera cesser la pauvreté, laquelle est la seule cause de la maladie. « *Mettez donc au-dessus des portes de ces asiles des inscriptions qui annoncent leur disparition prochaine. Car si la Révolution finie, nous avons encore des malheureux parmi nous, nos travaux révolutionnaires auront été vains* », déclame le conventionnel Barère à la tribune... En 2022, le régime communiste du président chinois Xi Jinping, confronté comme le monde entier à la pandémie de Covid, avait assuré que l'idéologie du Parti était plus forte que le virus. Partout dans le monde et à toutes les époques, l'idée que la pensée et l'action politiques sont de nature à exercer un effet sur la maladie s'exprime par la voix des révolutionnaires ou des conservateurs. Partout et toujours, cette conviction se solde par des désastres sanitaires.

De la période révolutionnaire, n'émergeront que deux héritages tenaces : le rôle des communes d'abord, qui prennent le contrôle des hôpitaux, l'État n'en voulant plus ; la création de l'internat ensuite, que Napoléon impose pendant le Consulat afin de garantir la présence de médecins à l'hôpital et leur apprentissage au contact des malades.

Et c'est sur ces bases que l'hôpital poursuit son évolution au XIXe, en étant encore et avant tout un lieu d'accueil de l'indigence et des plus pauvres, mais en progressant lentement dans l'élaboration d'un savoir médical. Période de maturation qui ne change pas la réalité de l'hôpital ni ne fait disparaître la peur, voire la honte, que ce lieu provoque chez les malades, mais qui prépare le tournant du XXe et le miracle sanitaire qui en découle.

Après des hésitations et des tentatives à la fin de la IIIe République, c'est le régime de l'État français qui pose les bases de l'hôpital contemporain : la loi du 21 décembre 1941 permet à l'État de prendre en charge l'organisation de l'hôpital, qui cesse d'être réservé aux seuls indigents. Et si rien ne change vraiment pendant la guerre, sauf pour ceux qui, du fait de leur naissance ou de leur religion, ne peuvent ni y exercer, ni y être soignés, l'hôpital français sort de l'Occupation comme la France elle-même : divisé, ruiné et à reconstruire : « *Nul n'a idée aujourd'hui de l'état misérable et tragique dans lequel se trouvaient ces terres d'asile et de souffrance pour indigents et malheureux qu'étaient alors les hôpitaux avec leurs salles communes, comme dans les temps anciens. Les plus modernes dataient du* XIX*e* *: entre les deux guerres, un hôpital neuf avait été construit à Lyon, un autre à Paris, un troisième à Lille. Et c'était à peu près tout… Et c'était pitoyable.* »

Commence alors un des plus extraordinaires rattrapages et une des plus spectaculaires réorganisations que notre pays ait connus. Sous l'impulsion de Robert Debré à la Libération, et bien plus encore de son fils Michel, premier Premier ministre du général de Gaulle en 1958, l'hôpital français devient la pierre angulaire du système de soins.

Pour mettre en œuvre une transformation aussi massive, il faut les idées claires. Et celles de Robert Debré, presque obsessionnelles, sont lumineuses. Pour créer l'hôpital dont la France a besoin, il faut fusionner le meilleur de l'université et de l'intelligence et le meilleur de la pratique clinique au contact des malades. Cela n'a l'air de rien, ou plutôt cela nous paraît, à nous, biberonnés depuis toujours aux CHU et à la présence massive des internes à l'hôpital, une forme d'évidence. Mais c'est tout sauf simple à mettre en œuvre, et il faudra toute l'autorité et tout l'appui du général de Gaulle pour qu'en 1958, par une ordonnance publiée le 30 décembre, Michel Debré engage un redoutable bras de fer avec le monde médical et le monde universitaire. Les syndicats de médecins, l'Ordre, l'Académie de médecine : tous les corps intermédiaires protestent, dénonçant le nouveau système. Comme le dit élégamment Michel Debré dans ses mémoires, « *la seule réponse à cette opposition farouche est de faire la preuve de la valeur des principes fixés par l'ordonnance* ».

L'autre moyen de la transformation, c'est le financement. Pour faire de l'hôpital français un instrument d'excellence, il faut investir, construire des bâtiments, produire et acheter des matériels, consacrer des moyens au recrutement et à la formation des personnels. De façon assez similaire à ce que la IIIe République naissante avait fait pour la justice et pour l'école, la Ve investit dans la santé. Massivement. Au cours des années 1960 et plus encore des années 1970, le territoire se couvre de CHU et les facultés de médecine se peuplent d'étudiants. Entre 1960 et 1975, la France passe de 400 000 lits d'hôpital à près de 600 000. En 1979, on compte près de 650 000 lits. Et la nature de ces lits change également : en 1960, la quasi-totalité des lits étaient des lits de salle commune ; il n'en restait plus que 230 000 en 1974, soit un lit sur trois, et 70 000 en 1979, soit un lit sur sept. Le personnel hospitalier, de son côté, double entre 1954 et 1970. Entre 1970 et 2023, il sera encore multiplié par 3 ! Aujourd'hui, plus d'un million d'agents de la fonction publique hospitalière font vivre 1 342 hôpitaux publics, dont 32 CHU, qui mettent à la disposition de nos concitoyens près de 387 000 lits et 80 000 places. À cette offre s'ajoutent les 661 établissements privés à but non lucratif et les 981 cliniques privées que compte notre pays.

Lieu d'excellence médicale, lieu de formation, l'hôpital est de façon quasi systématique le plus gros employeur local. On y naît et on y meurt. Les services d'urgence sont devenus, souvent à leur corps défendant et au prix de nombreux inconvénients, la porte d'entrée de l'accès aux soins d'un bon nombre de nos concitoyens. Et pourtant, au terme d'une évolution spectaculaire et bouleversante, dont nous avons tout lieu d'être fiers puisqu'elle a été accompagnée de succès indéniables dans l'état de santé des Français et dans leur capacité à se soigner, nous ne sommes pas satisfaits. Pas parce que, Français, nous serions par nature râleurs et incapables de profiter de la prospérité collective qui nous est ainsi offerte. Pas seulement en tout cas. Parce que même transformé et même infiniment meilleur qu'il n'a été, notre système de soins reste imparfait. Et que ces imperfections sont de plus en plus visibles et de plus en plus nuisibles.

***

Timothy Snyder est professeur d'histoire à Yale.

Spécialiste de la Shoah et de l'Europe centrale, membre de l'Institut des sciences humaines de Vienne, il était le 3 décembre 2019 à Munich, où il donnait une conférence en dépit d'un léger mal de ventre. Le soir même il était admis dans un hôpital allemand, dont il sortait le lendemain sans que la crise d'appendicite dont il souffrait ait été détectée. Le 15 décembre, il était admis dans un hôpital du Connecticut pour une appendicectomie. Vingt-quatre heures après, il sortait de l'hôpital et pouvait vaquer à ses occupations, lesquelles le conduisirent jusqu'en Floride où, le 23 décembre, il retournait à l'hôpital « pour des fourmillements et une insensibilité dans les pieds et les mains », qui ne donna lieu à aucun diagnostic clair. Prudent, Snyder retourna chez lui, dans le Connecticut, mais au cours du vol qui le ramenait, sa femme constata qu'il était « en train de se retirer de la vie ». Conduit d'urgence à l'hôpital, le même que deux semaines auparavant, Snyder resta parqué quelques heures dans un couloir des urgences jusqu'à ce qu'il s'évanouisse. Septicémie. Sauvé après trois mois d'hospitalisation, Snyder a écrit, dans un petit livre intitulé *Notre maladie – Leçons de liberté depuis un lit d'hôpital américain*, ce qu'il retenait de cette expérience à la fois banale et extraordinaire : une critique acide du système hospitalier américain et de la commercialisation de la médecine, mais aussi et surtout l'idée que la santé était une condition de la liberté individuelle et politique.

Là où bien des gens pensent que la démocratie est malade, atteinte d'un mal préoccupant qui exige, c'est selon, qu'on panse ses plaies ou qu'on lui administre des remèdes de cheval, Snyder, lui, explique que c'est la maladie qui met en cause la démocratie.

Et à bien des égards, il a raison.

Il y a dans le pacte républicain, dans le modèle social français, la promesse d'une égalité des droits. Ce n'est pas une promesse absolue, mais elle ne doit pas être prise à la légère. Tous les spécialistes de la santé, tous les sociologues, tous les maires en tout cas savent que même dans un monde parfait où l'accès aux soins serait garanti et la gratuité des soins assurée, le comportement de nos concitoyens à l'égard du système de santé ou de leur propre santé ne serait pas identique. Certains rechignent à consulter, parce qu'ils ont peur, parce qu'ils pensent que c'est une faiblesse, parce qu'ils ne savent pas qu'il faut aller chez le médecin lorsque tel ou tel symptôme se déclare. Quand bien même l'égalité des droits serait parfaite, l'usage du système de santé serait probablement inégalitaire. Mais avoir conscience de ce biais ne peut avoir pour conséquence de fermer les yeux sur l'immense danger pour notre pacte républicain et pour notre démocratie politique d'accepter durablement un système dans lequel en dépit de toutes les déclarations solennelles, des droits proclamés et des réformes engagées, un nombre considérable de nos concitoyens qui veulent accéder aux soins s'en trouvent privés, non pas par manque de moyens, mais simplement par manque de médecins.

Partout en France, et pas seulement dans la France rurale ou dans celle des petites villes, l'accès au médecin généraliste est difficile et l'embolie guette les urgences. Que répondre à cette vieille dame qui explique que son médecin généraliste parti à la retraite, aucun autre n'a accepté de devenir son médecin traitant compte tenu de la liste déjà excessive de patients dont il doit s'occuper ? Que dire à cette mère dont l'enfant est atteint d'une pathologie nécessitant un suivi très régulier d'un spécialiste lorsqu'aucun spécialiste n'est disponible dans le département ?

Céline, qui avait commencé ses études de médecine après avoir combattu pendant la Première Guerre mondiale, publie le *Voyage au bout de la nuit* en 1932. Comme lui, son héros Bardamu est médecin, et comme lui, il s'installe en banlieue parisienne pour exercer son art. Le récit de son installation est édifiant : « *Quand j'ai eu tout de même terminé mes cinq ou six années de tribulations académiques, je l'avais mon titre, bien ronflant. Alors, j'ai été m'accrocher en banlieue, mon genre, à la Garenne-Rancy (…) Je n'avais pas de prétention moi, ni d'ambition non plus, rien que seulement l'envie de souffler un peu et de mieux bouffer un peu. Ayant posé ma plaque à ma porte, j'attendis. Les gens du quartier sont venus la regarder ma plaque, soupçonneux. Ils ont même été*

demander au Commissariat de Police si j'étais bien un vrai médecin. Oui, qu'on leur a répondu. Il a déposé son diplôme, c'en est un. Alors il fut répété dans tout Rancy qu'il venait de s'installer un vrai médecin en plus des autres. "Y gagnera pas son bifteck ! a prédit tout de suite ma concierge. Il y en a déjà bien trop de médecins par ici !" Et c'était exactement observé. »
Trop de médecins…

Aujourd'hui, la France en manque cruellement.

Et pourtant, elle n'en a jamais compté autant.

Se plonger dans les chiffres de la démographie médicale, c'est constater la hausse aussi vertigineuse qu'insoupçonnée du nombre de médecins. Ils sont en 2023 environ 226 000. En 2000, ils étaient 200 000 ; en 1980 environ 100 000 et en 1968 environ 60 000. En 1930, on comptait 30 000 médecins en France. En à peu près un siècle, la population française est passée de 41 millions à 67 millions d'habitants et le nombre de Français par médecin de 1366 à 296 ! Qui dans le débat public actuel a conscience de cette évolution ? Qui rappelle qu'entre 1980 et 2023, le nombre de médecins a augmenté de 120 % ? Il y a fort à parier que si l'on posait la question à nos concitoyens, ils miseraient sur une évolution inverse, déplorant les choix absurdes de gouvernements aveuglés.

Reste qu'il manque des médecins, ou plus exactement qu'il est difficile d'avoir accès à un médecin, généraliste ou spécialiste, dans la plus grande partie du pays et pour l'immense majorité des Français.

Les raisons qui expliquent le paradoxe corrosif pour notre société d'une difficulté croissante à accéder à un médecin alors qu'il n'y en a jamais eu autant sont connues : c'est d'abord une question d'offre et de demande. L'offre de soins est bien plus fournie et dense qu'il y a un siècle ou deux, mais la demande est encore plus grande. L'amélioration de l'état de santé des Français ne veut pas dire qu'ils ont moins besoin d'aller chez le médecin, mais bien au contraire, qu'ils y vont beaucoup plus souvent. En vivant plus vieux, même atteints de maladies chroniques, même au prix d'opérations ou de traitements lourds, les Français d'aujourd'hui, y compris les plus jeunes, consomment une masse de soins médicaux et hospitaliers bien plus considérable que celle qu'utilisaient leurs grands-parents ou leurs ancêtres. Le besoin de soins croît donc plus vite, beaucoup plus vite que le nombre de médecins. La nature de l'offre de soins compte aussi : l'essentiel de la progression du nombre de médecins résulte de la montée en puissance de l'hôpital et de la spécialisation de la médecine. Les médecins généralistes, médecins de premier ressort et portes d'entrée du système de santé, ne représentent aujourd'hui que 45 % du nombre de médecins en France, soit à peu près 100 000 médecins, dont la moyenne d'âge est de l'ordre de 51 ans.

C'est ensuite une question de temps. Former et pouvoir profiter de médecins, c'est formidable, mais encore faut-il que ces médecins exercent la médecine devant des patients. Pour mille raisons toutes légitimes, alors que le nombre de médecins augmente, le temps qu'ils consacrent à l'exercice de la médecine diminue tendanciellement : parce que certains médecins n'exercent pas alors même qu'ils font vivre le système de santé (dans les administrations, les agences régionales de santé, les collectivités territoriales, l'industrie pharmaceutique...), parce que le volume horaire de travail des médecins a tendance à baisser (comme d'ailleurs le temps de travail global de beaucoup d'autres professions, y compris libérales), parce que la féminisation de la médecine, dont il ne viendrait à personne l'idée de se plaindre, entraîne des effets qui sont documentés : un volume horaire de travail médical significativement inférieur à la moyenne des hommes médecins, et un temps de consultation par patient supérieur à celui de leurs confrères masculins ; parce que les tâches administratives associées à l'exercice de la médecine libérale sont plus lourdes qu'avant et occupent donc plus de temps...

C'est également une question de géographie. Aller chez le médecin, c'est se rendre là où il exerce, et où il peut vous accueillir. Une des caractéristiques de la médecine française, c'est qu'elle n'a prévu aucune règle particulière s'agissant du choix du lieu d'installation du médecin libéral. Le conseil national de l'Ordre des médecins recommande au jeune médecin, sur son site internet, de consulter un atlas de la démographie médicale et précise que « *diverses mesures ont été prises par les pouvoirs publics pour améliorer la répartition de l'offre de soins sur le territoire français dans le cadre de la convention médicale. Pour savoir si vous pouvez en bénéficier, découvrez les aides à l'installation et à la pratique dans les zones sous-denses* ». Il n'y a pas de règles, mais il peut y avoir des aides car il y a un problème : la simple formulation de cette recommandation au jeune médecin par le conseil de l'Ordre est savoureuse…

Assez logiquement, dès lors qu'il n'y a aucune règle, l'installation des médecins sur le territoire national est inégale en fonction des régions. Là où on trouve environ 160 médecins généralistes pour 100 000 habitants en Nouvelle-Aquitaine ou en Provence-Alpes-Côte d'Azur (PACA), on n'en compte que 110 dans le Centre-Val de Loire. Et les écarts sont encore plus nets s'agissant des spécialistes (les médecins hors médecine générale) puisqu'on compte 229 ou 216 spécialistes pour 100 000 habitants en Île-de-France ou dans la région PACA contre 131 pour le Centre-Val de Loire, et 72 pour la Guyane… Et bien entendu, à l'intérieur de chaque région, cette inégale démographie se retrouve à l'échelle des bassins de vie : Nice et Gap ne sont pas logés à la même enseigne, pas plus que Paris et Saint-Denis.

En 2013, une note passionnante de Éric Delattre et Anne-Laure Samson sur les stratégies de localisation des médecins généralistes français avait cherché à mesurer les déterminants de l'installation. Elle montrait une sédentarité assez forte des médecins à l'occasion de leur installation : c'est très majoritairement là où ils terminent leurs études et passent leur thèse que les médecins s'installent. Le choix du lieu d'étude est lui-même dicté par de multiples facteurs : la réputation de la faculté de médecine, la qualité de vie, l'attractivité de l'aire urbaine, l'ensoleillement... Ce qui est assez clair, c'est qu'aucun déterminant identifié de l'installation n'a de lien réel avec des considérations sanitaires.

La situation actuelle n'est pas satisfaisante. Et tout indique qu'avant de s'améliorer, elle va d'abord empirer car, à court terme, aucune des raisons qui expliquent cette inadéquation entre l'offre de temps médical telle qu'elle est répartie sur le territoire et la demande de soins ne va disparaître. Pire encore, la tension entre offre et demande s'annonce plus forte. Le nombre de généralistes qui vont cesser ou ralentir fortement leur activité au cours des cinq prochaines années sera en effet supérieur à celui des nouveaux médecins. Le nombre de généralistes en activité devrait donc baisser, au moins pendant quelques années, assombrissant encore les perspectives d'accès aux soins de bon nombre de nos concitoyens.

Face à cette évolution, dont il ne faut pas sous-estimer l'effet corrosif pour notre cohésion sociale, que faire ? Que faire de véritablement efficace ?

D'abord faire preuve d'une certaine humilité. Le sujet est compliqué et lorsqu'ils sont observés avec recul, les choix publics en la matière révèlent une longue succession de difficultés à prendre en compte des évolutions pourtant majeures. La circonstance que je ne sois pas médecin n'aide sans doute pas non plus, tant est vive l'aversion du corps médical pour les responsables administratifs ou politiques qui se piquent d'avoir un avis sur leur métier, ses transformations, ses difficultés ou les réformes à mettre en œuvre.

Ensuite constater, comme souvent, qu'aucune solution ne paraît, à elle seule, de nature à être suffisante face à l'ampleur du problème. C'est donc un bouquet de mesures qu'il faut préférer : augmenter le nombre de médecins en formant plus d'étudiants ; libérer le maximum du temps des médecins pour que ceux-ci se consacrent aux actes médicaux plutôt qu'aux actes administratifs ; favoriser les regroupements médicaux et paramédicaux qui permettent aux professionnels d'exercer dans des conditions plus conformes aux exigences de l'époque ; promouvoir la collecte, le partage et l'exploitation par les médecins des données médicales des patients afin de mieux suivre et de mieux prévenir ; mieux coordonner la médecine libérale et le monde hospitalier, et mieux coordonner l'hôpital public avec l'offre hospitalière privée, ce qui localement n'est pas toujours facile… À des degrés divers, toutes ces pistes sont déjà suivies et produisent des résultats souvent intéressants.

Certaines pistes sont plus délicates, car susceptibles de déclencher une franche hostilité chez certains médecins ou dans la population. Les responsables politiques savent que prendre de front l'ensemble ou même une portion significative du corps médical constitue un exercice risqué. Les médecins voient beaucoup de monde et sont, à juste titre, écoutés par leurs patients. Prendre une initiative impopulaire en matière de santé peut coûter cher sur le plan électoral.

À la toute fin du mois de novembre 2016, juste après la primaire de la droite et du centre gagnée par François Fillon, France Inter avait cru bon d'inviter pour sa matinale deux des lieutenants proches des candidats défaits : Gérald Darmanin et moi étions attendus pour commenter l'élection et évoquer la suite. Malgré la défaite, qui était acquise depuis une semaine, nous étions de bonne humeur, heureux de nous retrouver et de rire ensemble, réjouis d'avoir traversé cette primaire aux côtés de candidats différents sans que cela affecte nos relations amicales. La plus grande partie des questions posées pendant l'émission avait trait à l'une des propositions formulées par le candidat Fillon qui distinguait le petit risque médical, qui n'aurait plus vocation à être remboursé par la Sécurité sociale, et le risque médical plus sérieux, lequel serait encore remboursé. La proposition de François Fillon était sans doute plus fine que cela, mais le débat public et la campagne l'avaient réduite à cette simplicité redoutable : ne plus rembourser ce qui n'est pas grave. Et la levée de boucliers avait été immédiate : la privatisation de la santé, la recherche du profit plutôt que la construction de la solidarité nationale étaient dénoncées et les questions souvent scandalisées se multipliaient. Où s'arrêterait le petit risque ? Comment traiter les malades d'affections chroniques pour qui le petit risque n'existe pas ? Nous étions sortis du plateau dubitatifs sur la capacité future du candidat à expliquer sa position et Gérald Darmanin, plus sombre ou plus clairvoyant que moi, avait à ce moment précis indiqué, alors que tous les sondages donnaient à Fillon une formidable avance, qu'il ne pourrait jamais gagner, que le peuple de la droite populaire, son électorat de Tourcoing comme mon électorat du Havre, ne suivrait jamais sur ce terrain. L'histoire ne permit pas de vérifier le bien-fondé de l'intuition du maire de Tourcoing de l'époque, la défaite étant intervenue pour des causes différentes…

Ce qui est certain, c'est que des questions se posent, et qu'un débat public de qualité est indispensable pour les trancher.

La première d'entre elles tient à l'installation des médecins. Faut-il, comme c'est le cas depuis toujours, laisser les médecins s'installer où ils le souhaitent, en leur laissant le soin d'apprécier l'opportunité de leur choix, en considérant qu'après de longues années d'études et alors qu'ils s'engagent dans une carrière qui exigera de longues journées de travail, leur indiquer où ils doivent s'installer constituerait une contrainte supplémentaire, inefficace et intolérable ? Faut-il au contraire considérer que la médecine libérale n'est pas seulement libérale, et qu'elle relève aussi d'un service public, dont le financement est socialisé, et que l'intérêt général commande qu'une répartition équitable des médecins soit garantie sur l'ensemble du territoire ? Faut-il laisser les médecins libéraux concevoir des règles collectives ou faut-il que la loi leur impose ces règles ? Faut-il indiquer à tel ou tel médecin où s'installer ou faut-il, à l'inverse, constater que dans quelques (rares) territoires, il n'est pas raisonnable de permettre l'installation tant l'offre est déjà suffisante alors qu'elle ne l'est pas ailleurs ? Faut-il inciter les médecins à s'installer dans les endroits où l'on manque de médecins, à coups d'incitations fiscales ou de soutien matériel, ou faut-il pénaliser ceux qui choisissent de s'installer où les besoins sont déjà assurés ? Et qui devrait juger du caractère suffisant de la présence de médecins sur tel ou tel territoire : les médecins, l'État, les élus locaux ?

Toutes ces questions sont posées, à intervalles réguliers, à l'occasion d'une initiative parlementaire ou d'une campagne présidentielle. Immanquablement, elles déchaînent les passions. À chaque fois, en fonction des positions des uns et des autres, elles s'accompagnent de lettres de patients ou de médecins demandant à tel élu qui milite pour des règles relatives à l'installation s'il veut tuer la médecine, faire disparaître les médecins ou construire un système de santé communiste. Les questions relatives à la santé n'échappent pas aux travers de l'époque ; ni la nuance ni l'hésitation dépassionnée ne peuvent prospérer.

L'idéal, dans un système fondé d'une part sur la liberté d'installation et d'exercice et d'autre part sur la nécessaire solidarité nationale qui entraîne socialisation du financement et mise en œuvre de politiques publiques, serait que les règles collectives applicables en la matière résultent des médecins eux-mêmes. Personne ne serait plus légitime que les médecins à dire aux médecins comment concilier leur liberté, à laquelle ils ont raison de tenir, et les considérations d'intérêt général dont ils ne peuvent s'exonérer totalement. Mais l'expérience montre que les médecins ne veulent pas ou ne parviennent pas à formuler de telles règles. Il est vrai du reste que les formuler aujourd'hui présente un intérêt relatif : la pénurie de médecins est telle que ces règles n'auraient pas un impact décisif, et qu'il faudra attendre l'arrivée de nouvelles générations plus nombreuses pour que la question de la répartition organisée des médecins sur le territoire puisse avoir véritablement un sens. Il n'empêche, après avoir pris tellement de retard lors de la dernière phase, prendre un peu d'avance avant la prochaine présenterait sans doute une réelle utilité… Et il ne fait aucun doute que si les médecins s'y refusent, il reviendra à l'État, sous la pression et probablement de façon maladroite, de s'y résoudre.

Autre question qui fâche, mais qui mériterait d'être instruite avec bonne foi et sérénité : la montée en compétence des professions paramédicales et, au premier rang d'entre elles, des infirmiers et des pharmaciens. L'idée laisse rarement insensible le monde de la santé. Hérésie pour certains, qui dénoncent un déclassement des médecins, un risque pour les malades, une régression collective susceptible de provoquer des drames et des pertes de chance, solution pragmatique pour les autres qui y voient une façon simple et souple pour ne pas laisser seuls des patients qui ne disposent plus de médecins traitants. Certains y lisent le retour des « officiers de santé », créés en 1793 et encadrés par une loi de 1803 qui distinguait deux niveaux dans les professions de santé : celui des médecins et chirurgiens diplômés de la Faculté et celui des officiers de santé constitué de praticiens non diplômés du baccalauréat mais ayant obtenu après délibération d'un jury universitaire le droit d'exercer, et déplorent la santé à deux vitesses qui en résulte mécaniquement. L'argument s'entend, mais il laisse de côté un fait majeur, qui est que notre système est déjà un système à (au moins) deux vitesses : pour ceux qui ne disposent plus d'un médecin traitant et ne peuvent avoir accès à un généraliste, défendre un système à une seule vitesse, aussi pur et vertueux qu'inatteignable à court terme, est un piège cruel.

Du reste, notre pays s'est déjà engagé sur cette voie : en créant le dispositif Asalée qui permet la délégation de certains actes médicaux à des infirmiers formés spécialement et placés sous le contrôle de généralistes, puis en créant, en 2016, les infirmiers en pratique avancée (IPA), en imaginant un parcours de formation intensif à destination d'infirmiers, c'est-à-dire, le plus souvent, d'infirmières, nous avons créé un métier nouveau, intermédiaire entre le médecin et l'infirmier. En 2023, il n'existe que 1 700 IPA, et la montée en puissance est lente. L'effort à fournir par les infirmières qui se lancent dans cette aventure s'avère considérable et le scepticisme de certains médecins, notamment les plus jeunes, significatif. Mais la piste est dessinée et elle me paraît devoir être suivie avec plus d'intensité.

La troisième question, qui ne me paraît pas pour le coup susceptible d'être contestée sur le principe, mais qui est délicate à mettre en œuvre en France tant notre culture nationale semble rétive, c'est celle de la prévention. Trop souvent la médecine est conçue comme l'art de la guérison. Trop souvent n'y font appel que ceux qui, malades, cherchent à se soigner. Mais la maladie la mieux soignée est souvent celle qui ne se déclenche pas. Et la médecine peut aussi s'envisager comme l'art d'éviter la maladie. Le développement de la vaccination obligatoire chez les jeunes enfants, le dépistage systématique des cancers, une meilleure culture de l'hygiène, de l'alimentation, de l'activité physique, une lutte plus efficace contre les addictions, un renouveau de la médecine scolaire et probablement de la médecine du travail, une meilleure utilisation des données aussi, pour s'engager plus avant dans une forme de médecine prédictive permettant aux patients de limiter les risques ou de surveiller avec plus d'efficacité la survenance de pathologies dont il serait acquis qu'elles les menaceraient plus que d'autres. Tout cela exige du temps de médecins et des moyens, et nous en manquons, mais doit être au cœur des politiques de santé à mettre en œuvre à l'avenir. Car la médecine est travaillée par une formidable révolution fondée sur l'implantation intelligente d'un nombre désormais démentiel et pourtant toujours croissant de données, révolution dont personne ne peut dire où elle s'arrêtera.

À l'hôpital, quelques questions délicates se posent aussi.

C'est que les structures hospitalières ont poursuivi, ces vingt dernières années, leurs transformations, tantôt fruit de décisions mûries, tantôt conséquence d'évolutions techniques ou financières. L'émergence d'une gouvernance administrative puissante, le virage ambulatoire qui a profondément transformé la nature de l'activité, l'embolie régulière de services d'urgence devenus le point d'entrée du système de soins en raison de l'affaiblissement du réseau de médecins généralistes, la constitution progressive d'une organisation territoriale des structures hospitalières d'abord et qui a vocation à s'élargir à l'ensemble des soins médicaux désormais : toutes ces évolutions et quelques autres ont modifié le visage et le fonctionnement de l'hôpital. Il reste un lieu d'excellence et de formation, mais demande des budgets toujours plus importants pour remplir ses missions et est régulièrement présenté comme à bout de souffle.

Au premier rang des questions qui fâchent, celle de la gouvernance.

En France, on aime évoquer les questions d'organisation et de gouvernance. Rien de plus passionnant qu'un débat théorique sur qui doit prendre le pouvoir, sur comment le répartir, le contrôler, l'incarner. Une Nation comme la nôtre, qui a testé depuis la Révolution française à peu près tous les modèles constitutionnels possibles et envisageables, ne saurait se désintéresser d'un tel débat. Faut-il donner le pouvoir au maire, qui préside traditionnellement le Conseil de surveillance de l'hôpital mais dont la présidence est, c'est le moins que l'on puisse dire, non exécutive, au sens où il dispose d'assez peu de leviers pour décider là où le directeur de l'hôpital conserve la main ? Faut-il donner la compétence de construire et d'entretenir les murs aux Régions, sur le modèle de ce qui a été fait en France pour les lycées et qui ne fonctionne pas si mal et comme, *mutatis mutandis*, l'Allemagne l'a fait avec ses Länder ? Faut-il faire en sorte que le patron de l'hôpital soit un médecin, assisté par un directeur administratif, plutôt qu'un administratif, assisté par un médecin (le président de la commission médicale d'établissement) ? La question déchaîne parfois les passions et sa récurrence traduit les imperfections du système actuel. La vérité est probablement qu'un mode de gouvernance unique ne permettra jamais de garantir un fonctionnement satisfaisant face à la vaste diversité des circonstances locales, des rapports de force, des cultures de lutte ou au contraire de coopération entre les acteurs de tel ou tel hôpital. Ce qui paraît certain, c'est que les médecins, plus qu'aujourd'hui encore, doivent être associés aux choix stratégiques et à tout ce qui touche à l'organisation de leur travail.

Plus délicate encore, la question de la coopération hospitalière entre les structures publiques et les structures privées devrait faire l'objet d'une réflexion plus soutenue et d'une régulation plus ferme. Il ne s'agit pas comme le font certains de nier la légitimité des cliniques et autres hôpitaux privés ou, à l'inverse, de vouer aux gémonies un hôpital public qui serait par nature administratif, désagréable, inconfortable voire incompétent. Les doctrinaires incapables de comprendre que la compétence publique et l'initiative privée se renforcent bien plus souvent qu'elles ne se nuisent l'une à l'autre m'ont toujours navré.

Les naïfs aussi, cela dit.

Or, il faut bien admettre que les centres privés à but lucratif concentrent leur champ d'action sur les disciplines et les activités ayant la profitabilité la plus importante. Les spécialités à longue durée de séjour et haut niveau de technicité (patients brûlés, réanimation néonatale, etc.) restent souvent au sein des hôpitaux publics et se retrouvent alors dans une situation de plus en plus difficile. Comment admettre que le service des Brûlés de Lyon, qui accueille plus de 25 % des patients ayant une brûlure grave en France, fonctionne avec moins de cinq anesthésistes-réanimateurs pour faire tourner les blocs opératoires et la réanimation ? Comment ne pas redouter le fossé qui se creuse entre les soins spécialisés et coûteux, qui restent pour l'essentiel à la charge de l'hôpital public, et ceux réalisés dans le privé ? Comment se satisfaire, au Havre, d'hôpitaux privés qui fonctionnent grâce à d'excellents médecins et proposent un service utile, mais qui ne paraissent pas plus perturbés que cela à l'idée de fermer leurs services d'urgence la nuit ou le week-end, faisant ainsi peser sur l'hôpital public des coûts dont il serait nécessaire et juste qu'ils partagent le fardeau ?

Et comme dans tous les domaines, parce que nos moyens ne sont jamais illimités, il faut parler d'argent. Il ne fait aucun doute que dans les années à venir, et peut-être assez longtemps encore, nous consacrerons des sommes de plus en plus importantes à la santé de notre population. On voit mal comment il serait possible de revenir en arrière, et le volontarisme révolutionnaire qui escomptait que la République terrasse de ses vertus la maladie ne me paraît plus être partagé par quiconque. Heureusement. Reste qu'il faudra payer. Et que la façon dont on envisage l'avenir financier du système n'est pas accessoire.

Une des caractéristiques principales de notre système est qu'il tend à faire disparaître du monde de la santé la question du prix. On le sait, la santé n'a pas de prix, ce qui implique qu'elle est tellement précieuse qu'elle passe avant toutes les considérations financières. C'est vrai. Mais c'est doublement vrai. Car notre organisation, nos choix, souvent conscients, nous ont conduits à écarter du secteur de la santé l'idée même du prix, du signal prix. Un prix, normalement, c'est le montant monétaire qui résulte de la confrontation d'une offre et d'une demande et qui tend à les amener à l'équilibre. Pour des raisons évidentes, qui ne me paraissent pas devoir être remises en cause, et qui doivent même être défendues, nous considérons que dans le domaine de la santé, nous ne pouvons pas laisser s'équilibrer la demande et l'offre par les prix. Il ne peut être acceptable qu'un Français ne puisse accéder à un médecin parce qu'il ne pourrait pas payer le prix de la consultation. Imagine-t-on un médecin (l'offre de soins) monter le prix de sa consultation jusqu'à ce que le nombre de patients (la demande de soins) soit égal à ce qu'il peut accueillir dans de bonnes conditions ? Pourrait-on envisager en France qu'un agent, à l'entrée de l'hôpital, vérifie que le patient sur le point d'être admis sera en mesure de régler une somme représentant le service médical qu'il aura consommé ? Bien sûr que non. Jamais. Et c'est tant mieux.

Nous avons socialisé la santé. Elle est financée par les cotisations qui alimentent l'assurance maladie, par l'impôt aussi et, en partie, mais en partie très accessoire, par les contributions directes des patients. Grâce à l'assurance et à la solidarité nationale, grâce à la socialisation, personne ne paye directement le prix de la santé. Et progressivement, nous avons oublié ce que la santé coûte.

Nous avons oublié ce que coûte à la collectivité, c'est-à-dire à chacun d'entre nous, un accouchement, une fracture du poignet, un traitement anticancéreux, un traitement par dialyse, un arrêt maladie.

Nous savons qu'une consultation chez un généraliste conventionné coûte 25 euros, que nous serons remboursés par la Sécu à hauteur de 16,50 euros, c'est-à-dire 70 % du prix payé moins 1 euro qui représente un forfait non remboursé par consultation, et que le délai de remboursement est de cinq jours (ce qui est exceptionnellement rapide) à compter de la télétransmission par le médecin, grâce à la carte Vitale. Au total, une consultation donne lieu à un paiement net par le patient de 7,5 euros. C'est (nettement) moins qu'un paquet de cigarettes. C'est l'équivalent d'environ quarante minutes de travail au Smic. Le tiers payant nous permet même, en cas d'affection de longue durée et quel que soit notre niveau de revenu, de ne pas payer ce qui nous aurait été ensuite remboursé.

À l'hôpital, ce n'est pas que nous sommes remboursés du prix de ces actes, ce qui financièrement serait neutre, au coût de trésorerie près si le remboursement était long à intervenir : c'est que nous ne payons pas, loin s'en faut, quoi que ce soit de vaguement représentatif du prix de ce que nous consommons. Pour chaque acte lourd, c'est sous la forme d'un forfait de 24 euros que nous contribuons directement. Ce n'est même pas que nous avons oublié, c'est que nous n'en avons absolument aucune idée. Qui sait qu'un accouchement coûte à la collectivité entre 2 800 et 5 600 euros en fonction des complications, et entre 3 900 et 10 000 euros lorsqu'il donne lieu à une césarienne ?

Nous avons réduit autant que possible la part du coût que doit régler le patient. C'est un fait. C'est pratique. C'est agréable. C'est formidable même. C'est un progrès inouï dont nous ne nous rendons probablement plus assez compte. C'est une évolution qui peut-être trouve ses limites, dès lors que la valeur de la solidarité nationale finit par s'estomper dans l'inconscience générale du coût que représente chaque acte médical.

L'autre conséquence, bien naturelle, c'est que l'hôpital ne pouvant pas vivre de ce que payent les patients qui viennent s'y faire soigner, il appartient à l'assurance maladie et à l'État de définir le meilleur mode de financement afin que chaque établissement puisse payer ses agents, investir dans des murs et dans des matériels, accueillir les malades, bref, fonctionner dignement. Cette question du financement de l'hôpital est redoutable : faut-il verser un forfait à l'hôpital par nombre de patients accueillis, ou rembourser à l'hôpital le coût moyen de tel ou tel acte en dénombrant avec précision le nombre et la nature des actes réalisés ? Et si c'est ce système qui est retenu, comment vérifier qu'il n'entraîne pas une suractivité au détriment de la qualité des soins, ou plus exactement de leur pertinence ? Depuis quelques années, l'État cherche la meilleure formule, pour répartir au plus juste la ressource publique en favorisant la pertinence des soins, l'innovation médicale et la stabilité budgétaire des établissements. La martingale n'est pas encore au rendez-vous.

Entre progrès spectaculaires de la prise en charge des patients, judiciarisation croissante de l'exercice médical à l'origine d'un stress supplémentaire pour les soignants, restrictions budgétaires récurrentes que le Grenelle de la Santé a, pour un temps, écartées, l'usure des équipes et la fatigue de la structure sont réelles. Le Covid en faisant peser une charge considérable sur les services de réanimation et sur certains services, en désorganisant la prise en charge de patients dans d'autres spécialités, en accroissant encore le stress auquel le système de santé français est soumis depuis si longtemps, a condamné notre pays à repenser son système hospitalier et sa coordination avec les autres acteurs du monde de la santé à l'extérieur de l'hôpital.

Et pour ce faire, il est probable qu'il faille chercher dans les initiatives locales plutôt que dans les plans d'ensemble les solutions à privilégier.

***

Difficile d'imaginer départements plus différents que la Seine-Saint-Denis et la Creuse. La banlieue dense d'un côté et la ruralité extrême de l'autre. 40 communes pour près de 1,7 million d'habitants en Seine-Saint-Denis contre environ 115 000 habitants pour les 258 communes de la Creuse. Seules quatre communes de la Seine-Saint-Denis sont moins peuplées que Guéret, la préfecture de la Creuse, qui compte moins de 13 000 habitants. Jeunesse débordante d'un côté et population vieillissante de l'autre.

La Seine-Saint-Denis est un bout de France bien particulier. On y est en moyenne plus jeune et plus pauvre que partout ailleurs dans le pays. La proportion d'habitants issus de l'immigration la plus récente est une des plus élevées. Au nord du périphérique, tout proche de la capitale et souvent si éloigné, populaire, ébullient, couvert de grues construisant des immeubles neufs pour accueillir les Jeux olympiques ou de taudis ayant échappé aux opérations de rénovation urbaine, miné par les trafics mais réservoir inépuisable de main-d'œuvre indispensable à l'Île-de-France, le 93 perpétue la tradition de la ceinture rouge de Paris, contrepoint grouillant et nécessaire à l'ordre haussmannien. Les indicateurs de santé, comme à peu près tous les indicateurs représentatifs de la prospérité générale, y sont bien plus mauvais que la moyenne nationale. Et c'est pourtant là qu'une des plus réjouissantes expériences en matière d'organisation et de soins a été conçue, mise en œuvre et réussie.

Derrière la grille assez haute, un bâtiment simple, aux couleurs vives. Au bout d'une petite allée, devant l'entrée signalée par cinq arches en bois clair, une femme.

Ghada Hatem-Gantzer est gynécologue-obstétricienne. Petite, elle affiche un sourire désarmant, et l'énergie communicative qu'elle dégage, l'œil ironique qu'elle jette sur tous ceux qui viennent se servir auprès d'elle plutôt que de servir la cause qu'elle s'est choisie la distinguent instantanément. Autour d'elle, comme une couronne impériale démesurée, une chevelure longue, bouclée, exubérante qui évoquerait presque Baudelaire. Autant dire que, côte à côte, nous contrastons. Malicieusement, elle me fait remarquer, alors que je m'excuse auprès d'elle d'avoir changé d'aspect physique à un point tel depuis notre dernière rencontre qu'elle a semblé, pendant une demi-seconde, surprise par mon crâne lisse et ma barbe disparue, qu'elle a toujours eu un faible pour Yul Brynner. Moi aussi. Ça tombe bien.

Ghada Hatem est en passe de devenir une icône. Un peu partout en France, des femmes et des hommes, acteurs des mondes hospitalier, associatif, politique, judiciaire essaient de reproduire le modèle de maison des femmes qu'elle a créé au sein de l'hôpital Delafontaine à Saint-Denis. Parfaitement lucide sur la vanité des gloires médiatiques mais suffisamment au fait des passions humaines pour savoir qu'être regardée comme une icône est le prix à payer pour que son combat prospère, elle n'en abuse pas et demeure d'une bienveillante simplicité avec ceux qui veulent l'accompagner dans son combat.

Et son combat est titanesque.

La forte prévalence des mutilations sexuelles infligées aux femmes dont elle suit les grossesses en Seine-Saint-Denis, les effets des violences de toutes natures dont elles sont victimes, l'impact de ces violences sur les enfants, qui sont témoins et souvent co-victimes, ainsi que le constat d'une absence d'attention suffisante aux femmes, à leurs difficultés à consulter, à leur besoin de parler, d'être accompagnées, d'être en confiance pour faire face à cette souffrance, conduisent celle qui est alors cheffe du service maternité de l'hôpital à imaginer un lieu nouveau, fonctionnant selon un esprit différent de celui qui prévaut jusqu'alors dans le monde hospitalier : ce sera la Maison des femmes. Construite au sein de l'hôpital mais suffisamment en marge de celui-ci pour préserver une autonomie précieuse, la Maison des femmes est tout à la fois un lieu dans lequel des parcours de soins spécifiques sont mis en place pour prendre en charge les femmes victimes de violences et un lieu de coopération de tous les services appelés à accompagner ces femmes : on peut y porter plainte, rencontrer des assistantes sociales, consulter dans tous les domaines. Une porte d'entrée, un refuge, un lieu de confiance et d'expertise, une formidable expérience de coopération et d'intelligence collective, la Maison des femmes est tout cela, et bien plus encore. Elle est surtout un lieu où les femmes sont envisagées dans leur entièreté face à la violence : on n'y soigne pas seulement des organes, on y reconstruit des personnes.

Le financement est en partie public, en raison de la nature hospitalière des soins prodigués, et en partie privé, de nombreux mécènes ayant choisi d'aider les équipes de la Maison des femmes à se développer, puis à se multiplier ailleurs qu'en Seine-Saint-Denis. Ghada Hatem ne refuse pas l'aide de riches fondations privées, au contraire. Refuser de l'aide alors qu'on se bat contre l'ignorance, l'obscurantisme, les préjugés, l'indifférence et la fatalité serait inconséquent.

En moins de dix ans, Ghada Hatem a dynamité, peut-être sans le vouloir, les équilibres traditionnels du système de soins. Le modèle de financement qu'elle a mis en place est peu courant, sa volonté de construire un modèle reproductible sans dépendre de décisions nationales, son souci de sortir la médecine de son organisation verticale pour placer au centre de la structure l'individu et ses souffrances viennent rompre avec les logiques tubulaires et souvent mortifères de filières, de structures ou de spécialités. Un peu partout en France, on s'inspire de son modèle, parfois fidèlement, parfois en prenant des libertés avec la rigueur de sa méthode. L'État, dont la réaction est souvent marquée par un scepticisme spontané et une lente réticence à tirer les leçons d'une expérience réussie, a fini par suivre et promeut désormais la généralisation de ces maisons.

À 400 kilomètres au sud de la Seine-Saint-Denis, la Creuse.

Avec 20 habitants au kilomètre carré et moins de 400 médecins, la Creuse n'est pas le plus grand des déserts médicaux. Mais plus qu'ailleurs, la proportion de médecins âgés de plus de 60 ans laisse présager une situation de plus en plus compliquée au fur et à mesure des départs en retraite. Et même si les peintres impressionnistes ont célébré avec l'école de Crozant la beauté somptueuse de la vallée de la Creuse, attirer de jeunes médecins et permettre leur installation est un exercice redoutable.

Il en fallait plus pour faire peur à Martial Jardel. Jeune médecin généraliste, effrayé par l'injustice découlant des difficultés d'accès aux soins dans les régions rurales, le docteur Jardel a entrepris en 2021 un « tour de France des remplacements ». Maniant aussi bien le camping-car que le stéthoscope, il a pendant plusieurs semaines multiplié les remplacements et les rencontres. Avec deux frères, Christophe et Emmanuel Brochot, fondateurs d'une association déterminée à faire vivre la ruralité, il a inventé les « Médecins solidaires ».

Les Médecins solidaires exercent depuis peu. À Ajain, commune peuplée d'un peu plus de 1 000 habitants et située à 12 kilomètres de Guéret, a été créé en 2022 un centre de santé pionnier, suivi, en juin 2023, d'un deuxième centre, fonctionnant sur le même principe, à Bellegarde-en-Marche, commune de 400 habitants située au sud du département. Ces deux centres fonctionnent selon un principe simple : chaque semaine viennent y exercer, à tour de rôle, des médecins de la France entière qui choisissent, librement, de consacrer une semaine à ce projet solidaire. Les patients n'ont pas à proprement parler de médecin traitant, mais ils déclarent le centre médical comme médecin traitant, assurés qu'ils sont d'avoir chaque semaine un médecin, certes toujours différent, pour les recevoir. L'exercice demande une coordination sérieuse, la conservation précise et le partage efficace des données de santé de chaque patient, mais ouvre des perspectives réjouissantes pour la population locale, sans imposer des contraintes trop fortes aux médecins qui s'associent à cette initiative. Le ressort de celle-ci est d'abord celui de la solidarité, mais l'idée selon laquelle au lieu d'imposer de grandes contraintes à certains il est préférable d'en faire peser sur tous des légères est précieuse lorsqu'il s'agit d'envisager les questions de continuité et d'organisation des soins.

Il existe bien d'autres initiatives. Au Havre, la qualité de l'organisation des médecins libéraux, le soutien constant et coordonné des collectivités territoriales (quelles que soient leurs étiquettes politiques), le travail en bonne intelligence de l'hôpital, des communes, des médecins libéraux et de l'université ont permis d'engager des expériences réussies. Mais la Maison des femmes et les Médecins solidaires ont le mérite d'être des propositions très différentes : l'une en milieu hospitalier et l'autre en milieu libéral, l'une urbaine et l'autre rurale, l'une a déjà fait la preuve de son efficacité et l'autre est en train de se faire remarquer. Toutes deux illustrent cette vérité fondamentale que c'est la liberté et l'initiative locales qui font souvent la différence, et qui permettent de formuler des solutions adaptées et efficaces. Trop souvent, le niveau national entend imposer un cadre et une réglementation qui contraignent cette initiative ; trop souvent, l'ampleur de la tâche nationale effraie alors que la solution locale peut se concevoir ; trop souvent, face à une expérience réussie, le niveau national veut la généraliser, si possible rapidement et si possible partout, en feignant d'ignorer que toutes ces expériences ne sont pas reproductibles ; trop souvent, et c'est encore pire, constatant qu'une solution locale n'est pas reproductible et donc pas généralisable, le niveau national veut y mettre un terme, oubliant qu'elle est d'abord et avant tout une solution. Au moins aussi essentielle que les moyens collectifs consacrés à la santé, la capacité locale à mettre en œuvre des solutions, si possible en réduisant au maximum les contraintes, doit être systématiquement privilégiée.

***

La figure du médecin est omniprésente dans la littérature : de Machaon, fils d'Asclépios, décrit comme « *le parfait médecin* » dans l'*Iliade,* « *valant, à lui tout seul, beaucoup d'hommes* », à l'estimable médecin de campagne Benassis de Balzac ; du mercantile Dr Knock de Jules Romains en passant par le ridicule Diafoirus de Molière jusqu'à l'humaniste docteur Rieux de Camus ; du truculent et désespéré Bardamu de Céline au terne Bovary de Flaubert, le médecin a toujours occupé une place particulière dans l'imaginaire humain.

Le malade aussi.

Et si la maladie est souvent la marque de la flétrissure ou de la déchéance, comme pour la Fantine des *Misérables* ou la Marguerite Gautier de *La Dame aux camélias*, elle est souvent aussi le moment d'une forme de lucidité nouvelle. C'est parce qu'il est malade que le juge Ivan Ilitch de Tolstoï, saisi par une soudaine clairvoyance imposée, prend la mesure de l'hypocrisie que représente sa vie ; c'est parce qu'elle tombe malade et que sa fille s'occupe d'elle que la mère de Simone de Beauvoir découvre, pour un moment, la volupté d'être servie et de devenir le centre d'un monde ; c'est le contact avec la maladie, et avec les malades, qui plonge le jeune Hans Castorp dans une méditation intérieure sur les versants de la Montagne magique ; c'est la maladie qui « *en me faisant mourir au monde, m'avait rendu service* », écrit Marcel Proust dont des pages entières sont consacrées à la description clinique de ce que la maladie implique dans une vie, dans le regard et la conduite que les autres adoptent à l'égard du malade comme de la transformation qu'elle entraîne chez le malade lui-même. « *Depuis que je suis malade, je vais beaucoup mieux qu'autrefois, avant de tomber malade* », lance Mars, le triste héros de Fritz Zorn. La maladie, parce qu'elle nous extrait de « *la mascarade de la normalité* », ouvre un espace nouveau au malade, plus lucide, plus créatif, plus attentif à la réalité du monde ou plus concentré sur lui-même. Et comme souvent, la littérature dit de nous des choses que la société peine à saisir et à formuler, et que chacun peut être conduit à éprouver.

On sait assez vite que quelque chose est en train de se passer lorsqu'il s'agit de son propre corps. On peut ignorer les premiers signes, reporter l'inquiétude à plus tard, à d'autres symptômes, à la bonne occasion d'aller le moment venu montrer à un médecin ce petit quelque chose qui ne doit pas être grand-chose. On peut vouloir se mentir. Mais on sait.

Lorsque j'ai remarqué, sur ma joue droite, au milieu de la barbe noire, quelques poils groupés totalement blancs, je me suis dit qu'il se passait quelque chose. Rien de grave sans doute, mais quelque chose.

C'était quelque chose, cette barbe noire. Un élément distinctif tant elle était peu portée parmi mes collègues lorsque, en 2014, juste après les élections municipales, j'ai décidé de la laisser pousser. Pourquoi une barbe ? Pourquoi pas ? La barbe fut, longtemps, un attribut du pouvoir et de la sagesse. « *Du côté de la barbe est la toute-puissance* », se moquait Molière dans *L'École des femmes*, et Stefan Zweig raconte dans *Le Monde d'hier* combien, à l'adolescence, les jeunes gens de sa génération mettaient en évidence la pilosité faciale qui contribuait à faire d'eux, aux yeux de la société, des hommes. Lorsqu'en mai 2017 je suis devenu Premier ministre, il s'est trouvé des journalistes pour rappeler que c'était la première fois depuis Paul Ramadier en 1947 que le locataire de Matignon portait la barbe. J'avais choisi de la porter parce que j'étais fatigué d'avoir à me raser tous les matins, parce qu'elle me donnait un air différent, peut-être plus viril, peut-être plus marin, peut-être moins lisse. Peut-être aussi avais-je trouvé qu'elle allait bien à des acteurs ou des personnalités que j'appréciais. Peut-être étais-je victime de la mode ou du moment. Toujours est-il que ma barbe et moi regardions avec amusement la calvitie lentement progresser en nous disant que le poil conquérant viendrait utilement compenser le cheveu tombant.

Et puis, en 2019, en août, quelques poils blancs sur ma joue droite. Rien de très visible d'abord, mais tout de même, quelques curieux grains de sel dans un poivre uniforme. L'apparence compte en politique. On aimerait que les idées prévalent, que l'argumentation soit souveraine, que la conviction l'emporte, mais la politique est aussi affaire de séduction, d'apparence, de répulsion parfois. Je me souviens de ma grand-mère maternelle, pourtant une femme de droite, qui s'était exclamée à table, parlant de Philippe Séguin dont je venais de souligner le talent oratoire et l'agilité intellectuelle : « Oh mais il est trop laid ! Et ces sourcils ! Non, impossible ! » Le jugement de ma grand-mère s'était arrêté aux sourcils broussailleux et massifs de Philippe Séguin. Voilà bien un reproche qu'elle ne pourrait plus me faire à moi… Dans le monde politique actuel, tout le monde fait attention à son apparence. Elle n'est jamais décisive, mais elle compte. On se souvient du premier débat télévisé de la présidentielle américaine, lorsque le jeune Kennedy contrasta vigoureusement avec un Nixon qu'une barbe renaissante parce que rasée trop tôt le matin avait rendu patibulaire. Voilà bien quelque chose qui ne pourrait pas m'arriver non plus…

L'apparition de ces quelques poils blancs, puis leur élargissement conduisant à une tache au milieu de la joue droite, puis, au bout de quelques mois, à une magnifique virgule parfaitement blanche, créant un spectaculaire effet de contraste entre la droite et la gauche de mon visage qui amena mes amis (et pas seulement eux) à m'appeler « two faces Eddy » ou Janus ou « Kung Fu Panda ». Certains me recommandèrent de teindre ma barbe ou de la raser complètement. Assez vite, il apparut que la dépigmentation en question se développait tranquillement sur tout le visage et qu'elle finirait par concerner toute la barbe et tous les cheveux. Aucune gravité. Aucune contagiosité. Seulement une phase transitoire, curieuse et bicolore. Tout cela pouvait être évacué d'un revers de la main.

Sauf bien sûr quand vous êtes Premier ministre.

D'abord parce que le chef du gouvernement est en permanence regardé. L'AFP a un bureau donnant sur la cour de Matignon. Chaque déplacement officiel est annoncé et donne lieu à la constitution d'une délégation de la presse qui filme, photographie, enregistre, questionne, dissèque, commente, critique, s'étonne et parfois, mais c'est rare, félicite. Aucune chance évidemment qu'une modification physique, bénigne ou importante, puisse passer inaperçue.

Ensuite parce que le chef du gouvernement est en permanence suivi par un médecin. Un médecin militaire, urgentiste, dont la mission est de veiller à la bonne santé du Premier ministre (et aussi, par extension, à celle de ses nombreux collaborateurs dont le rythme de travail finit mécaniquement par avoir un effet déstabilisant). On se dit, en arrivant à Matignon, que le dispositif est un peu excessif : un médecin systématiquement présent dans le cortège dès que l'on quitte le bureau pour se rendre à l'extérieur ; un médecin qui vous accompagne lorsque (assez rarement certes) vous prenez un week-end ou des vacances ; un médecin qui vérifie, à votre arrivée à Matignon, votre état de santé général, votre groupe sanguin, qui soigne ce que vous lui montrez ou qui vous met en lien, si vous le souhaitez, avec le bon spécialiste en cas de besoin. La justification derrière ce dispositif est simple : le Premier ministre (et c'est la même chose pour le Président) ne doit pas être empêché de travailler et de remplir la mission constitutionnelle qui lui est confiée. Il peut être victime d'un attentat, et il faudrait réagir vite ; il peut être victime d'une crise cardiaque ou d'un AVC, et il faudrait réagir vite ; il peut être embêté par une écharde ou un rhume alors qu'il doit recevoir le chef d'un gouvernement étranger ou un interlocuteur essentiel à la bonne conduite des affaires de l'État, et il faudrait réagir vite (et si possible bien) pour qu'il puisse être opérationnel. Ce n'est pas la santé de l'homme qui importe, mais le caractère opérationnel de la fonction qui est en jeu. Et donc, le médecin militaire, ou plutôt les médecins militaires, colonels tous les deux, qui se relaient chaque semaine, vous soignent, vous suivent. Et vous observent. Une démarche un peu claudicante, une toux un peu tenace, un tremblement même invisible sont immédiatement remarqués et conduisent à une suggestion de consultation formulée avec un grand tact, une réelle humanité et ce qu'il convient de directif. Autant dire qu'une tache grandissante sur la joue ne pouvait pas échapper à mon ange gardien.

Intéressant exercice que celui de la consultation ou de la visite médicale lorsque vous êtes Premier ministre. La difficulté n'est évidemment pas de trouver un rendez-vous avec un médecin ; elle est plutôt de conserver à la consultation ou à la visite la discrétion nécessaire pour éviter qu'elle ne devienne un sujet immédiat de discussion dans les médias. Le plus simple est donc de l'organiser au bureau, si c'est possible, ou bien d'aller à l'hôpital, militaire en général, afin de procéder aux examens nécessaires. Aucune de ces visites, j'en ai effectué au moins trois en trois ans, n'a jamais été rendue publique, n'a donné lieu à la moindre information anonyme des journaux. Et je n'ai rencontré que des médecins et des infirmiers oscillant entre la politesse parfois déférente et la plus grande normalité : le patient, fût-il Premier ministre, doit toujours être pesé et mesuré, être questionné sur ses antécédents, uriner dans un gobelet, passer au scanner ou à la radio dans la même tenue ridicule que tous les autres patients, et c'est évidemment très bien ainsi.

En 2019, les médecins m'ont indiqué que je souffrais de vitiligo. Rien de vraiment sérieux ni même de vraiment intéressant. Plus d'un million de Français sont atteints de vitiligo, maladie auto-immune qui dépigmente la peau et crée des taches blanches sur les mains, les pieds, et le cas échéant sur le visage et le corps. Son origine est en partie génétique, et elle peut être déclenchée par le stress. Je me souviens du médecin réprimant un sourire en me demandant si j'étais particulièrement stressé... Je confirme que Matignon peut provoquer un léger stress chez son locataire. Le vitiligo, ça se voit. Ce n'est pas grave, mais ça change le regard des autres, parce que des taches sur la peau, comme tout ce qui n'est pas strictement normal, cela dérange un peu, et que les autres, ceux qui n'ont pas ces taches, ne savent pas s'il faut regarder ou faire comme si elles n'étaient pas là. Lorsque c'est sur le visage que les taches sont les plus nombreuses, c'est évidemment plus lourd à porter. Pour moi, cette dépigmentation était sans conséquence. La barbe changeait mais elle était reconnaissable, et une barbe blanche, c'est au fond une forme de sagesse, de puissance apaisée, d'expérience. Pour d'autres, plus jeunes ou plus atteints, c'est évidemment autre chose. Affronter le regard que notre société et nos concitoyens portent sur la maladie et la différence est souvent rude.

En juillet 2021, sur le côté d'un crâne déjà un peu dégarni, une touffe de cheveux tombe. Plus rien. Je commence par la recouvrir avec ce qu'il reste de cheveux autour, mais je sais qu'une nouvelle aventure commence. Quelques semaines après, mon sourcil droit disparaît. En quelques jours, il n'en reste rien, ce qui provoque un déséquilibre curieux sur le visage. Heureusement, si j'ose dire, le sourcil gauche ne se laisse pas distancer et disparaît assez vite lui aussi, redonnant à mon visage désormais étrange une symétrie réconfortante. Consultation, examens, décontraction du spécialiste : après le vitiligo, l'alopécie. Maladie également auto-immune dont le nom est une référence au renard, en grec ancien *alopex*, et qui se traduit par une chute accélérée des cheveux et des poils. Les cheveux qui tombent, les hommes connaissent. La calvitie, prononcée ou non, c'est un peu comme les rides, ça finit par venir avec l'âge et on peut vivre avec. L'accélération du phénomène oblige à s'adapter mais il n'y a jamais qu'une différence de degré. De la même façon, la chute de la barbe, surprenante parce qu'on ne s'y attend guère, n'a aucune importance réelle.

Avec la disparition des sourcils toutefois, on touche à quelque chose de plus spectaculaire, et de plus dérangeant. Il m'était arrivé de me demander à quoi servaient vraiment les sourcils. Je me disais qu'ils servaient surtout à protéger les yeux de la sueur, lointain héritage d'une époque où le chasseur devait pouvoir courir l'arme à la main pour tuer sa proie. Et de fait, sans sourcils, la sueur est plus gênante, comme chaque séance de boxe me le rappelle. Mais ce n'est pas là la véritable fonction du sourcil. Le sourcil est surtout là pour se faire remarquer quand il tombe. Le visage d'un homme ou d'une femme sans sourcils est curieusement différent, et alors que la perte totale des cheveux n'évoque plus spontanément la maladie pour les hommes, celle des sourcils conduit immanquablement votre interlocuteur à se demander à quel point vous êtes malade. La pratique ancienne de la politique conjuguée à une certaine notoriété vous donne l'habitude de lire une salle, de saisir les réactions favorables ou non, discrètes ou non, que provoque votre irruption dans un bar, dans un restaurant, dans une salle de réunion, dans n'importe quel groupe humain. Perdez vos sourcils et la question qui viendra spontanément à ceux qui vous voient, qui vous regardent parfois ostensiblement, qui se demandent si c'est bien vous, sera de savoir à quel stade de quelle maladie vous vous trouvez.

Deux maladies auto-immunes, deux maladies ni graves, ni douloureuses, ni contagieuses, ni discrètes, ni réversibles, et un aspect physique qui se transforme réellement. Pourquoi en parler ? Quel besoin de s'appesantir sur une évolution visible et sans gravité ? Faut-il avoir à ce point envie de se livrer qu'il faille commenter soi-même les transformations de son physique ? La politique devrait être un débat d'idées plutôt qu'une histoire de cheveux et de poils ! Et pourtant, il faut en parler.

D'abord pour dire que ce n'est pas grave, quand tant « d'amis » ou d'adversaires politiques font mine de s'interroger sur ce que cette transformation cache : maladie plus sérieuse dont je ne voudrais pas parler, défaut de résistance au stress, fragilité intime qui s'exprimerait physiquement ou limite évidente à l'ambition d'exercer des responsabilités exigeantes. Ces questions et ces rumeurs ne seront jamais formulées directement, elles ne seront pas débattues en public, mais elles seront là, évoquées sous la forme interrogative ou avec l'assurance de celui qui fera état d'un ami médecin qui a vu le cousin du docteur qui soigne la sœur du Premier ministre et qui raconte que la vérité n'est pas du tout ce que disent les médias. La rumeur a toujours existé. Elle est souvent tenace et parfois instrumentalisée. Les réseaux sociaux lui ont offert un terrain fertile pour prospérer. Je ne doute pas qu'il faudra composer avec elle. Et je sais que la plus grande transparence, dans ce domaine comme dans d'autres, ne la fera jamais taire.

Ensuite pour faire front avec tous ceux qui sont affectés par ces deux maladies, et ils sont assez nombreux. Et pour leur dire qu'ils ne sont pas et ne doivent jamais être assignés à leur apparence, réduits à cette différence qui peut être lourde à porter, mais qu'au contraire ils sont ce qu'ils font. La femme de 40 ans ou l'adolescent se retrouvant en quelques semaines ou quelques mois sans cheveux ni sourcils vivent quelque chose de difficile. L'apparence, cela compte. La façon dont les autres nous regardent et celle dont nous nous voyons nous-mêmes n'ont rien d'accessoire. Lorsque la transformation est importante et subie, elle vient forcément heurter quelque chose d'intime, qu'il est parfois difficile d'accepter. Après mes premières apparitions télévisées sans sourcils et lorsque j'ai commencé à expliquer ce qui était en train de m'arriver, j'ai reçu de nombreux témoignages très touchants de Français de tous âges dont l'apparence avait été transformée par cette maladie ou de parents m'indiquant que leur enfant vivait ce que je décrivais. Tous insistaient sur la difficulté mais aussi sur la nécessité d'expliquer encore et encore de quoi il s'agissait.

Mon père avait été frappé jeune par une maladie grave et invisible ; je suis atteint après 50 ans par deux maladies visibles et sans gravité : il n'y a aucun doute sur le fait que j'ai eu bien plus de chance que lui. Et il ne me viendrait pas à l'esprit de prétendre vivre la même chose que ce que vivent nos concitoyens souffrant de maladies graves, handicapantes, visibles ou non. Mais après de longues années pendant lesquelles je me suis intéressé aux questions d'organisation de soins, de financement de la santé ou de l'hôpital, aux politiques de prévention, aux progrès de la médecine, je découvre, sans doute un peu tard, et sans doute de façon incomplète, combien est sensible la question des malades, de leur vie en dépit de ou avec la maladie, des effets de leur maladie sur leurs proches, des perspectives qui s'ouvrent à eux ou qui se ferment, du regard que portent sur eux la société, les autres, nous.

Le combat pour le droit à l'oubli des malades guéris du cancer et pour le droit à l'indifférence de ceux qui n'en sont pas encore guéris est encore largement à mener. Celui pour l'aménagement des obligations professionnelles en fonction de la maladie, qui me paraît, lorsqu'il est possible, infiniment plus judicieux que le congé maladie pur et simple, peut encore progresser. La recherche sur les maladies orphelines, la conscience qu'il faut éveiller chez chacun de nos concitoyens l'idée que celui qui est en face de nous est peut-être malade, que son combat ne se voit pas mais occupe une partie immense de ses forces et qu'il n'a pas forcément envie de porter cette maladie comme un étendard ni de s'y réduire et que cela se respecte, tous ces combats dont notre société parle peu méritent d'être livrés.

Le Palais-Royal

Juger

« Ne pouvant fortifier la justice, on a justifié la force. »
Blaise Pascal, *Pensées*.

La première fois que je suis entré dans un lieu de justice, c'était au printemps 1997, au Palais-Royal, alors que je devenais membre du Conseil d'État.

Tout est curieux dans cette phrase.

La circonstance que l'on puisse devenir membre de la plus haute instance de la justice administrative à 26 ans, sans avoir mis un pied à la faculté de droit : merveille de la haute fonction publique. La circonstance que l'on puisse devenir membre de la plus haute instance de la justice administrative après des études sélectives au cours desquelles on a fait du droit, parfois intensément, sans que jamais quiconque juge nécessaire, voire utile, pour un futur juge, d'aller visiter un tribunal, une prison, un cabinet d'avocat, un greffe, bref tout ce qui n'est pas le droit mais qui concourt à la justice : merveille du système éducatif français. La circonstance enfin qu'une des institutions centrales de la République siège au Palais-Royal : merveille de la France.

J'avais 26 ans, je venais de terminer ma scolarité à l'ENA et par un mélange heureux d'intuition et de chance, je sortais à un rang qui me permettait de choisir l'affectation que je voulais. À cette époque, à l'ENA, comme d'ailleurs dans presque toutes les écoles de formation civiles et militaires de l'État, le premier de la promotion choisissait librement parmi tous les postes qui étaient offerts, ceux qui suivaient choisissaient de moins en moins librement parmi les postes demeurant disponibles et le dernier choisissait ce qui restait. Je n'étais pas premier, et me sentais d'ailleurs très loin des camarades classés devant moi, mais je pouvais choisir entre tous les métiers encore proposés aux membres de la promotion Marc-Bloch et, parmi tous ceux-là, c'est le Conseil d'État qui avait ma préférence.

Non pas que j'étais particulièrement brillant en droit. À la vérité, je n'étais particulièrement brillant nulle part, et comme un bon généraliste, je peinais à cette époque à savoir quelle spécialité j'avais envie d'embrasser. La seule matière que j'aimais vraiment, c'était l'histoire, mais j'avais exclu avant même le début de mes études de devenir professeur. Je n'avais aucune idée de ce que je ferais tout au long de ma vie ni de quel métier finirait par me plaire, mais il me semblait à l'époque qu'acquérir le réflexe juridique et développer une bonne connaissance du droit public ne serait jamais inutile.

Et puis le Conseil d'État, c'était le Palais-Royal. C'était l'indépendance. C'était Léon Blum.

Je n'avais aucune idée, enfant, de ce que pouvait être le Conseil d'État. Mes parents savaient sans doute qu'il en existait un, mais n'ayant jamais étudié le droit, jamais eu à contester les décisions de l'Administration ni jamais rencontré quiconque désireux ou capable de leur parler de cette institution, ils ignoraient ce qu'on y faisait. En 1997, lorsque fou de joie je leur avais annoncé, par téléphone car ils vivaient à l'époque à Sancerre, mon classement et la possibilité de rejoindre le Conseil d'État, ils m'avaient couvert de félicitations empreintes de fierté radieuse et d'une forme de soulagement que seuls les parents peuvent comprendre. Et le lendemain, plus calmes, toujours fiers, mais un peu interrogatifs, ils m'avaient demandé, après avoir concédé que le Conseil d'État, c'était très bien, ce qu'on pouvait bien y faire.

Sans savoir ce qui s'y passait, sans même savoir qu'il siégeait là, j'avais cependant, enfant, admiré le Palais-Royal. À côté du Louvre, il offrait l'image d'un palais à taille un peu plus humaine. Et puis le Palais-Royal, c'était la Comédie-Française. Et puis c'était un curieux jardin, tout en longueur, fascinant par ses alignements d'arbres et ses arcades régulières. Comme toute la France, j'avais suivi la polémique associée au projet de construction des « colonnes de Buren ». On a oublié, et c'est sans doute heureux, l'intensité de la dispute d'alors, la virulence des attaques et le nombre des actions juridiques engagées pour bloquer la transformation d'une cour magnifique servant de parking aux voitures des membres du Conseil d'État et des institutions voisines en une cour magnifique offrant au public d'admirer et de parcourir une œuvre aussi ambitieuse qu'étonnante. Je doute que quiconque souhaite un jour à nouveau transformer la cour en parking, et les passants continueront encore longtemps à déambuler entre les colonnes rayées, indifférents à ceux qui, derrière les immenses portes vitrées au sud de la cour du Palais-Royal, interrompent parfois leur réflexion et leurs travaux juridiques pour les observer. Mais parfois c'est l'inverse qui se produit, et un promeneur curieux s'approche, voulant comprendre qui a le bonheur de travailler dans un lieu aussi prestigieux et devant une cour aussi somptueuse. Il s'approche jusqu'à la fenêtre, et jette un regard souvent circonspect sur une immense salle, jamais totalement vide, qui longtemps abrita les écuries du palais et ressemble aujourd'hui à une bibliothèque où de grandes tables solennelles hérissées d'ordinateurs supportent des dossiers volumineux et des manuels de droit.

Car le Palais-Royal est aujourd'hui un des temples du droit. Le Conseil constitutionnel y est logé depuis sa création en 1958. Le Conseil d'État s'y est installé en 1875, après que le palais d'Orsay (sur l'emplacement duquel est désormais installé le musée du même nom) a été brûlé pendant la Commune. La Cour des comptes y fut même accueillie pendant près de quarante ans, avant 1912.

Un temple du droit, mais pas seulement, le Palais-Royal est aussi un lieu de pouvoir, siège du ministère de la Culture, un lieu de théâtre où brille la Comédie-Française depuis la toute fin du XVIIIe siècle, un ensemble de logements privés, de commerces, de restaurants et de cafés. Construit par le cardinal de Richelieu qui souhaitait demeurer à proximité immédiate du Louvre où résidait le roi de France lorsqu'il était à Paris, demeure royale ensuite où le jeune Louis XIV vit la Fronde tenter de lui arracher le pouvoir, le palais, qui a été remanié sans cesse au fil des agrandissements, des restaurations, des changements d'usage, des projets immobiliers, des incendies et des décisions administratives, a été tour à tour (et parfois en même temps) résidence des puissants, opéra, Bourse, casino et lieu de débauche. Molière, alors qu'il y joue pour la quatrième fois *Le Malade imaginaire*, est frappé par la quinte de toux qui le mènera à la mort en 1673. Camille Desmoulins y harangua la foule avec passion le 12 juillet 1789, protestant contre le renvoi de Necker, surintendant des finances, et vingt jours après, le cœur et la tête de Foullon, son successeur à ce poste, étaient exhibés dans les jardins après que ce dernier eut été pendu puis décapité. Napoléon, celui-là même qui créa le Conseil d'État moderne, y perdit, dit-on, son pucelage.

Entrer au Conseil d'État représentait évidemment l'aboutissement d'une ambition d'étudiant. Le mode de vie qu'on y menait, fait d'indépendance presque totale dans l'organisation de son travail, les opportunités de rencontre avec des collègues ayant exercé des responsabilités variées, l'apprentissage du droit, de son écriture, de sa conception, de ses limites aussi, tout concourait à promettre à un jeune fonctionnaire une immersion intellectuelle passionnante. Après le stress d'une scolarité parsemée d'épreuves de classement et de concours, de stages et de déménagements, l'idée de se poser et d'exercer enfin un métier avait quelque chose de savoureux. Et sans que cela soit jamais formulé, il apparaissait clairement aux jeunes gens qui entraient au Conseil d'État qu'ils devenaient parts d'une institution et inscrivaient leurs pas dans ceux de grands anciens, serviteurs de l'État qui avaient parfois brillé et souvent compté. Léon Blum était, pour moi, au tout premier plan de ceux-là.

Je suis venu à Blum par Mendès.

La biographie de Mendès France par Jean Lacouture m'avait fasciné lorsque j'étais lycéen. L'exigence morale, le courage intellectuel, la rigueur politique du juriste engagé en politique suscitaient chez moi une admiration sans bornes. Mendès me paraissait à la fois supérieur et accessible, admirable et humain. Peut-être y a-t-il dans l'esprit des adolescents une capacité surprenante à développer une camaraderie avec des inconnus, à s'imaginer partager quelque chose avec des disparus ou des absents. Mendès ne fut pas le seul camarade disparu avec lequel j'entretenais des conversations baroques. Alexandre le Grand et Napoléon, d'Artagnan et Valjean furent régulièrement invités à exprimer leur avis sur des dilemmes auxquels je me trouvais confronté, et il arriva sans doute aussi, après tout pourquoi pas, que je leur donne quelques conseils sur des choix qui leur revenaient et qui me paraissaient contestables…

Je ressentais en tout cas une grande sympathie pour le parcours intellectuel et politique de Mendès ; pour le brio avec lequel, à Clermont-Ferrand, pendant le procès qui lui était fait par le régime de Vichy, il avait bataillé pour établir son innocence face à un tribunal convaincu par avance de la nécessité de condamner un juif, franc-maçon, parlementaire, ayant servi comme sous-secrétaire d'État aux finances sous Blum. J'admirais le courage du condamné réussissant à s'évader, à traverser la France pour rejoindre Londres et exiger du Général de se battre. Le rôle joué par George Boris, haut fonctionnaire qui dirigeait le cabinet de Blum en 1938, esprit moderne dans une administration publique souvent conservatrice, et dont la proximité intellectuelle avec Mendès avait été décisive pour ce dernier, me laissait entrevoir ce que pouvait être l'influence des serviteurs de l'État.

Mais à côté de Mendès, Blum trônait comme un géant. Il y avait chez Blum, en plus des qualités que j'appréciais chez Mendès France, un charme supplémentaire : la silhouette d'un dandy critique d'art, la figure d'un haut fonctionnaire brillant et inventif, dont les conclusions au Conseil d'État avaient marqué l'évolution de la jurisprudence, le dreyfusard convaincu et combattant, l'écrivain que j'admirais pour ses *Souvenirs sur l'Affaire* et son *Du mariage*, publié en 1907, et dans lequel il encourageait les femmes à vivre pleinement avant de se marier. Et puis il y avait l'homme politique, au caractère trempé mais jamais dénué de doutes, qui marque l'histoire lors du Front populaire, la ténacité exceptionnelle de celui qui, après avoir voté non aux pleins pouvoirs à Pétain, est arrêté, emprisonné pour être jugé. Et qui défait ses juges en leur imposant d'interrompre le procès devant la vigueur et l'intelligence de sa défense.

Faut-il voir un romantisme de pacotille dans l'idée que l'on peut choisir son métier en espérant se rapprocher d'un modèle à la fois disparu et inatteignable ? Une démesure confondante, signe précoce d'une mégalomanie préoccupante ? Est-elle très différente, cela dit, de celle du jeune joueur de tennis ou de football qui rêve de se confronter à Federer ou d'égaler Messi ?

Ce qui est certain, c'est que cent deux ans après Léon Blum, fermement décidé à comprendre ce qu'étaient le droit et la justice, j'entrais au Conseil d'État, et donc au Palais-Royal.

Il y aurait beaucoup à dire sur le lien ancien entre architecture et justice. Même si le Palais-Royal n'a pas été construit à cet effet, la solennité du lieu, l'escalier imposant qui commande l'accès aux salles principales, l'aménagement de la salle du contentieux où sont jugées les affaires les plus importantes : tout est fait pour imposer aux femmes et aux hommes qui jugent aussi bien qu'à celles et ceux qui viennent faire trancher le litige qui les occupe qu'ils sont dans un lieu où quelque chose de plus grand qu'eux est en jeu. Pour Chateaubriand, la magistrature devait revêtir un « *caractère auguste en se montrant aux yeux des peuples appuyée sur le sceptre, l'épée et la croix* ». Et de fait, la partie du Palais-Royal dévolue au Conseil s'inscrit dans une longue tradition, car tout au long du XIXe et pendant une bonne partie du XXe siècle, le lieu de justice a été conçu pour intimider.

À Agen, Amiens, Caen, Lyon, Montpellier, Tours, Marseille ou au Havre, de la monarchie de Juillet jusqu'à la IIIe République, l'architecture néo-classique prospère, avec des colonnes, des statues, des marches qu'il faut gravir pour s'élever jusqu'à une justice qui est autant l'affaire des hommes que celle d'une forme de transcendance. Cet effort soutenu n'est pas réservé aux grandes villes : à Pont-Audemer, dans le département de l'Eure, charmante bourgade qui compte à la fin du XIXe siècle à peine

6 000 habitants, un palais de justice compact mais délibérément impressionnant est édifié. À Rouen, à Metz et bien sûr à Paris, on installe les palais de justice dans des bâtiments plus anciens mais tout aussi formidables. Balzac, contemporain de cette grande époque de construction et d'aménagements, décrit dans des pages extraordinaires de *Splendeurs et misères des courtisanes* le Palais de justice de la capitale, « *palais de nos rois* », qui « *quand on contemple cette vaste capitale du haut de la lanterne du Panthéon, (…) est encore ce qui paraît le plus monumental parmi tant de monuments* ». À Strasbourg, à la toute fin du XIXe, le tribunal est construit dans un style moins néoclassique, ou alors d'une facture plus germanique, mais avec la même logique de puissance et de colonnes.

Seulement voilà, à force d'éloignement et de hauteur, et alors que le nombre d'affaires à juger croît rapidement au fur et à mesure que le XXe siècle avance, le besoin de proximité d'une justice qui devient un service public s'exprime de plus en plus nettement. À la fin des années 1960, l'architecture des cités judiciaires, plus fonctionnelles, plus professionnelles, moins écrasantes, vient traduire cette évolution. La segmentation des espaces demeure la norme à l'intérieur des palais comme à l'intérieur des salles où la justice est rendue, mais le juge devient l'arbitre humain d'un processus social et renonce, bon gré mal gré, à être la voix désincarnée de l'ordre, de la justice ou du droit.

Et notre époque, qui ne sait plus très bien ce que doit être la justice, et qui oscille sans toujours bien savoir où le curseur doit être placé entre autorité et proximité, entre fermeté et humanité, produit des tribunaux dont le sens est souvent confié à l'intuition de l'architecte. Le ministère de la Justice cherche aujourd'hui à associer « esthétique et pratique », en faisant un grand usage du verre, réputé symboliser la transparence, vertu nouvelle et revendiquée d'une justice plus prompte à s'interroger sur ses processus que sur son sens. Bordeaux et Paris, dans des styles bien différents, illustrent ces tentatives de conciliation.

Construire un lieu de justice, ou l'aménager, c'est toujours mettre en scène la grandeur ou la proximité, selon ce que l'époque veut dire de la justice. Au Palais-Royal, la grandeur prévalait. L'aménagement des lieux révélait naturellement la façon dont l'institution s'envisageait elle-même : club anglais dans ses bibliothèques aux fauteuils confortables dont les membres connaissent les usages non écrits et passés de génération en génération ; lieu de collégialité avec ses salles de travail ouvertes incitant à la discussion et au questionnement des plus chevronnés par les plus jeunes ; lieu d'une forme d'aristocratie républicaine, où la réputation parmi les siens, qui s'acquiert par la maîtrise du droit, l'agilité à inventer des solutions nouvelles ou à manier avec rigueur les concepts les plus pointus ainsi que par l'expérience accumulée, est la principale vertu.

Il faut donc travailler, et travailler encore pour maîtriser progressivement le droit des contrats publics, celui de la domanialité ou de la fonction publique, celui des étrangers et les autres familles du droit public. Pour saisir les subtilités et ne pas se perdre dans les méandres des questions de procédure. Et pour comprendre les juristes. C'est que mille nuances se dessinent très vite dans le caractère et la façon de penser de ceux qui, pourtant, partagent le même droit et les mêmes fonctions. Les méticuleux ne laissent rien passer, les sages motivent peu en considérant qu'une formule synthétique est toujours plus puissante qu'un long exposé, les inventifs créent des concepts ou trouvent des solutions en bousculant les cadres, les tordus ne sont jamais aussi heureux que lorsqu'ils parviennent à rendre plus compliquée encore une question déjà complexe qui leur est posée, les érudits récitent avec jubilation les enseignements de jurisprudences aussi obscures qu'oubliées et finalement très peu d'excellents juristes sont à même d'avoir une vision complète et claire de l'ensemble des questions traitées par le droit public. Ceux-là m'enchantaient et me fascinent encore.

Entouré de ses aînés, le jeune auditeur au Conseil épluche la jurisprudence, construit un raisonnement, le soumet à ses collègues, rédige des projets d'arrêts et délibère avec une formation de jugement pour aboutir à une décision finale. L'exercice est souvent passionnant et toujours instructif et le luxe avec lequel il est mis en œuvre aussi réjouissant qu'édifiant. Pas seulement en raison de la majesté des salles dans lesquelles il a lieu, mais aussi par le nombre et la qualité de ceux qui interviennent sur chaque dossier ainsi que par le temps qu'ils peuvent y consacrer. Nulle part, dans une juridiction de première instance ou d'appel, il n'est envisageable de consacrer de tels moyens à une seule décision, sauf peut-être en matière pénale, pour les affaires les plus sérieuses. Sans doute est-il heureux qu'au sommet de la pyramide juridictionnelle, le souci d'une qualité maximale soit garanti. Mais il est permis de s'interroger sur le sens des priorités dans l'affectation des moyens à l'institution. Dans une pyramide, c'est la base qui tient l'ensemble, et le sommet, visible, complète un édifice qui dépend moins de lui que l'inverse. À chaque visite dans un tribunal ou à chaque réunion tenue dans une juridiction de première instance ou d'appel, dans l'ordre administratif ou dans l'ordre judiciaire, j'ai été frappé par le décalage entre l'importance de l'institution et le caractère spartiate, fatigué, peu fonctionnel voire franchement indigne des locaux ou des conditions de travail mis à la disposition d'un grand nombre de magistrats.

C'est que la justice, dans son ensemble, n'est pas exactement la destination la plus prisée de la dépense publique en France.

Rien de plus terrible qu'une querelle de chiffres, rien de plus vain qu'une bataille de statistiques. En

France, où les idées sont reines, essayer de penser en convoquant des faits relève trop souvent d'une forme de trivialité frisant la vulgarité, et lorsqu'il s'agit de chiffres, c'est encore pire, car cela confine à la dissimulation d'un parti pris idéologique sous un vernis scientifique. Et de fait, présenter et analyser des chiffres n'est jamais simple. On ne peut pas leur faire dire ce que l'on veut, mais on peut les choisir et les présenter comme on l'entend, rendre saillant tel ou tel angle, amplifier ou au contraire atténuer tel ou tel contraste. Contester l'exactitude des chiffres qui déplaisent et ne présenter que ceux qui confirment une idée est devenu une habitude.

Mais tant pis. Évoquons des chiffres si cela peut nous permettre d'être sérieux.

Le budget de la justice, c'est-à-dire celui des prisons, des tribunaux, des magistrats et des quelques politiques publiques qui vont avec cet ensemble (notamment celui de la protection judiciaire de la jeunesse), est, en 2023, de 9,57 milliards d'euros.

9,57 milliards d'euros, qu'est-ce que ça représente ? Est-ce beaucoup, ridicule, suffisant ? On peut dire de façon certaine trois choses. D'abord que c'est plus que jamais, car à aucun moment dans l'histoire de France, nous n'avons consacré une telle somme en une seule année pour les besoins de la justice ; ensuite que c'est une somme en forte augmentation, car le budget de la justice a augmenté pour la troisième année consécutive en 2023 de 8 % et, depuis 2017, de plus de 40 % ; enfin que cette somme représente 3,25 % du budget de l'État, ce qui est légèrement supérieur aux chiffres constatés en la matière depuis dix ans. On peut sans doute en conclure, en glissant du constat chiffré à l'appréciation, que l'effort public est supérieur à ce qu'il était en matière de justice, et s'en féliciter.

Mais en disant cela on n'a pas dit grand-chose, ou en tout cas pas assez.

On doit pour bien saisir la particularité de la justice en France examiner l'évolution du budget de cette institution sur la longue durée, et la comparer à ce qui est comparable, c'est-à-dire par exemple les dépenses de justice dans des États de taille et de développement identiques à la France. Là encore la comparaison est toujours délicate, tant il faut vérifier que l'on compare bien des éléments similaires.

Et la comparaison n'est pas flatteuse. Sur le long terme d'abord : alors que la France a considérablement investi dans sa justice entre 1820 et 1870, à hauteur d'environ 3 % du budget de l'État (la construction des palais de justice évoqués plus haut et des prisons évoquées plus bas n'y est pas pour rien), elle a progressivement fait baisser cette proportion à 1 % au moment de la Première Guerre mondiale. Et cette (très faible) proportion est restée stable jusqu'au début des années 1980. Un effort très réduit pendant une très longue durée conduit immanquablement à un sous-investissement, qui n'est jamais un problème à court terme mais qui se paye cher sur la longue durée, lorsqu'il faut rattraper le retard. Nous y sommes.

Là où les Allemands consacrent plus de 130 euros par habitant et par an à leurs dépenses de justice (hors dépenses pénitentiaires), les Hollandais et les Suédois entre 115 et 120, les Espagnols et les Italiens entre 80 et 90, nous sommes, nous Français, à peine à 70. Nous sommes nettement en-dessous de la moyenne européenne. Chaque année, et depuis longtemps, les Allemands consacrent ainsi presque deux fois plus de moyens par habitant que nous au financement de cette dépense régalienne.

Nous dépensons moins, et nous avons donc moins de juges qu'ailleurs. Nettement moins qu'ailleurs : 8 600 magistrats professionnels en 2019, c'est 1 200 de plus qu'en 1880. Entre-temps, la population française a doublé. Nous comptons 144 juges pour 1 million d'habitants, là où les Allemands en comptent 316.

Sans surprise, le traitement des affaires est plus long en France qu'en Allemagne. Entre 2010 et 2019, le délai moyen de traitement des affaires civiles et commerciales en première instance est passé, en Allemagne, de 195 à 201 jours. Plus stable et beaucoup plus rapide qu'en France, où le même délai moyen est passé, pour la même période, de 279 jours à 420.

On pourrait évidemment raffiner ces chiffres, les mettre en perspective plus complètement, mais ils dessinent un paysage qu'au fond personne ne conteste : nous avons pendant longtemps consacré beaucoup moins que nos voisins à notre justice, nous comptons moins de magistrats et les procédures sont plus lentes. Et même si nous essayons depuis quelques années de rattraper notre retard, ce qu'il faut saluer, nous sommes encore derrière et il nous faudra consentir un effort supplémentaire pendant longtemps pour obtenir des résultats significatifs en la matière.

Et encore, c'est sans parler des prisons.

On compte environ 180 prisons en France. Elles accueillent près de 70 000 détenus. C'est 20 000 de plus qu'il y a vingt ans.

Il n'est pas si courant d'entrer dans une prison. Pour les détenus, les 30 000 agents de l'administration pénitentiaire et 5 000 agents des services pénitentiaires d'insertion et de probation, auxquels il convient d'ajouter les familles, les avocats et quelques professions ou engagements associatifs, la prison est un environnement quotidien, mais pour l'immense majorité des Français, la prison est un lieu qu'on ne veut ni ne peut approcher.

La première fois que je suis vraiment entré dans une prison, c'était au Havre, et je l'ai achetée. Bien des fois j'avais longé les murs élevés et sinistres de la prison de Rouen, curieusement appelée « Bonne-Nouvelle », ou ceux de « la Santé » à Paris. Bien des fois j'avais aperçu la prison du Havre en allant à la gare ferroviaire toute proche. À chaque fois, je voyais, de l'extérieur, des bâtiments tout droit sortis du XIXe siècle, incarnations de cette période d'intense investissement judiciaire et carcéral, prisons modernes à leur inauguration, en 1860 pour Rouen et Le Havre, écartées des centres-villes d'alors sans être trop éloignées des palais de justice, toutes deux rattrapées par l'urbanisation du XXe siècle et par le vieillissement lugubre qui frappe les bâtiments mal entretenus.

Au Havre, la construction de la gare ferroviaire au milieu des années 1930, le développement des anciens faubourgs après la destruction du centre-ville par les bombardements de septembre 1944 et l'essor de la population à loger ont progressivement contribué à densifier la ville autour de la prison. De périphérique, elle est devenue centrale. Dans un quartier dense, la présence d'une prison n'est jamais sans inconvénient : les murs aveugles pèsent sur l'espace public, les familles ou les amis criant depuis les abords pour faire passer des messages aux détenus créent une animation assez particulière, l'envoi évidemment proscrit et pourtant fréquent de différents projectiles dans un sens ou dans un autre pour livrer cigarettes ou autres menus objets finit de perturber la tranquillité de l'endroit.

Au moins aussi problématique, l'état intérieur de la prison comme de toutes celles construites à cette époque. Sous-investir dans la justice pendant près d'un siècle, c'est mécaniquement mal entretenir les bâtiments construits au XIXe et condamner ceux qui y purgent une peine comme ceux qui y travaillent à supporter des conditions indignes. Arthur Frayer, journaliste ayant passé le concours de gardien de prison pour découvrir l'intérieur de l'univers carcéral, raconte son arrivée, en 2009, dans l'ancienne prison d'Orléans (construite un peu après celle du Havre et fermée à peu près à la même date, en 2014) : « *L'intérieur a des airs de cathédrale sinistre et délabrée. J'en reste bouche bée (...). Poisseux et brun, le sol fait un bruit de succion à chacun de nos pas.* »

La description aurait aussi bien pu être celle de la prison du Havre, et de toutes celles qui constituaient le socle des lieux de détention à la disposition de la justice jusqu'à ce que, au milieu des années 1980 puis de façon continue mais erratique, des programmes d'investissement permettent d'espérer combler le retard pris dans la rénovation ou la construction de nouveaux établissements.

Au cours des trente dernières années, beaucoup de nouvelles prisons ont vu le jour. Ces constructions, attendues par tous, partisans d'une justice pénale plus ferme comme défenseurs d'une prison respectueuse de la dignité des détenus, lesquels peuvent d'ailleurs être les mêmes, ont permis d'accroître la capacité du parc français et d'améliorer la qualité de l'immobilier pénitentiaire. La construction du XXIe siècle prend le pas sur l'héritage du XIXe. On pourrait s'en réjouir. Et pourtant, le tableau de l'état des prisons, des conditions de détention et du fonctionnement du système pénitentiaire dans son ensemble est sombre.

Le béton a remplacé la brique, les badges et les mécanismes électriques ont supplanté, dans bien des cas, les trousseaux de clés, le froid à l'intérieur des cellules est souvent moins vif en hiver et la chaleur moins étouffante quand vient l'été, mais la déshumanisation que subissent les détenus est toujours à l'œuvre, la surpopulation carcérale toujours aussi pesante et l'objectif d'encellulement individuel pourtant posé par la loi en 1875 toujours aussi lointain. En 1990, la surpopulation carcérale atteignait 124 %, c'est-à-dire 124 détenus pour 100 places. Après les investissements des trente dernières années, elle est désormais de… 118 % ! Entre 1 000 et 2 000 détenus ne disposant pas de lit sont obligés de dormir toutes les nuits sur des matelas posés à même le sol, dans des cellules collectives.

Vivre en prison est terrible. Il y aura toujours, en France comme ailleurs, des âmes sévères au point de trouver qu'au regard des crimes commis par certains détenus, le simple fait de continuer à vivre aux dépens du contribuable est choquant ; qu'être à l'intérieur d'une prison, logé donc, chauffé aussi, nourri alors qu'on est coupable est une insulte faite par notre système à tous ceux qui vivent dehors, sans domicile fixe, dans le dénuement le plus complet alors qu'ils n'ont commis aucun crime. L'idée d'une prison douce dans laquelle le laxisme pénitentiaire permettrait aux détenus de profiter d'une forme de confort réapparaît à intervalles réguliers dans le débat public. Rien n'est plus faux et mal fondé que ces marronniers du populisme judiciaire. La privation de liberté est toujours une contrainte dure, et les conditions de détention en France très rarement au niveau auquel un pays comme le nôtre devrait aspirer. Entrer dans une prison, même pour la visiter, en ayant l'assurance qu'on en sortira dans l'heure qui suit, c'est toujours faire l'expérience d'un écrasement, d'une violence à peine contenue et d'une solitude que la promiscuité rend, de fait, bien pire encore. Alors bien sûr, les prisons en France ne sont plus le château d'If d'Edmond Dantès ni le bagne de Jean Valjean. Albert Londres ne pourrait plus, et c'est tant mieux, décrire Cayenne et son bagne. Mais Philippe Claudel dépeint encore une prison glaçante dans son quotidien fait d'explosions de violence, d'injustice ressentie et d'absence d'intimité ; Arthur Frayer évoque la deuxième prison, « *la prison dans la prison. Tous les petits trucs quotidiens qu'on nous fait subir pour rien : les parloirs Hygiaphone sans raison, les retards de promenade sans motif, et les surveillants qui ne sont jamais là, les délais sans fin, les plaques électriques cassées qui ne sont jamais réparées... (...) la lassitude et la démotivation des gardiens, les petits riens qui s'accumulent, les brimades infâmes, le mépris ambiant, l'absence de soutien de la hiérarchie... Ces petits griefs isolés, sans lien entre eux, mais qui, tous ensemble, forment un système complexe et finissent par transformer la prison en poudrière* ».

Notre époque, toujours pleine d'elle-même, oublie souvent qu'elle doit affronter des questions qui ont fait l'objet, dans un passé pas si lointain, de débats, d'expériences, de dispositifs législatifs, d'échecs ou de succès qui mériteraient d'être pris en compte aujourd'hui. Non pas pour dicter nos choix, mais pour les éclairer. Comment réfléchir sur notre époque sans mettre en perspective nos débats avec ceux qui ont été portés bien avant nous ?

Robert Badinter, dans *La Prison républicaine*, décrit les débats qui ont agité le Parlement français en 1885, à l'époque d'une IIIe République soucieuse d'enraciner la démocratie dans le pays et de garantir l'ordre dans une période de grande transformation sociale. Deux grandes lois marquent cette année : la première instaure la relégation obligatoire et perpétuelle des multirécidivistes, reprenant à son compte un projet que les constituants de 1791 avaient eux-mêmes envisagé, en se fondant sur l'idée que ces délinquants incorrigibles ne pourraient jamais être remis sur le droit chemin par la prison, et qu'il convenait donc de les éloigner de la société pour toujours.

Waldeck-Rousseau et les tenants de l'extrême sévérité prévalent sur Clemenceau et son discours d'humanité. La seconde met en place la libération conditionnelle, qui fera baisser en cinq ans le nombre de détenus en maisons centrales d'environ 30 %.

L'intérêt de se plonger dans l'année 1885 et dans celles qui suivront immédiatement ne relève pas seulement de l'admiration que l'on est en droit de porter à l'auteur. Il se trouve qu'entre 1890 et la Première Guerre mondiale, la France a connu une embellie significative en matière de lutte contre la délinquance et la récidive. Le nombre de crimes et de délits a chuté, le nombre de personnes emprisonnées a nettement diminué. Ce n'était pas l'âge d'or, et certainement pas une époque parfaite en matière de justice, mais enfin le progrès est suffisamment notable pour qu'on se penche sur ses raisons.

Elles ne sont pas simples à analyser. Badinter considère que les avancées en matière de sursis, de libération conditionnelle et d'individualisation des peines y jouent un rôle central, associées aux progrès de l'instruction obligatoire, à la conscription militaire et à la période d'expansion économique. D'autres pourront souligner le rôle d'un système judiciaire d'une grande sévérité pour les auteurs des crimes et délits considérés comme particulièrement odieux. Le débat public entre sévérité et humanité conduira longtemps les partisans de l'un ou de l'autre à insister sur la part de ce qu'ils croient essentiel dans les succès et sur la responsabilité de ce qu'ils croient moins important dans les échecs. La vérité est que les deux approches sont nécessaires, et qu'il appartient à chaque époque de trouver l'équilibre acceptable et efficace. Cet équilibre n'est jamais éternel, mais la question de comment y parvenir n'est jamais nouvelle.

Plus fondamentalement, ce qu'enseigne la controverse de 1885, c'est que les partisans de la sévérité comme ceux de l'humanité s'entendent au fond sur un principe : la prison réforme peu et mal. Trop peu les délinquants endurcis et récidivistes, trop mal ceux qui y feraient un séjour prolongé dans des conditions peu adaptées.

On pourrait sans aucune hésitation reprendre ce constat aujourd'hui, et en tirer les mêmes conclusions. Pour améliorer les choses, il faut un droit pénal sévère, des prisons qui évitent de rendre les individus plus dangereux encore à la sortie et des dispositifs qui permettent d'éviter autant que possible l'enfermement de ceux qui pourraient utilement, pour eux et surtout pour la société, purger leur peine autrement.

Un droit pénal sévère d'abord. La définition des infractions et le quantum des peines ne me paraissent pas être, en eux-mêmes, contestables. Et je n'ai jamais souscrit à l'idée souvent développée par les partisans d'une répression plus sévère de la délinquance selon laquelle les magistrats seraient, par construction, laxistes dans leurs décisions. Mais il est vrai que l'inlassable répétition d'actes délictueux par certains individus que rien ne paraît pouvoir faire cesser, les cas désolants dans lesquels un acte criminel grave est commis par quelqu'un ayant eu affaire à la justice de nombreuses fois sans qu'aucune décision, aucune peine, aucune mise en garde, aucun éloignement ne produise d'effets sensibles, les délais avec lesquels les affaires criminelles ou délictueuses sont jugées, les cas nombreux dans lesquels l'institution judiciaire donne le sentiment de ne pas poursuivre des actes pourtant répréhensibles, tout cela mine la confiance dans l'institution. Un droit pénal sévère, c'est donc des peines dont il doit être su qu'elles ne pourront être inférieures à un certain quantum lorsqu'elles se réfèrent à des infractions contre certains publics (les personnes dépositaires de l'autorité publique, par exemple). Il ne s'agit pas de rendre la condamnation automatique, mais bien de veiller à ce qu'après la première commission, toute récidive, même légère, fasse l'objet d'une peine sévère, connue d'avance, et ne pouvant être modulée qu'à raison d'une motivation extrêmement précise.

Plus de places de prison ensuite. Le constat est aussi ancien que partagé. Ce qui est plus méconnu, c'est la difficulté de passer du consensus à l'acte. Qu'il s'agisse, sur un plateau de télévision ou dans une chambre parlementaire, de déclarer qu'il faut construire plus de prisons pour enfermer plus de criminels et de délinquants, l'adhésion sera large à défaut d'être totale. Qu'il s'agisse ensuite de les construire, et ni les habitants ni les élus ne se montreront réellement enthousiastes. Dans la vraie vie, il est difficile de convaincre de la nécessité de construire telle prison à tel endroit. Le plus simple est toujours de construire loin, loin du centre, loin des zones denses, très loin parfois, là où la construction d'un établissement signifie pour des collectivités locales excentrées des recettes et de l'emploi en plus. Mais le plus simple a parfois des inconvénients : car installer les prisons loin, c'est rendre difficiles le recrutement et la carrière des agents de la pénitentiaire, c'est compliquer la vie des familles des détenus et augmenter de façon significative le coût, la durée et parfois le risque des déplacements entre la prison et le palais de justice ou l'hôpital.

Changer aussi la façon dont les prisons fonctionnent. Il ne fait aucun doute qu'il faille construire plus de prisons, mais il est également certain qu'il faut, à l'intérieur de ces prisons, casser la promiscuité et l'indignité. Un des seuls motifs d'espoir qu'il m'a été donné de découvrir à l'occasion de mes visites en prison a été la création, à la maison d'arrêt de Villepinte, d'un quartier appelé « Respect », dans lequel les détenus disposent d'un régime (un peu plus) libéral que celui de droit commun. Le dispositif existe en Espagne depuis le début des années 2000 et l'idée a été mise en œuvre en France à compter de 2015. À Villepinte, maison d'arrêt dans laquelle la surpopulation carcérale a pu atteindre 200 %, il est alors mis en place notamment à l'instigation de la directrice de l'établissement, Léa Poplin, dont l'humanité, l'autorité et l'énergie sautent immédiatement aux yeux. L'idée est simple : en contrepartie d'engagements très stricts et d'évaluations régulières, les détenus volontaires peuvent intégrer un quartier de la maison d'arrêt dans lequel ils circulent librement, en dehors de leurs cellules, à des horaires convenus d'avance, participent à des ateliers ou accèdent librement aux douches ou aux espaces sportifs. Le régime est libéral mais strict, le moindre écart se traduit par un retour dans les quartiers « de droit commun » de la maison d'arrêt où l'enfermement en cellule est la règle. Le dispositif est impressionnant, apprécié par un grand nombre de détenus et par les surveillants. Les résultats qu'il produit sur la violence en prison et la récidive à l'extérieur sont bons. Il n'est bien sûr pas sans défaut, mais le visiter, c'est voir enfin une prison dans laquelle il est permis d'espérer.

En plus de tout cela, il faut éviter l'enfermement lorsque celui-ci est plus nuisible qu'avantageux, et c'est souvent le cas. La seule contrepartie acceptable à un droit pénal plus sévère, c'est la possibilité de ne jamais se trouver dans l'alternative mortifère entre la condamnation à la prison ou rien. Cela veut dire juger plus rapidement en matière pénale, afin d'éviter la proportion proprement ahurissante de prévenus dans les prisons françaises : sur 100 personnes détenues, 27 sont en détention provisoire, c'est-à-dire détenues sans avoir encore fait l'objet d'une condamnation.

Cela veut dire aussi favoriser toutes les peines alternatives à l'emprisonnement, qui existent déjà et qui constituent d'excellentes solutions pour un nombre non négligeable de délinquants. Cela veut dire enfin, comme cela avait été le cas en 1885 avec la libération conditionnelle, préparer et accélérer autant que possible la sortie de prison pour éviter que celle-ci ne soit ratée. Le choix de mettre en place des structures d'accompagnement vers la sortie (SAS) au cœur du milieu urbain, en disposant d'un régime plus souple que celui prévalant dans les établissements normaux pour préparer les détenus à la réinsertion, s'inscrit dans cette logique, qui doit être appuyée et accompagnée.

De façon saisissante, tous les dispositifs intéressants en matière pénitentiaire sortent du droit commun alors qu'ils devraient être le droit commun.

***

À côté de l'engagement politique, le droit a constitué la colonne vertébrale de mon parcours professionnel. En trente ans, j'ai eu le formidable privilège d'être d'abord membre de la juridiction suprême de l'ordre administratif, d'enseigner le droit à l'université et dans quelques grandes écoles, d'exercer le métier d'avocat, puis d'être législateur. Sans que ce soit volontaire, mon regard sur le droit et la justice s'est enrichi d'une perspective supplémentaire après Matignon, plusieurs plaintes dirigées contre moi ayant été jugées recevables par la commission des requêtes près la Cour de justice de la République : je suis devenu justiciable.

La Cour de justice de la République. Une juridiction spécialisée, dont la raison d'être est d'instruire puis de juger les membres du gouvernement pour des actes accomplis dans l'exercice de leurs fonctions et qualifiés de crimes ou de délits au moment où ils ont été commis.

Tout a commencé le 7 juillet 2020, quatre jours après mon départ de Matignon, lorsque j'apprends par la presse que la CJR a décidé d'ouvrir une enquête pour « abstention volontaire de lutter contre un sinistre » à la suite du dépôt de plusieurs dizaines de plaintes me visant nommément, ainsi qu'Agnès Buzyn et Olivier Véran, successivement ministres de la Santé dans mon gouvernement. Par la presse, oui. Car aucun acte émanant de la CJR ne vient vous prévenir, ni vous expliquer ce qui vous est reproché. Ni les plaintes rejetées, ni celles admises ne sont communiquées aux personnes qu'elles visent. Vous savez qu'on vous reproche des choses, mais c'est tout.

Jusqu'au moment de la perquisition. À 6 heures exactement, le 15 octobre 2020, la présidente de la CJR sonne à mon domicile parisien, afin d'y pénétrer accompagnée d'une petite dizaine de policiers et gendarmes armés, équipés de gilets pare-balles. On a beau être matinal, le réveil est brutal. En droit pénal, la perquisition est l'acte par lequel un lieu privé est fouillé par des personnes habilitées par la justice dans le but de trouver les preuves d'une infraction. Il faut donc fouiller dans les papiers (factures, contrats d'assurance, photos personnelles) qui se trouvent dans les dossiers du bureau, saisir mon téléphone et mon ordinateur portable ainsi que celui de ma femme, vérifier le contenu de l'ordinateur de mes deux fils, fouiller rapidement les chambres de mes trois enfants, qui sont présents et un peu surpris. Je constate non sans fierté que ma fille, âgée de 10 ans alors, traverse la pièce sans jeter un regard à toute cette agitation, comme si elle y était indifférente, comme si elle ne voulait pas donner le sentiment d'être affectée par quelque chose dont elle ressent, j'en suis sûr, le caractère dérangeant et humiliant. Les femmes de la famille, ma femme et ma fille, resteront d'ailleurs infiniment plus équanimes que moi pendant toute cette perquisition. Sans manifester de mauvaise humeur, même si je ne suis pas certain d'avoir à cette occasion démontré des qualités de chaleur et d'accueil à la hauteur de l'éducation que mes parents ont souhaité me donner, j'essaie de ne pas montrer la rage que je ressens. On me demande de désigner une personne, au Havre, chargée de me représenter pendant qu'une autre équipe de policiers et de gendarmes fouillera mon bureau à la mairie et mon appartement havrais. J'apprendrai plus tard dans la journée que les scellés posés dans la matinée sur la porte de mon domicile au Havre pour en interdire l'accès ont été placés un étage au-dessous de mon appartement, sur la porte d'une voisine alors logée en EHPAD…

Après trois heures de perquisition au Havre et sept heures à la mairie, les policiers et les gendarmes repartent avec mon ordinateur, mon téléphone, mes agendas, les carnets sur lesquels il m'est arrivé de prendre des notes. La presse est rapidement mise au courant, pas par moi. Sans illusion, je constate une fois de plus la porosité manifeste entre les services judiciaires concernés par cette procédure et quelques journalistes.

L'impression laissée par la perquisition est complexe. La colère, contenue difficilement dans les premières minutes et à peine dissimulée derrière un accueil poli mais glacial, s'évanouit assez vite lorsque je crois deviner une forme de gêne derrière l'impassibilité des policiers et des gendarmes procédant aux fouilles. La consternation devant un processus judiciaire lancé à toute vitesse dans une affaire dont je suis certain, dès le début, qu'elle ne donnera rien sur le plan pénal. Le sentiment de ne plus être complètement maître de soi ni maître chez soi quand les forces de l'ordre et la puissance de la loi vous imposent quelque chose.

Le jour même, je suis attendu à Marseille. Dès la perquisition terminée, je pars prendre mon train. Sur place, je fais une déclaration calme, ne contestant ni la légitimité de l'action engagée, ni celle de la perquisition ordonnée. J'ai en mémoire la fureur de Jean-Luc Mélenchon lorsqu'une perquisition avait eu lieu dans ses bureaux. Pas question pour moi de critiquer à chaud le pouvoir judiciaire. Et je retrouve, ironie savoureuse, Olivier Véran qui a subi, le matin même, lui aussi une perquisition dans son appartement de fonction du ministère de la Santé et dans son bureau. Nous voilà nous racontant nos souvenirs de perquisition… La proximité qui nous lie, produit d'une affection ancienne renforcée par le combat mené en commun pendant la première vague de Covid, nous permet d'en rire un peu. Olivier est médecin et les médecins peuvent rire de tout ce qui est grave. Il se trouve qu'Olivier, c'est plus rare chez ses confrères, peut rire de lui-même. Quelques bons verres alors que la nuit s'épaissit sur le Vieux-Port nous font oublier le fracas judiciaire qui est entré de bon matin dans nos vies.

D'octobre 2020 à juillet 2022, rien. Ou plutôt rien me concernant. Je sais qu'Agnès Buzyn a été mise en examen à l'occasion de son entretien de première comparution. Je sais qu'elle en est mortifiée, et je la comprends. Je sais que le raisonnement juridique qui a conduit à sa mise en examen m'apparaît, d'emblée, totalement extravagant[1]. Je sais que sont entendus bon nombre de personnalités, médecins, fonctionnaires, journalistes, élus, anciens ministres, ministres actuels, qui témoignent de la façon dont ils ont vécu le Covid et de la façon dont ils jugent la préparation de l'État et la réaction du gouvernement à cette crise sanitaire. Mais n'ayant pas accès

1. La mise en examen d'Agnès Buzyn a d'ailleurs été, depuis, annulée par la Cour de cassation.

au dossier, je ne sais rien de ce qu'ils disent. La presse politique mentionne à intervalles réguliers la procédure qui pèse sur ma tête, moderne épée de Damoclès dont s'affligent les amis et qui suscite chez beaucoup une grande perplexité. Les équipes de « Complément d'enquête », émission diffusée par France 2, tentent bien, à l'occasion d'un entretien avec moi, de me faire réagir à l'interpellation d'une des personnes ayant déposé plainte, espérant sans doute promouvoir la cause du service public en convoquant sur un plateau de télévision une procédure judiciaire dont je ne sais encore rien à ce stade. Pendant toute cette période, la vie politique et la vie médiatique continuent, la vie aussi.

Et en juillet 2022 tout s'accélère. La présidente de la CJR m'appelle pour me prévenir qu'elle va m'adresser une « lettre de griefs », c'est-à-dire un document indiquant toutes les raisons pour lesquelles je suis susceptible d'être mis en examen, et pour fixer avec moi la date à laquelle aura lieu mon entretien de première comparution à l'issue duquel les juges se prononceront sur mon éventuelle mise en examen. J'ai parfaitement conscience qu'en m'appelant de la sorte, la présidente prend des égards qu'elle n'aurait sans doute pas avec d'autres personnes. L'échange est poli. Frais mais poli. On voit mal comment il pourrait être chaleureux. Et je reçois la lettre de griefs, et avec elle, les choses deviennent concrètes. Et sidérantes.

Je n'ai jamais contesté la possibilité pour quiconque de porter plainte contre un responsable politique, fût-il Premier ministre. Au contraire, je suis convaincu qu'il est normal que chaque citoyen, quels que soient sa fonction ou son mandat, puisse le cas échéant répondre de ses actes devant la justice. Je n'ai jamais pensé que cela pouvait être agréable, mais j'ai toujours indiqué que je croyais cela normal et nécessaire.

Mais tout de même : me voir reprocher de m'être abstenu volontairement de lutter contre un sinistre ou d'avoir mis en danger la vie d'autrui…

Abstenu de lutter ? Alors que tous les jours pendant la première vague, j'ai essayé de coordonner l'action de l'État, de mettre en œuvre les décisions prises par le Président, d'expliquer aux Français la stratégie adoptée et la façon dont nous la mettions en application. Abstenu de lutter ? Alors que mes équipes ont tout donné, avec un sens aigu de l'État, une abnégation farouche, la volonté d'agir malgré l'angoisse permanente de se tromper. Les quelques proches qui m'ont entouré en permanence pendant ces semaines inouïes, au premier rang desquels Benoît Ribadeau-Dumas, mon directeur de cabinet, m'ont impressionné tous les jours par leur ardeur au combat, par leur solidité face à la crise, par leur fidélité non pas à leur patron (ce qui est déjà beaucoup) mais surtout à l'idée qu'ils se font de ce qu'est servir l'État (ce qui est bien plus important). Je me souviens des longues nuits passées à préparer les textes nécessaires, des réunions incessantes pour coordonner des services souvent tétanisés par les enjeux, de la remontée presque permanente de décisions qui auraient dû être prises au plus près du terrain mais que la machine administrative, trop souvent averse à la prise de risques et trop vite inquiète des suites pénales inévitables, préférait faire trancher par le sommet. Abstenu de lutter ? Mais le simple bon sens aurait dû faire litière d'une pareille accusation !

Et avoir mis en danger la vie d'autrui ? Notamment, et je cite la lettre de griefs, en raison de la mise en place d'un « confinement minimaliste » entre mars et juillet 2020. Minimaliste ! Vraiment ? Alors que jamais, dans l'histoire de France, un confinement aussi strict n'avait été imposé, alors que le choix de confiner chez eux des dizaines de millions de Français a entraîné une des chutes de la richesse nationale les plus importantes en temps de paix et a constitué une des limitations les plus spectaculaires de la liberté d'aller et venir de nos concitoyens. Mais qu'aurait été un confinement sérieux pour ceux qui prétendent que le premier confinement aurait été « minimaliste » ? Un confinement à la chinoise, que même la Chine n'aurait pu mettre en place sur tout son territoire au même moment ?

Et du reste, la mise en danger d'autrui constitue, aux termes du Code pénal : « le fait d'exposer directement autrui à un risque immédiat de mort ou de blessures de nature à entraîner une mutilation ou une infirmité permanente par la violation manifestement délibérée d'une obligation particulière de prudence ou de sécurité imposée par la loi ou le règlement ». C'est le délit utilisé pour sanctionner le conducteur qui brûle un feu rouge à toute vitesse, alors même qu'il n'y a pas d'accident : il a manifestement violé une obligation particulière de prudence ou de sécurité imposée par le Code de la route et a, ce faisant, exposé la vie d'autrui à un risque immédiat de mort. En droit pénal, tous les mots comptent, et il s'agit d'être précis. Et à la lecture de la lettre de griefs, il apparaît immédiatement que les magistrats peinent à mentionner un texte législatif ou réglementaire qui imposerait une obligation particulière de prudence ou de sécurité applicable en l'espèce. Or si pas de texte, pas de violation manifestement délibérée possible.

Pendant l'été, avec l'aide de mon avocat, nous peaufinons les éléments de notre défense. Replonger, deux ans après les faits, dans les détails de la gestion de cette crise provoque l'impression curieuse de revivre les moments de tension et de doute traversés pendant le premier semestre 2020. Me Marsigny fait partie de ces avocats qui savent qu'une affaire se joue souvent avant le procès, qui ont le sens du détail, le goût de la discrétion et dont le rôle n'est ni de faire des grandes phrases, ni de faire semblant d'être l'ami de leur client. Il prépare ses dossiers et ses notes avec une méticulosité parfaite, soucieux de tout comprendre, de ne rien omettre du dossier, jusque dans le moindre détail. Il n'est évidemment pas le premier avocat avec qui je travaille, ou plus exactement dont je suis le client. Mais c'est la première fois que je me trouve plongé dans une procédure pénale. Les méandres et la dynamique de l'instruction me sont étrangers. Pendant toute cette période, je comprends mieux ce que j'ai lu et appris de l'intérêt décisif d'être accompagné, dans ce type de circonstances, par un avocat, surtout lorsqu'il est bon, et le mien me paraît excellent.

Sans qu'il me soit permis de savoir par quel canal nauséabond l'information sera transmise, le journal *Le Monde* publiera, deux semaines avant la date de mon entretien de première comparution en vue d'une éventuelle mise en examen, la date de la convocation et quelques extraits choisis de la lettre de griefs. Article à charge bien sûr, derrière le ton faussement objectif employé par des journalistes eux-mêmes appelés à témoigner dans le cadre de la procédure. Comme il fallait s'y attendre, le front ne serait pas seulement judiciaire, mais aussi médiatique.

La seule indication permettant de savoir où se trouve la Cour de justice de la République est une petite plaque dorée, pas très différente de celle qu'apposerait un dentiste ou un avocat. Pas de palais, pas de portail ou de grilles, pas de grande salle d'audience majestueuse décorée d'œuvres allégoriques. Rien de tout cela, mais un immeuble sans grand charme donnant sur l'esplanade des Invalides. Au deuxième étage, une salle d'audience sobre, qui permet aux trois juges composant la formation chargée de l'instruction ainsi qu'au greffier de faire face à un bureau derrière lequel le justiciable et son avocat prennent place. Dehors, l'esplanade des Invalides s'étend, impassible.

Il ne me paraît pas utile de faire le récit des cinq journées d'interrogatoire passées en compagnie des magistrats de la Cour de justice de la République[1]. Toujours polis mais souvent tendus, les échanges ont porté sur tous les aspects de la gestion de la crise sanitaire, depuis les premières informations sur l'existence d'un virus jusqu'aux dernières décisions prises avant le départ de Matignon. La confrontation avec des magistrats qui instruisent en essayant de caractériser le délit qui vous est reproché est un exercice désagréable. L'ignorance parfois feinte, souvent abyssale mais toujours étonnante des magistrats à l'égard des mécanismes de fonctionnement de l'État laisse rêveur. Comment comprendre que des juges affectés à la CJR et donc amenés à se pencher sur les actes des membres du gouvernement puissent à ce point ignorer la nature du travail administratif, des circuits de décision, des mécanismes de coordination ou d'arbitrage interministériels ? Comment ne pas être surpris qu'en dépit de moyens considérables mobilisés pour l'instruction, pour les perquisitions, pour le travail d'ordonnancement du dossier, lourd de plus de 700 000 pages, les interrogatoires fassent l'objet de projets de procès-verbaux aussi incomplets

1. Cinq journées au terme desquelles je n'ai pas été mis en examen.

qu'imprécis, qu'il convient de réécrire longuement avant de les signer ?

À intervalles réguliers, le débat public se saisit de la question de l'opportunité de supprimer la CJR. Puisque le droit pénal applicable aux membres du gouvernement est strictement le même que celui applicable à tous les justiciables, pourquoi ne pas faire en sorte que la procédure et la formation de jugement soient elles aussi identiques, interrogent les partisans d'une égalité complète entre nos concitoyens et leurs dirigeants. La défiance des premiers à l'endroit des seconds s'en trouverait réduite, et la responsabilité des seconds plus facilement recherchée par les premiers. Tous à la même enseigne ! Cette ligne politique, qui réclame la suppression de la CJR au motif qu'elle protégerait les responsables gouvernementaux, est parfois rejointe, de façon curieuse et paradoxale, par ceux qui s'inquiètent de la judiciarisation excessive de la vie politique que permet le fonctionnement actuel de la Cour. Il n'est pas rare d'entendre, souvent de façon discrète c'est vrai, des responsables politiques, des universitaires, des éditorialistes parfois, des magistrats rarement, dénoncer la confusion des rôles que traduit l'intervention des magistrats dans le processus de décision politique et dans la mise en cause de la responsabilité politique des membres du gouvernement.

Au fond la CJR serait pour certains trop et pour d'autres pas assez respectueuse de la spécificité de l'action gouvernementale. Et il conviendrait donc de la supprimer.

Rien n'est moins sûr.

D'abord parce que supprimer une institution importante sans savoir exactement par quoi la remplacer est toujours un pari risqué. On ne dira jamais assez qu'il faut, en matière institutionnelle, et particulièrement lorsque la défiance dans le monde politique est forte, n'avoir recours à la modification constitutionnelle qu'avec une grande parcimonie.

Ensuite et surtout parce qu'il me paraît infondé de mettre en danger une institution dont notre démocratie a besoin au seul motif qu'elle aurait parfois dysfonctionné. Il en va des institutions comme des hommes et des femmes, elles apprennent. Ce qui est infiniment contestable dans la procédure telle qu'elle a été conduite dans le cas de la crise sanitaire, ce n'est pas l'institution CJR, c'est la confusion entre la responsabilité politique des membres du gouvernement et leur responsabilité pénale. Ce qui est à juste titre critiquable, c'est l'idée qu'une procédure pénale puisse être ouverte et conduite contre les ministres alors même qu'ils sont en train de gérer une crise. Ce qui est désolant, c'est le fiasco procédural sur lequel débouchera toute cette affaire. Mais ces erreurs ne doivent pas conduire à supprimer la Cour. Elles doivent inviter à y nommer des magistrats mieux formés et mieux informés des réalités de l'action administrative et politique. Elles devraient sans doute nous conduire à améliorer les dispositifs permettant de considérer ou de discuter de la recevabilité des plaintes et nous inciter à réfléchir sur bien des aspects de la procédure pénale. Mais rien ne me paraît de nature à justifier la suppression pure et simple de la CJR et je ne suis pas certain que transférer ses compétences à une juridiction de droit commun, la chambre criminelle de la cour d'appel de Paris par exemple, permettrait d'écarter les dangers révélés par toute cette affaire.

Car derrière la question de l'institution, c'est d'abord celle des hommes qui se dessine vraiment. La Justice, avec tous ses lieux, ses principes, son droit, ses procédures, ses robes et ses hermines, est avant tout une affaire d'hommes et de femmes.

« *Méfiez-vous des juges, ils ont tué la monarchie, ils tueront la République* », la phrase terrible qu'aurait prononcée François Mitterrand à l'occasion du dernier Conseil des ministres qu'il lui revenait de présider en 1995 est souvent convoquée pour alimenter la détestation que certains responsables politiques portent à la magistrature, et qui fait écho à la détestation non moins réelle que portent au monde politique bon nombre de magistrats. Entre ces deux mondes, la défiance est ancienne. La IIIe République a beau avoir longtemps été la « République des avocats », elle a néanmoins entretenu à l'égard des juges la vieille méfiance héritée de la Révolution et tous les étudiants de droit apprennent, dès leur première année, que la Ve République a entendu instituer une autorité judiciaire là où elle organise un pouvoir exécutif et un pouvoir législatif. Les mots comptent et les magistrats les comprennent.

Au Conseil d'État, je croyais avoir découvert le métier de juge.

Je me trompais.

D'abord parce qu'aux yeux d'une bonne partie des juges judiciaires, le Conseil d'État en particulier, et la juridiction administrative en général, ne sont pas vraiment la justice. Ou plus exactement, les membres qui composent le Conseil ne sont pas des magistrats. Et de fait, au Conseil, on juge sans robe, en costume « noir à distance d'avocats », les avocats plaident rarement, la procédure étant pour l'essentiel écrite, et le recrutement ignore généralement les facultés de droit et totalement l'École nationale de la magistrature. La proximité assumée et même revendiquée du juge administratif et de l'Administration dont il est pourtant le juge constitue, pour un magistrat de l'ordre judiciaire, une offense à la notion d'indépendance.

C'est qu'au Conseil d'État, l'activité juridique ne se borne pas au contentieux. C'est par ses grands arrêts et par sa jurisprudence que l'institution a conquis ses lettres de noblesse, mais la fonction administrative du

Conseil est tout aussi sensible. Il s'agit en effet pour le Conseil, changement radical de pied, incongruité qui nourrit le scepticisme des magistrats judiciaires, l'horreur des juges anglo-saxons et l'exaspération des procéduriers européens, d'être aussi conseil juridique du gouvernement. Juge de l'Administration et parfois du gouvernement en même temps que son conseil juridique. Comment est-ce possible ? N'y a-t-il pas là la construction mécanique d'un conflit d'intérêts manifeste, un vice propre à déconsidérer toute décision prise par le Conseil, l'aveu à demi-mot d'une collusion visant à protéger l'État, ou les gouvernants, ou l'Administration, enfin le pouvoir ?

Les détracteurs du Conseil voient dans ce double rôle le péché originel de l'institution. Par souci d'esquiver des critiques et des polémiques nuisibles à la sérénité du travail ou dangereuses pour l'institution, le Conseil a progressivement modifié ses habitudes et son organisation. Qu'il me soit permis de penser que les décisions du Conseil n'étaient pas moins bonnes avant que ces mécanismes de dissociation des membres des sections administratives et des formations de jugement ne soient introduits pour limiter les risques, mais surtout pour démontrer que l'apparence du risque avait disparu. C'est une caractéristique commode de notre époque de penser, d'une part, que la mise en œuvre d'un processus rigoureux permet de garantir l'impartialité d'une décision et, d'autre part, que l'acceptabilité d'une décision est au moins aussi importante que son contenu.

Quoi qu'il en soit, j'ai pu constater que les magistrats de l'ordre judiciaire ne voyaient jamais, chez un membre du Conseil d'État, un autre juge, et qu'il leur fallait même faire quelques efforts pour y reconnaître un juriste.

Au-delà de ces méfiances et préventions aussi corporatistes que réciproques et ridicules, je me trompais surtout parce qu'être membre du Conseil d'État ne permet pas de rencontrer, de comprendre et de saisir la diversité des métiers qu'exercent les magistrats de l'ordre judiciaire. Peu de choses en commun en effet entre un juge d'instruction et un juge aux affaires familiales, entre le substitut du procureur d'une ville de province et un magistrat servant dans une juridiction spécialisée à Paris, en matière de terrorisme ou d'affaires financières. Parler des « magistrats » ou des « juges », c'est réduire à une généralité des différences évidentes ou des nuances discrètes. C'est courant, c'est pratique, mais c'est dommage.

Apprendre ce qu'est le métier de juge au Conseil d'État est sans doute illusoire, mais y servir pendant cinq ans m'a permis de participer, deux fois, à un exercice précieux et instructif sur la justice : le jury de sortie de l'École nationale de la magistrature. Au début des années 2000, les élèves, une fois leur formation achevée et leurs stages accomplis, devaient encore s'acquitter d'un entretien de type grand oral au cours duquel un jury composé d'un membre de la

Cour de cassation, d'un jeune maître des requêtes au Conseil d'État et d'une troisième personnalité devait mesurer ce que les futurs magistrats avaient retenu de leur formation et vérifier leur aptitude à exercer. Trois matinées par semaine, pendant près de deux mois, je rejoignais les deux autres membres du jury dans l'antenne parisienne de l'école afin de faire passer ces entretiens. Moment sans doute pénible pour ceux qui devaient, une fois encore, passer une épreuve ; moment plus instructif pour moi qui découvrais le langage, les nuances, les habitudes, la culture professionnelle de jeunes magistrats ; moments réjouissants lorsqu'il arrivait, rarement et c'est dommage, de rencontrer des individus rayonnant d'une intelligence juridique et humaine et moments consternants lorsqu'il apparaissait, rarement et c'est heureux, que des élèves sur le point de sortir de l'école étaient manifestement inaptes et potentiellement dangereux. Moments marqués surtout par la tendance assumée chez ces jeunes gens à une forme d'enfermement volontaire dans le monde judiciaire, comme si l'extérieur des palais et du monde judiciaire n'était peuplé que de justiciables qu'il était préférable de ne pas connaître et de ne pas fréquenter, ou d'institutions dont il serait prudent de se méfier, qu'elles soient privées ou publiques. Défaut de jeunesse que l'exercice professionnel viendrait corriger ? Pas si sûr. Produit d'un sentiment curieux de supériorité morale et d'une méfiance instinctive pour tout ce qui est étranger à l'ordre judiciaire lui-même, une forme d'angoisse obsidionale s'exprime dans la magistrature et conduit à une défiance généralisée : défiance à l'endroit du monde politique en général et des élus locaux en particulier, lesquels interviennent pourtant dans des politiques publiques reposant sur des coopérations entre juges et collectivités territoriales ; défiance à l'égard du monde économique, méconnu, redouté et bien souvent méprisé ; défiance à l'égard des administrations de l'État, par nature soumises au pouvoir hiérarchique et devant donc rendre des comptes à des autorités préfectorales ou ministérielles qui ne sont que rarement regardées avec bienveillance. Combien de fois ai-je pu constater, au Havre, la préférence assumée des magistrats du siège (pas tous évidemment, mais d'une grande majorité d'entre eux) pour une position de retrait, de distance revendiquée avec la vie sociale, avec l'expertise ou les contraintes locales ?

L'institution judiciaire, justement parce que c'est une institution, formate les femmes et les hommes qui la servent. C'est cette culture commune, cette grammaire partagée, cet ensemble complexe d'usages, d'habitudes transmises, de proximité intellectuelle, d'endogamie favorisée, de carrières enchâssées, d'aspirations collectives qui permettent à la magistrature d'être autre chose qu'un simple ensemble de juristes à qui on demanderait de trancher des litiges. Il ne faut jamais prendre les institutions à la légère, et celle-là moins qu'une autre : le dédain que la République lui a longtemps porté et l'humiliation qu'elle a pu en ressentir ont engendré une amertume dangereuse. L'École nationale de la magistrature, sans doute encouragée par le corpus intellectuel développé par certaines organisations syndicales, a renforcé cette préférence pour une forme contestable d'introversion intellectuelle. Il existe des pays dans lesquels il n'est possible de devenir magistrat qu'après avoir exercé, pendant un temps donné, le métier d'avocat ou celui de juriste. Rien ne permet de penser que la justice y fonctionne moins bien, ni que les juges y soient moins compétents ou moins respectés. Adopter cette règle ne rendrait pas plus simple l'acte de juger, ni plus intelligent celui qui s'y essaie après une première carrière, mais un tel bouleversement d'habitudes si profondément ancrées constituerait un choc précieux et fécond.

Il ne s'agit évidemment pas de faire du juge l'adversaire.

La littérature s'en était presque fait une spécialité : Montaigne confesse qu'il avait vu tant de « *condamnations plus criminelles que le crime* », Pascal qualifie le système judiciaire de « *piperie bonne à duper le monde* », La Fontaine indique, à raison, que « *selon que vous serez puissant ou misérable, les jugements de cour vous rendront blanc ou noir* », Benjamin Constant peint des magistrats persécutant les plus faibles, ne rechignant pas à créer des délits imaginaires, et toujours fanatiques du pouvoir, Hugo décrit avec une cruauté radicale des magistrats confits et serviles, Maupassant des juges de paix aussi satisfaits d'eux-mêmes que consternés par la pathologie sociale dont ils ont à connaître. Dumas, après avoir décrit « *la sensation d'orgueil qu'éprouve un procureur du roi, convaincu de la culpabilité de l'accusé, lorsqu'il voit blêmir son coupable sous le poids des preuves et sous les foudres de son éloquence* », fait de M. de Villefort l'un des artisans de la chute d'Edmond Dantès et le dépeint, une vie plus tard, en magistrat influent, habile, redouté et parfaitement antipathique.

Balzac, lui-même ancien étudiant en droit et clerc de notaire en rupture de ban, prend un plaisir manifeste à décrire les aspects les plus noirs ou les moins avouables de la magistrature : le calcul des juges de paix qui espèrent une carrière électorale ou une influence en politique, les reproches récurrents sur la rémunération insuffisante, les collusions familiales qui faussent l'administration d'une vraie justice.

Il faudra attendre que les magistrats soient regardés non plus seulement comme les gardiens de l'ordre mais comme les soignants du désordre pour qu'ils deviennent sympathiques.

Balzac fait du juge Popinot, dans *L'Interdiction*, la figure du magistrat intègre, modeste, méticuleux, insensible aux intrigues, soucieux de la vérité (et finalement dessaisi des affaires sensibles). Anatole France s'inscrit au tout début du XXe dans la longue lignée de ceux qui célèbrent le bon juge Magnaud, président du tribunal de Château-Thierry, qui avait relaxé une jeune mère de famille ayant volé un pain en se fondant sur l'état d'absolue nécessité dans lequel se trouvait l'accusée, en remarquant que ses jugements « *quand ils furent prononcés, indignèrent les magistrats austères et les législateurs vertueux* » et en louant sa « *philosophie profonde et la bonté délicate* » et l'expression « *d'un esprit libre et d'un cœur généreux* ». Yourcenar dresse le portrait d'un empereur Hadrien qui fut d'abord un juge bienveillant, ne condamnant pas l'esclave voulant le tuer mais au contraire le comprenant et l'élevant jusqu'à faire de lui un serviteur fidèle, puis un juge philosophe, capable de comprendre que « *notre grande erreur est d'essayer d'obtenir de chacun en particulier les vertus qu'il n'a pas et de négliger de cultiver celles qu'il possède* ». Tanguy Viel, dans son roman *Article 353 du Code pénal*, va jusqu'à décrire un juge qui comprend tellement bien la souffrance de celui qui admet sa culpabilité qu'il lui offre la possibilité d'échapper à la sanction de la justice.

Mais qu'il soit craint ou loué, détesté ou admiré, le magistrat reste celui à qui revient la charge redoutable de juger. « *Que ceux dont l'envie attaque la position des magistrats veuillent bien songer à cette vie passée en des soupçons continuels, à ces tortures imposées par ces gens à leur esprit, car les affaires civiles ne sont pas moins tortueuses que les affaires criminelles, et ils penseront peut-être que le prêtre et le magistrat ont un harnais également lourd, également garni de pointes à l'intérieur* », écrit Balzac, en tentant la comparaison entre le juge et le curé. Et de fait, même si la séparation des Églises et de l'État est un principe ancien qu'il convient de défendre avec une vigueur toujours renouvelée, les correspondances entre le monde judiciaire et le monde catholique restent spectaculaires.

Le rapport singulier aux textes et à leur exégèse, la création d'ordres, l'oscillation architecturale entre le grandiose et le dénuement, le sens du rituel, l'organisation pyramidale, la question longtemps débattue (elle l'est encore dans beaucoup d'endroits et dans quelques domaines) du rapport au pouvoir exécutif, le souci permanent de préserver l'unité doctrinale face aux évolutions du monde et aux idées nouvelles émanant à intervalles réguliers des échelons inférieurs de ces organisations, l'intervention dans le débat public et dans la vie sociale pour déterminer ce qui est juste et bon, la tension permanente à l'intérieur de ces deux institutions entre l'autorité et la proximité, la doctrine et les circonstances : tout ou presque rapproche l'Église et la Justice. Et d'une certaine façon, l'admirable Mgr Myriel de Hugo renvoie, en ce qu'il incarne l'humanité dans ce qu'elle a de plus profond, au juge d'instruction de Viel ou au « bon juge » d'Anatole France.

***

En 2019, alors Premier ministre, je suis retourné au Conseil d'État. Il se trouve que le Premier ministre en est, de droit, le président. Il ne peut y siéger lorsque le Conseil juge, il n'a aucun pouvoir sur le fonctionnement de l'institution, mais la tradition lui permet, en général une fois au cours de son passage à Matignon, de présider une séance plénière au Palais-Royal. Revenir dans ces lieux, vingt ans après, revêtait forcément, pour un amateur d'Alexandre Dumas, une saveur particulière. Au-delà de la fierté et, peut-être, d'une forme d'incrédulité devant le chemin parcouru, la question du fonctionnement du système judiciaire venait à nouveau me percuter.

Juger sera toujours difficile. Victor Hugo prédisait déjà, à juste titre, qu'il se passerait « *du temps encore avant que la justice des hommes ait fait sa jonction avec la justice* ». Aujourd'hui, la justice est le maillon le plus faible de la chaîne régalienne. Aucune autre fonction exclusivement dévolue à l'État n'est aussi fragile. La police, les armées, la diplomatie, les impôts : toutes ces fonctions doivent faire l'objet de transformations ou de réformes et aucune ne peut prétendre à la perfection, loin s'en faut ; mais aucune n'est dans un état aussi préoccupant que celui de notre système judiciaire. Il lui manque des moyens considérables pour qu'elle puisse envisager d'être à la hauteur de sa tâche : l'état des systèmes d'information et le retard dans la transition numérique sont préoccupants, la surpopulation carcérale ruine toute perspective de politique pénale ou pénitentiaire intelligente, le nombre insuffisant et la formation incomplète des magistrats limitent les perspectives d'amélioration du système dans son ensemble, enfin l'enfermement intellectuel et statutaire d'un corps qui prétend s'autocontrôler et s'autoréguler conduit mécaniquement à une défiance et à une confrontation avec tous ceux qui, à l'extérieur, se désolent des faiblesses du système.

Il n'est pas certain que notre cadre constitutionnel actuel permette de changer ceux des fondements de l'organisation judiciaire de notre pays qui mériteraient de l'être. Mais il est certain, en revanche, que si notre justice ne parvient pas à être plus rapide dans ses décisions, plus compréhensible dans son fonctionnement, plus exigeante dans l'expérience demandée à ses magistrats, plus efficace dans le traitement de la pathologie violente de notre société, plus organisée pour participer avec les autres services de l'État et les collectivités territoriales à la mise en œuvre des politiques publiques, elle sera incapable de résister à la dégradation avancée de la confiance de nos concitoyens dans les institutions démocratiques.

Le monastère de la Verne

Espérer

« C'est comme si tu pensais que jamais tu ne trouverais la raison et le sacré entrelacés[1] *»*

J'entre dans la cathédrale. Quelques pas, au-delà du portail d'entrée, parce que l'endroit est dangereux. L'eau s'est accumulée au sol. Le clapotis de nos chaussures dans cette désolation sacrée est ridicule. Il fait sombre, mais on voit tout de même. Les projecteurs installés à l'extérieur dessinent par les interstices et les brèches de l'édifice des traits d'une lumière magique. Plus hésitants, presque incapables de résister à l'obscurité qui les happe, les faisceaux des lampes portées par les sapeurs-pompiers viennent esquisser des formes, des amas, des chaises immobiles et indifférentes à la fournaise, au déluge et à la désolation qui se sont succédé. Et au loin, au bout de la cathédrale, derrière l'obscurité et derrière les fumées qui se dégagent encore un peu du sol où se consument

---

1. Attribué, sans doute à tort, à Molière. Cette phrase n'est dans aucune de ses pièces. Elle reste magnifique et, comme disent les Italiens, *si non e vero…*

les débris de la flèche, la croix paraît briller, blanchie par la lumière qui s'infiltre depuis le plafond percé. Par petites touches orange qui tombent doucement du ciel, le plomb fondu coule depuis le toit. Le spectacle est merveilleux, et je suis interdit. Hypnotisé par l'harmonie crépusculaire du moment. Saisi par le vide et le silence qui contrastent avec l'excitation et l'activité dont je me suis échappé mais qui se devinent encore sur le parvis. Renvoyé intimement à ce que Notre-Dame représente pour moi.

Enfant, Notre-Dame de Paris était une ascension. La joie d'une aventure qui commençait par un escalier en pierre, étroit et sombre. Quatre cent vingt-deux marches à monter, dans la tour nord d'abord puis, après avoir longé les chimères, dans la tour sud pour accéder enfin au sommet et admirer Paris, surplomber ses toits, tenter de reconnaître ses palais et ses monuments, s'étonner des gargouilles, et, à 7 ans, sentir le souffle de l'Histoire.

Plus que la tour Eiffel et même plus que le Louvre, Notre-Dame, c'était Paris.

Mes parents n'avaient jamais vécu à Paris. Normands, ils connaissaient Le Havre et Rouen. Lille aussi, parce que la famille maternelle était flamande. Ils voyageaient bien sûr, dans la vieille Coccinelle qui servait de voiture, mais ils n'avaient ni étudié, ni travaillé, ni vécu à Paris. Cela ne leur serait d'ailleurs pas venu à l'esprit. La capitale les fascinait mais le rythme de la ville, le coût de la vie qu'on y menait, l'absence de tout contact sur place leur interdisaient d'espérer, et même de vouloir, y élever deux jeunes enfants.

Mais ils aimaient Paris. Et à intervalles distants et réguliers, ils emmenaient leurs enfants pour une expédition dans la capitale, afin, comme ils disaient, d'aller voir Paris.

Le Louvre était inévitable. Deux ou trois salles, pas plus, mais à chaque fois. La promenade le long des quais ensuite, où mon père aimait faire mine de chercher des livres pour engager la conversation avec les bouquinistes qui tenaient, plus ou moins débonnaires, ces caisses vertes installées sur le parapet des trottoirs, au-dessus de la Seine. Et puis après, Notre-Dame, dont on voyait de loin la flèche et les tours, mais qui se dévoilait complètement lorsqu'après avoir franchi le pont d'Arcole, que j'ai longtemps cru être le fameux pont pris par Napoléon, après avoir remonté la rue du même nom, nous arrivions au pied de Notre-Dame. Au pied de la tour nord.

Je savais mon père fasciné par les églises. Sa passion n'avait rien à voir avec la foi, il ne croyait pas en Dieu, et il lui arrivait à l'occasion de laisser échapper des remarques nettement anticléricales que ma mère, catholique quoique peu pratiquante, goûtait assez peu. Il aimait les églises, les cloîtres et les cathédrales non pas à cause de Dieu, mais plutôt à cause des hommes qui les avaient construits. Son seul attachement spirituel était la franc-maçonnerie, qu'il n'avait pas rejointe pour ses réseaux et ses lieux de pouvoir, lui qui ne s'intéressait pas aux premiers et ne souhaitait pas fréquenter les seconds, mais plutôt parce qu'il espérait y trouver un peu de l'esprit de ceux qui portent une œuvre plus grande qu'eux-mêmes. Mécréant donc, agnostique peut-être, athée sans doute, mais intarissable sur le portail des Libraires de la cathédrale de Rouen, sur l'abbaye Saint-Philibert de Tournus ou sur la basilique de Vézelay, amoureux des vieilles églises romanes qui justifiaient, sur la route des vacances, des détours aussi répétés qu'incompris de la part de ses enfants, soucieux enfin, lui qui était aussi peu doué pour les travaux manuels que son fils pour la danse classique, de comprendre comment tout cela avait été construit et quels messages nous adressaient les tailleurs de pierre depuis le Moyen Âge.

Parmi toutes ces églises, Notre-Dame avait une place à part. Était-ce parce qu'elle était parisienne, et que Paris était à la fois proche et inaccessible ? Était-ce à cause de Hugo ? Était-ce la beauté sobre et l'équilibre parfait de ses lignes ? Était-ce parce qu'à la différence de bien d'autres églises, celle-là, j'aimais aller la visiter avec lui, parce qu'elle était à Paris, parce qu'on pouvait monter dans ses tours, et parce que depuis le sommet de la tour sud, on avait le sentiment de dominer Paris et donc le monde ?

Je ne le saurai jamais. Mais j'ai toujours su, en revanche, que Notre-Dame représentait, pour nous deux, comme pour beaucoup d'autres sans doute, quelque chose qui allait un peu au-delà de la simple beauté des pierres, du symbole français ou de la grande intelligence déployée pour construire un chef-d'œuvre incomparable. Au sommet de la tour sud, après cette lente ascension, nous partagions la conviction, qu'il me transmettait autant que je la découvrais, de la grandeur de l'Homme lorsqu'il a l'ambition d'atteindre l'absolu et l'éternel mais qu'il conserve l'humilité de savoir qu'il ne fait rien sans les autres et que ce qu'il fait n'a de sens que dans la durée. À ses côtés, je comprenais confusément qu'une cathédrale n'était peut-être plus un enseignement à suivre, mais qu'elle serait toujours une beauté à sentir et un livre à comprendre.

Il y a des moments où un père disparu retrouve une forme presque physique. Je le vois, légèrement penché sur les balustrades en pierre de la tour sud, lui dont la vue était basse, essayant de m'aider à repérer le Panthéon et de m'expliquer ce dont il s'agissait. Je le vois m'expliquer, à moi qui n'y comprenais rien, l'idée que j'ai trouvée, depuis, à peu près résumée en une formule de Cavanna : « *Les maçons du Moyen Âge savaient parfaitement que Dieu n'existe pas, mais ils espéraient qu'à force de lui bâtir des cathédrales, il finirait par exister.* » Et je le vois, lui qui avait le sens des formules bizarres, me dire, sans doute pour que je n'oublie pas et pour que j'y pense longtemps encore : « La montagne ne bouge pas. »

Et puis le temps a passé. L'adolescence en Allemagne avait rompu avec l'alternance des immeubles verre et acier des Hauts de Rouen et du béton de Perret au Havre. Avec l'entrée dans les études supérieures, Paris est lentement devenu chez moi. Et comme on oublie souvent de dire à ceux qui nous entourent qu'on les aime tant ils semblent installés à vos côtés, on finit par négliger ces édifices qui nous paraissent enracinés pour l'éternité.

Notre-Dame est devenue une présence ; une masse aperçue au détour de la place Saint-Michel où se donnaient rendez-vous les étudiants à l'époque dépourvus de portables ; une certitude rassurante qu'on reviendrait visiter, plus tard, quand on aurait le temps. Dans le monde de l'immédiateté, il y a toujours plus urgent que de rendre hommage à ce qui sera toujours là. Plusieurs fois, après la mort de mon père, je m'étais dit que j'aurais dû emmener un de mes enfants là-haut. Plusieurs fois, j'avais reporté à plus tard ce que j'avais fait si souvent il y a si longtemps.

Et puis le 15 avril 2019, Notre-Dame s'est rappelée à moi.

Depuis des mois elle était enserrée dans un corset de métal, « *lourde comme un éléphant et fine comme un insecte* », comme disait Anatole France. Depuis des mois, j'étais sous l'eau, accaparé par Matignon. Il aura fallu qu'elle soit en feu pour que le nuage brumeux dont mon souvenir l'enveloppait finisse par se dissiper.

Et quel feu !

Il y a des choses qu'un Premier ministre sait bien avant les autres, mais elles ne sont pas si nombreuses. Dans l'immense majorité des cas, on apprend en même temps que tout le monde et par la presse ou les réseaux sociaux ce qui se passe. C'est pendant un trajet en voiture, alors que je rentrais à Matignon, que j'ai appris que de la fumée s'échappait du toit. Une fumée d'abord légère, puis plus sombre et plus massive. Notre-Dame brûle.

Tout s'arrête. Ou plutôt tout est écrasé. Plus rien ne peut capter l'attention, aucune note, aucune préparation à une réunion, aucun rendez-vous ou entretien ne peut s'interposer entre vous et cette vérité, dont vous pressentez tout de suite qu'elle est grave en espérant quand même que quelqu'un vienne vous dire qu'en réalité elle ne l'est pas, qu'une équipe est sur place et que c'est en train d'être réglé, que c'est un exercice, bref que ce qui se passe ne se passe pas. Mais aucun de ces espoirs murmurés à l'intérieur de votre crâne ne vient éteindre les flammes rouges qui se laissent deviner. Et l'expérience se conjugue à l'intime conviction pour vous persuader que le pire est à venir. Que celui ou celle que vous aimez va mourir, et que vous allez assister à chacune des étapes de cette mort.

La flèche déjà s'embrase. Un bûcher de la Saint-Jean morbide aux couleurs éclatantes. Les pompiers disent que la flèche ne tiendra plus longtemps, qu'elle devrait tomber dans vingt minutes, et vingt minutes se passent, et la flèche s'effondre sur elle-même, dans une explosion infernale d'étincelles orange et dorées.

Les plus hautes autorités de l'État arrivent sur place. C'est probablement absurde, tant il est certain que cela n'aidera pas les pompiers, et c'est peut-être imprudent, tant les services de sécurité rechignent à placer côte à côte le Président et le Premier ministre dans des endroits qui n'ont pas fait l'objet d'une sécurisation complète. Mais comment être ailleurs ? Sur le parvis, le commandement prend les décisions, les équipes se déploient, les drones s'envolent et offrent les images permettant de guider les opérations. La concentration est totale.

Les seules bonnes nouvelles tiennent au trésor de la cathédrale, qui est sauvé.

Pour le reste, la lutte entre le feu et les hommes se poursuit. Le rougeoiement formidable ne paraît rien vouloir céder. Au contraire, il semble progresser. Tous ceux qui assistent, fascinés et inquiets, à ce combat inégal perçoivent qu'il est désormais possible que, de leur vivant et sous leurs yeux, Notre-Dame disparaisse.

Le général Gallet, qui commande les sapeurs-pompiers de Paris, reste d'un calme absolu. Il ne cache rien des sombres perspectives qui s'ouvrent à nous. Il explique le parcours du feu, sa progression vers la tour nord, le risque d'embrasement des charpentes qui soutiennent les cloches, et l'inévitable effondrement des tours et de la façade qui s'ensuivrait. Il parle des pierres et du feu, mais il pense aux hommes, à ses sapeurs-pompiers qui sont en train de combattre alors que le jour décroît, à ses soldats qui après la chute de la flèche se sont retrouvés piégés dans le bâtiment, à ses hommes, jeunes, qui servent sous ses ordres. Il s'exprime de façon posée, analytique, précise. Pour bien faire comprendre les enjeux et la manœuvre, il décrit, à partir d'un croquis représentant la cathédrale, comment il serait possible de poursuivre l'assaut, en envoyant une vingtaine de ses hommes dans les tours. Et il se tait. Il réfléchit. Dans le silence d'une petite salle de la préfecture de police, il jauge. Et il lève les yeux. De l'autre côté de la table, de l'autre côté du croquis, le président de la République et le Premier ministre. Il regarde le Président et, en quelques mots simples, indique qu'il reste une chance. Une petite heure de combat, dont l'issue est incertaine, et dont les risques, pour ses hommes, sont à la fois considérables et évidents. Mais qui peuvent être assumés. Il le dit. Il s'engage, tout en laissant la décision au responsable politique. Au Président, qui est présent, et qui prendra, face à l'Histoire, cette responsabilité. Au Premier ministre aussi, qui prendra, face à l'Assemblée nationale, la responsabilité politique de cette décision et de ses conséquences. Le Président ne dit rien, pendant quelques secondes. Tempête sous un crâne sans doute. Vertige et solitude de la décision. Silence de la réflexion. Et il opine. Pense-t-il au Saint-Exupéry de *Terre des hommes*, qui écrivait « *On meurt pour une cathédrale, pas pour des pierres* » ? Rien ne paraît.

Le général nous recommande de quitter les lieux pendant le dernier assaut. Il saura dans une heure si la cathédrale est sauvée ou si elle est perdue. L'heure est au combat, et sans doute n'a-t-il aucune envie d'avoir à gérer, en plus des opérations, les responsables politiques et leurs angoisses. Il a raison, et nous le savons parfaitement.

Chacun repart dans son palais. Des hommes se battent, risquent leur vie, devant des millions de téléspectateurs, et nous, nous allons devoir attendre. À ce moment, ce n'est pas la peur qui vous saisit, c'est le vide. *Alea jacta est.* La décision politique a été prise, elle est une décision de principe, et sa mise en œuvre opérationnelle nous échappe complètement. Quels que soient les pouvoirs conférés par la Constitution ou le décorum de l'endroit dans lequel ils vont attendre, plus rien ne dépend des responsables politiques. Le corps à corps dont dépend le sort de Notre-Dame est l'affaire des soldats du feu, et d'eux seuls.

La victoire aussi.

Elle arrive comme une délivrance. Après une heure de combat pour les pompiers et une heure d'attente pour le reste du monde. Rien ne permet de juger, depuis le parvis où nous sommes revenus, que Notre-Dame est sauvée, mais le général le dit tranquillement, avec fierté et retenue, et nous le croyons. L'émerveillement devant l'exploit le dispute au soulagement devant ce qu'aurait pu être la catastrophe.

Et nous entrons dans la cathédrale. Et nous remercions. Et le Président s'exprime. Et nous remercions encore. Et nous rentrons dans nos bureaux. Et nous racontons à nos collaborateurs. Et nous nous félicitons, en chantant les louanges des pompiers. Et nous dormons, mais tard, et mal, parce que nous avons vu la mort de Notre-Dame en face et qu'à travers elle, nous avons vu la mort de ceux que nous aimons et d'une partie de ce que nous sommes. Et le lendemain nous lisons et relisons le récit de la bataille, et nous célébrons encore la victoire. Et l'Assemblée nationale, unanime et debout, et le président de la République, chaleureux et lyrique, et les Français bien sûr, touchés par ce courage et par ce succès, expriment, à leur façon, ce mélange unique que produisent la fierté que l'on ressent à s'associer à l'exploit d'un autre et le soulagement d'avoir conservé ce que l'on a cru perdre. Et les amoureux de Paris et de sa cathédrale achètent Victor Hugo et s'engagent à financer la reconstruction. Et aux cendres qui refroidissent succèdent les polémiques qui s'embrasent. Jamais, dans notre pays, l'union dans le succès ne peut durablement apaiser les ressentiments.

Au milieu de ce mouvement, à la fin du jour d'après, je ressens enfin la peur. Je suis saisi d'un tremblement nerveux des mains alors que la voiture qui me conduit passe devant la cour des Invalides. Le contrecoup de toute cette joie fière et reconnaissante me saute à la gorge. Dans une vision improbable, je devine les cercueils de ceux qui se sont battus la veille et qui auraient pu tomber avec les tours. Je sais que la décision prise par le Président était la bonne. Je sais que même si elle avait conduit à la mort ces soldats du feu, je l'aurais défendue, pas seulement par devoir ou par loyauté, deux excellentes raisons qui se suffiraient à elles-mêmes, mais parce que c'était, j'en suis sûr, la seule décision à prendre. Ce n'est pas parce qu'elle aurait pu être mauvaise que je tremble, mais bien parce que c'était la bonne. Et le tremblement ne cesse pas. Je l'explique à mes enfants, mais je ne suis pas sûr de savoir trouver les mots justes, et ce n'est pas si grave. Je me réjouis en revanche qu'ils aient ressenti et partagé eux aussi l'angoisse et le soulagement du pays, eux que je n'ai pas emmenés gravir les marches de la tour nord et qui n'ont pas lu Victor Hugo.

Et je leur parle de la suite, plutôt que du passé. Car Notre-Dame n'est pas un objet figé, baigné dans un formol protecteur qui prétendrait préserver pour l'éternité la nature de ce qui a été. Notre-Dame, c'est l'art du vivant et elle n'est pas seulement affaire de transmission, elle est aussi, depuis le début et avant même que ne soit posée sa première pierre, une aventure continue de réappropriation et de réinvention. Il faut reconstruire Notre-Dame, mais comment ?

Vite et sans que notre époque s'interdise d'apporter sa touche à la construction presque millénaire, affirme le Président. Très tôt, à peine deux jours après l'incendie, il est donc décidé de confier l'organisation de la reconstruction à un établissement public dédié, dirigé par un général au verbe fort et à la poigne solide, afin que le chantier soit achevé en cinq ans. L'objectif est ambitieux. Il l'est d'autant plus qu'il doit tenir compte de l'ouverture d'un concours international d'architecture permettant de doter Notre-Dame d'une nouvelle flèche, adaptée aux techniques et enjeux de notre époque.

L'ambition des uns est souvent la présomption et l'arrogance des autres. Aussitôt formulées, ces annonces suscitent des critiques vigoureuses qui dénoncent la consternante hubris de ceux qui pensent maîtriser le temps et l'arrogance plus coupable encore de ceux qui croient pouvoir apporter quelque chose de neuf à ce qui est éternel.

Dans la dénonciation de ces deux défauts présumés se sont mêlés des oppositions tactiques, des conservatismes convaincus ou opportuns et aussi sans doute un peu d'incrédulité. Et pourtant. J'étais convaincu, et je le suis encore, que le Président a mille fois bien fait d'imposer un calendrier ambitieux. Il faut ignorer les pesanteurs de la décision, de la commande et de l'action publiques pour imaginer que sans cette pression, les différents acteurs concernés auraient pu faire avancer à un rythme décent les travaux de reconstruction.

Quant à l'idée d'une flèche contemporaine, décriée par beaucoup, elle ne traduisait ni la volonté de s'inscrire dans une course effrénée à la modernité, ni un sens inné de la provocation, mais elle était, selon moi, l'expression d'un profond respect pour la tradition. L'histoire des grandes cathédrales européennes est rarement une histoire de conservation. Bien souvent l'évolution de leur architecture révèle une volonté d'intégration de la modernité, qui ne doit ni dénaturer le projet initial, ni se départir d'une forme d'humilité. Souvent les plans initiaux des cathédrales ont été modifiés pour prendre en compte les possibilités techniques nouvelles ou même les modes nouvelles de l'architecture. Cent fois, confrontés au défi de poursuivre une œuvre qui s'inscrit par nature dans un temps très long, les hommes ont fait le choix d'apporter ce que leur époque pouvait donner de meilleur : lorsqu'il a fallu reconstruire la cathédrale de Reims, après la Première Guerre mondiale, le choix d'une structure béton-ciment pour remplacer la charpente en bois a été adopté ; la charpente de l'imposante cathédrale de Cologne (le monument le plus visité d'Allemagne, dont la construction, commencée au XIIIe siècle, a seulement été achevée au cours de la deuxième moitié du XIXe) est en métal ; en métal aussi la flèche reconstruite de la cathédrale de Rouen que Flaubert qualifiait de

« *rêve de chaudronnier en délire* », mais qui est toujours là et que personne n'imagine démonter.

« *Il est venu le temps des cathédrales* », disait la chanson, à propos de Notre-Dame de Paris. Ce qui est advenu, c'est plutôt l'écrasement de Notre-Dame dans un présent que l'on voudrait éternel. Je me dis souvent que nous n'aimons pas notre époque, mais que celles qui ont précédé nous paraissant moins douces et celles qui s'annoncent plus dures, nous nous complaisons dans le présent. Nous commémorons, nous conservons et nous figeons, bien souvent, notre patrimoine dans l'état où il se trouve. L'état qui prévalait immédiatement avant le feu était un des nombreux états de la cathédrale au fil des siècles, avec des murs blancs alors qu'ils étaient polychromes auparavant, avec une flèche du XIXe différente de celle qui avait existé jusqu'à la fin du XVIIIe, et qu'on avait démontée sans se poser la question de savoir si on la reconstruirait à l'identique, avec des ajouts de la période baroque qui avaient dû faire tressaillir les puristes du XVIIe. Pourquoi cet état-là serait-il voué à être immuable, là où tous les précédents ont été modifiés ?

En juillet 2020, dans un consensus ouaté et confortable, l'idée d'un concours fut écartée, et il fut décidé de reconstruire à l'identique la flèche effondrée et la charpente brûlée. Conspué hier comme un exterminateur de pierres, coupable de trahir l'âme du passé en lui substituant de vulgaires pastiches modernes,

Viollet-le-Duc est adulé aujourd'hui et rien de ce qu'il a ajouté ne saurait être complété ou soustrait. L'ironie est savoureuse mais un peu triste.

En 1964, Malraux permit à Chagall de recréer le plafond de l'opéra Garnier. *Les Muses et les Heures du jour et de la nuit*, peintes en 1872 par Jules-Eugène Lenepveu, furent escamotées sous des plaques et remplacées par une œuvre qui déchaîna les passions, et les critiques. Malraux ne céda pas. Il en avait vu d'autres. Et des plus rudes. Il savait, comme Victor Hugo, que « *les grands édifices, comme les grandes montagnes, sont l'ouvrage des siècles. L'art nouveau prend le monument où il le trouve, s'y incruste, se l'assimile, le développe à sa fantaisie et l'achève s'il peut. La chose s'accomplit sans trouble, sans effort, sans réaction, suivant une loi naturelle et tranquille. C'est une greffe qui survient, une sève qui circule, une végétation qui reprend* ».

En avril 2019, nous avons failli perdre Notre-Dame. Elle fut sauvée. Avec elle, près de mille ans d'histoire, de travaux et d'érosion, de prophéties désapprises, de sacres glorieux et de pénitences intimes, de controverses parfois mais d'union nationale aussi, de souvenirs heureux, de pères disparus et d'enfants qui découvrent le temps en les écoutant. Mais en nous attachant à la reconstruire dans un état qu'elle avait déjà connu et dont il serait vain d'imaginer qu'il puisse être complété par le génie des hommes d'aujourd'hui et de demain, je ne sais pas si nous avons complètement rendu hommage à son âme.

Car les lieux sacrés ont une âme. Ou peut-être est-ce la nôtre qui s'épanouit dans ces lieux-là, aspirée par une élévation audacieuse ou apaisée par une perfection tranquille. Sur les tours de Notre-Dame, je regardais mon père contempler sa méditation, je percevais confusément ce qu'il pouvait y avoir de recherche d'éternité et d'absolu dans son admiration, je m'enivrais de la beauté de Paris, mais je ne ressentais pas, à l'époque, le tremblement intime que le sacré peut provoquer. C'est ailleurs que ce mouvement profond, dont il est difficile de savoir s'il provient du cœur, des tripes ou du cerveau, m'a saisi.

Au monastère de la Verne d'abord.

J'avais 13 ou 14 ans. Jeune adolescent, effondré à l'idée de passer tout l'été avec mes parents mais insuffisamment dégourdi pour imaginer une aventure que j'aurais pu partager avec des amis, j'avais accepté la proposition d'un de mes oncles de passer deux semaines avec lui, dans le Var, pour participer à des travaux de reconstruction d'un monastère. L'oncle en question était le frère de ma mère, médecin de formation, pianiste doué. Et moine. Membre de la « Famille monastique de Bethléem, de l'Assomption de la Vierge et de saint Bruno » depuis quelques années, Philippe Lahousse avait choisi de sortir de la vie civile, où une brillante carrière l'attendait sans doute, pour vivre sa foi dans la contemplation éloignée et la réclusion volontaire. Proche de celui des chartreux, cet ordre impose la solitude et le silence à ses membres qui prient, prennent leur repas et dorment dans des cellules. La vie sociale n'est pas complètement absente : les offices religieux sont communs, certains travaux sont collectifs et à intervalles réguliers, certains repas sont pris ensemble, dans une atmosphère toutefois plus marquée par la lecture des Écritures que par la franche rigolade. La décision de Philippe de devenir moine avait causé un certain émoi dans la famille. Ses parents, mes grands-parents maternels, très catholiques, s'étaient fait une raison, partagés sans doute entre la fierté d'un engagement total et la douleur de voir leur fils s'éloigner du monde, et donc d'eux. Quelques lointains cousins avaient formulé des critiques à peine voilées contre cet enfermement volontairement décidé par un médecin bien formé dont l'utilité sociale aurait été précieuse. La critique valait excommunication automatique et définitive du cercle familial par ma grand-mère, qui n'a jamais accepté ni jamais pardonné à quiconque d'adresser des reproches à son dernier fils qu'elle chérissait plus que tout.

Après plusieurs séjours au monastère de Currière-en-Chartreuse et en Italie, « frère Philippe » avait été envoyé avec quelques membres de sa communauté dans un monastère perdu dans le massif des Maures, construit au bout d'une route interminable de creux et de lacets, au milieu d'une forêt sèche de chênes-lièges indifférents au risque d'incendie. La Verne. Ou ce qu'il en restait. Car au milieu des années 1980, le monastère, construit au XIIe siècle, brûlé plusieurs fois, reconstruit avec obstination puis abandonné à la Révolution, était une ruine. Une vraie ruine magnifique qui laissait deviner une architecture presque effacée autour d'un grand cloître distribuant des cellules occupées désormais par des ronces gourmandes et des blocs de pierre dispersés. Partout la serpentine, cette pierre verte de la région, utilisée dans les rénovations des XVIIe et XVIIIe siècles pour rehausser les encadrements des portes et des fenêtres, renvoyait une lumière dure qui disait la gloire passée autant que le dénuement présent. La Verne, oubliée de tous, sauf d'une association d'amis amoureux du site et d'une communauté monastique déterminée à reconstruire et réhabiliter un lieu perdu.

Et me voilà, moi l'urbain normand, envoyé pour deux semaines dans la forêt varoise, dans une ruine, pour défricher les ronces et classer les pierres. Le site étant ouvert à quelques rares touristes, je décide, en plus du travail manuel, d'arrondir mon portefeuille en improvisant des visites guidées au cours desquelles je répète avec assurance ce que j'ai entendu dire sur l'histoire du lieu par les moines et ce que j'ai lu dans le guide sommaire mis à disposition des visiteurs. Je vois bien qu'à mon âge, parler de chapelles romanes surprend. Les visites s'enchaînent et les pourboires affluent, minimes sans doute pour qui aurait besoin d'en vivre mais spectaculaires pour moi qui gagne, pour la première fois de ma vie, de quoi m'acheter quelque chose.

Mais à côté de ce petit commerce, il y a aussi la découverte du sacré. Car les moines, qui vivent reclus, permettent néanmoins aux quelques personnes participant au chantier d'assister aux offices. Tôt le matin, alors que le jour n'illumine pas encore les collines vertes du massif des Maures, les moines se réunissent dans une chapelle sombre, illuminée à la bougie, saturée d'encens et de musique liturgique enivrante. Ils prient, et moi qui ne crois déjà plus en Dieu, je sais qu'il se passe quelque chose et que ces lourds piliers et cette voûte montante ont une âme qui fait vibrer la mienne. Ou peut-être est-ce l'inverse, ce qui est beau aussi.

Et comment ne pas être submergé par l'émotion dans certains lieux sacrés ? Comment ne pas être saisi alors que l'on découvre, au sommet du mont Saint-Michel, ce cloître intime et paisible, qui offre un contrepoint miraculeux au gigantesque du site ? Comment ne pas être remué par la perfection absolue de la chapelle palatine, merveille logée dans le palais des Normands de Palerme, qui dessine dans l'or des techniques de Byzance et la géométrie des arts de l'Islam un des témoignages les plus aboutis de la foi chrétienne conquérante et un sens du sacré indépassable ? Que ressentons-nous en Inde, où la religion est partout et où le sacré se mêle à la vie quotidienne en venant percuter notre regard occidental, dans les temples monolithes de l'île de Gharapuri, face à ces sculptures vieilles de plus de mille ans d'un Shiva tour à tour paisible, androgyne puis destructeur, sinon une forme de communion avec quelque chose qui n'a rien de matériel ni de concret et qui nous élève ?

Pour moi qui suis issu d'une famille partagée entre l'anticléricalisme paternel et le catholicisme maternel, ce goût du sacré et cette absence de foi relèvent peut-être d'une synthèse opportune ou d'un compromis personnel. Il reste que la foi et le goût du sacré ne m'apparaissent pas comme deux choses identiques. Quelques-uns de mes amis, croyants convaincus, font mine de voir dans cette distinction une forme d'hésitation avant la conversion, le goût du sacré conduisant toujours, d'une manière ou d'une autre, à une foi plus ou moins explicite. Peut-être ont-ils raison, et je reconnais avoir vu, autour de moi, des bascules progressives vers la foi, la perspective de la mort ou l'avènement de la sagesse aidant. Mais peut-être est-ce l'inverse : peut-être est-ce la foi encore ignorante d'elle-même qui s'exprime dans ce goût du sacré. Et peut-être est-ce totalement faux : la foi et le goût du sacré pouvant s'exclure ou au moins s'ignorer durablement. C'est ce que je suis encore enclin à croire.

Cette réflexion personnelle est-elle transposable à une Nation tout entière ?

***

Les grandes transformations de l'Histoire sont souvent le produit curieux de maturations anciennes, discrètes, sous-jacentes qui n'attendent qu'une occasion pour percer et s'imposer. Méconnaître les premières pour seulement commenter les secondes interdit de saisir le sens profond de ce qui se passe. Oublier les événements, les accidents, les circonstances pour imaginer que l'Histoire serait purement du déterminisme me paraît tout aussi déraisonnable.

Patrick Weil décrit ainsi, dans un livre passionnant que j'emprunte sur ce point en lui rendant hommage, les raisons qui ont provoqué la loi de 1905 sur la laïcité. Bien sûr cette fameuse loi concernant la séparation des Églises et de l'État intervient après un long processus de sécularisation de la société française : le combat des Lumières contre l'obscurantisme religieux, la volonté ancienne (et déjà manifeste bien avant la Révolution) d'assurer en France l'autonomie de l'État vis-à-vis de l'ordre religieux, la reconnaissance par la Révolution de la liberté de conscience, l'instauration d'un mariage et d'un état civil puis, avec l'avènement de la IIIe République, « la suppression du repos dominical obligatoire (1879), la sécularisation des cimetières (1881), la suppression des prières publiques adressées à Dieu pour appeler son secours sur les travaux des assemblées (1884), la loi sur le divorce (1884), la laïcisation des hôpitaux, le retrait des emblèmes religieux dans les tribunaux et la liberté des funérailles (1887), l'astreinte des séminaristes et des religieux au service militaire universel (1889) ». Mais elle est aussi le produit d'une crise politique, diplomatique même, purement conjoncturelle, pour l'essentiel oubliée et presque extravagante à nos yeux contemporains.

En 1904, le président Loubet veut aller rencontrer le roi d'Italie, pour essayer de le convaincre de rejoindre l'alliance qui se met en place entre le Royaume-Uni, la Russie et la France pour contrer les empires d'Allemagne et d'Autriche-Hongrie. Rien de plus normal qu'une visite diplomatique de chef d'État à chef d'État. Seulement voilà, jusqu'en 1904, aucun chef d'un État catholique n'avait osé envisager d'aller à Rome, capitale de l'État italien depuis 1871. Aucun. Le pape l'avait interdit, lui qui contestait encore la légitimité du souverain italien sur la cité pontificale. Le président Loubet franchit le Rubicon et sa visite à Victor-Emmanuel III déclenche une crise diplomatique avec le Vatican qui saisit toutes les capitales catholiques pour s'émouvoir de l'initiative française. Jaurès publie dans *L'Humanité* le texte du Vatican, aussi intolérable pour les républicains français que pour les démocrates italiens. L'ambassadeur français est rappelé à Paris, des évêques sont convoqués au Vatican. Un an après, la loi de séparation était adoptée. Clemenceau dira : « *Il a suffi que le président Loubet allât à Rome, visiter le roi d'Italie, le seul souverain d'Italie que nous puissions reconnaître, que le pape protestât en des termes inacceptables, pour que toute l'opinion française fût soulevée. Aux élections précédentes, la question de la séparation n'avait pour ainsi dire pas été posée. Eh bien malgré cela, en un moment, l'opinion du pays fut faite.* »

De fait, l'avènement de la laïcité en France, et la place qu'elle occupe désormais dans les fondements de notre République, sont bien entendu liés à une conception philosophique de la Nation, du lien social, de la citoyenneté dans un pays aspirant à l'universel et du fait religieux dans l'âme humaine aussi bien que dans l'histoire française. Mais comme le rappelle l'épisode de la visite du président Loubet, il y a derrière la victoire de la laïcité un attachement fort à la notion de souveraineté, qui s'oppose à ce qu'à travers une religion, le clergé qui la sert ou les principes qui l'animent, une autre forme de légitimité et d'intervention dans le gouvernement des hommes puisse se manifester.

Depuis 1905, nous vivons donc dans un État laïc. Le dispositif juridique sur lequel il est construit tient en trois textes principaux : la *Déclaration des droits de l'homme et du citoyen* qui prévoit que « *nul ne doit être inquiété pour ses opinions, même religieuses, pourvu que leur manifestation ne trouble pas l'ordre public établi par la loi* » ; la loi de 1905 qui précise que « *la République assure la liberté de conscience. Elle garantit le libre exercice des cultes sous les seules restrictions édictées ci-après dans l'intérêt de l'ordre public* » et prévoit que « *la République ne reconnaît, ne salarie ni ne subventionne aucun culte* » ; la Constitution de la Ve République enfin qui rappelle que la France « *assure l'égalité devant la loi de tous les citoyens sans distinction d'origine, de race ou de religion. Elle respecte toutes les croyances* ».

Cette laïcité, nous y tenons ! S'il fallait, comme dans *Les Trois Mousquetaires* qui ne sont véritablement eux-mêmes que lorsqu'ils sont quatre, compléter la devise républicaine par un quatrième terme, ce serait assurément celui de laïcité qui s'imposerait. Elle est devenue une valeur, qu'il faut préserver, partager, transmettre et défendre.

Et sur le sens de laquelle il pourrait toutefois être utile de s'accorder.

Le dictionnaire Robert définit la laïcité comme le « *principe de séparation de la société civile et de la société religieuse* ». Le Larousse en dit plus, la laïcité étant présentée comme la « *conception et organisation de la société fondée sur la séparation de l'Église et de l'État et qui exclut les Églises de l'exercice de tout pouvoir politique ou administratif, et, en particulier, de l'organisation de l'enseignement* ». Et on se pince un peu déjà, car il paraît difficile d'affirmer avec assurance que l'Église catholique est complètement exclue de l'organisation de l'enseignement en France. En tout cas, difficile de convaincre sur ce point les 2 millions d'élèves scolarisés dans des écoles relevant de l'enseignement catholique.

Le site du ministère de l'Intérieur, en charge des cultes, indique que : « *La laïcité repose sur trois principes : la liberté de conscience et celle de manifester ses convictions dans les limites du respect de l'ordre public, la séparation des institutions publiques et des organisations religieuses, et l'égalité de tous devant la loi quelles que soient leurs croyances ou leurs convictions* », ce qui ressemble plus à une explication qu'à une définition.

De fait, dès la loi de 1905, dès la *Déclaration des droits de l'homme et du citoyen*, dès les Lumières même et peut-être avant encore, dès que l'idée de laïcité est apparue et avant même qu'elle ne prenne forme dans ce mot, elle a été le lieu de l'alliance mais aussi de la contradiction entre les partisans d'un anticléricalisme assumé et les promoteurs d'une liberté politique. C'est que séparer l'Église de l'État peut rassembler ceux qui sont contre l'Église et ceux qui sont pour l'État. Les premiers ne sont pas forcément les seconds, et réciproquement. Ils peuvent avoir un intérêt objectif à s'entendre au moment de la construction d'un État laïc, et se déchirer ensuite sur le sens profond du concept qu'ils ont ensemble mis en œuvre. Les premiers veulent circonvenir l'Église et la religion, car elles sont par nature illusion, obscurantisme, opium, danger. Les seconds veulent garantir la liberté de croire ou de ne pas croire et l'autonomie de la sphère politique par rapport au fait religieux. Pour les premiers, il faut combattre les religions. Pour les seconds, il faut leur permettre de s'exercer librement, en leur interdisant de se mêler des affaires de l'État et en interdisant à l'État de se mêler des leurs.

Depuis 1905, le sens donné à la laïcité française a donc évolué, alternant entre les deux courants fondateurs, au gré des époques, de la situation politique, des sujets évoqués. Après la Première Guerre mondiale, la laïcité est infiniment moins offensive à l'encontre de l'Église catholique qu'au moment des inventaires de 1906 : l'union sacrée et la grande boucherie de 1914, où anticléricaux farouches et catholiques convaincus sont morts à l'unisson dans les tranchées, ont changé la donne. Les « accords Poincaré-Cerretti » de 1923 et 1924 entre la France et le Saint-Siège sur le statut du catholicisme en régime de séparation traduiront la volonté, sans rien céder sur le principe de séparation de l'Église et de l'État, de concilier le droit français des associations et l'organisation de l'Église catholique, puis la condamnation, par le Vatican en 1926, du catholicisme identitaire et politique prôné par l'Action française finira de délimiter les espaces respectifs dans lesquels l'État et l'Église se placent. Et même si à intervalles réguliers des polémiques, des revendications ou des ajustements donneront le sentiment que le cadre fixé entre l'État et l'Église doit être modifié, la séparation et ses principales modalités d'application sont depuis longtemps connues et globalement acceptées. Pour ce qui est des Églises chrétiennes et pour la religion juive.

Pour l'islam, les choses sont moins nettes.

D'abord parce qu'en France, l'islam est à la fois en expansion et tiraillé entre des lectures modernistes et obscurantistes.

public. Et la laïcité, conçue par la République pour s'affranchir du poids jugé excessif et déstabilisant de l'Église catholique dans la France du début du XXe, est devenue le principe qui doit cantonner l'expansion dans la France du XXIe de l'islam.

Notre débat national sur la place de l'islam en France apparaît souvent curieux à l'étranger. Incompréhensible aux États-Unis, où la séparation de l'Église et de l'État est pourtant un principe constitutionnel mais où Dieu est partout, incompréhensible au Royaume-Uni, où l'attachement aux communautés et à leur liberté d'expression interdit l'approche que nous privilégions de ce côté-ci de la Manche, incompréhensible en Allemagne, où la question de la cohésion nationale face à une minorité religieuse rappelle des souvenirs suffisamment douloureux pour que l'extrême prudence s'impose. La laïcité à la française, une autre expression de la façon originale dont notre Nation s'envisage elle-même, rétive (en théorie) à l'idée de communautés et attachée (en principe) à celle du citoyen, individu libre, détenteur de droits et de devoirs quasi universels, consentant par un acte de raison à s'agréger à la Nation et à faire vivre la République.

Rien ne permet d'envisager que l'intensité du débat sur la place de l'islam en France et sur le sens à donner à la laïcité puisse diminuer dans les années à venir. Au contraire. Un des éléments de différenciation particulièrement efficace dans la percée de

François Fillon à la fin du processus des primaires organisées en 2016 a été la place que l'ancien Premier ministre accordait à la lutte résolue contre un islam politique désigné comme l'ennemi n° 1 de la cohésion nationale. L'indéniable succès médiatique d'Éric Zemmour est largement le produit de la dénonciation inlassable d'un islam « incompatible avec la France » et auquel les musulmans devraient renoncer pour être pleinement français. Et si Marine Le Pen parle moins du sujet que son père ou que certains de ses proches, c'est probablement parce qu'elle considère avoir capitalisé sur ce sujet tout ce qu'il y avait à capitaliser, et qu'elle entend désormais élargir le spectre de ses dénonciations pour reculer les limites de son socle électoral. Les sujets de l'islam dans la société française, de sa dimension politique, des adaptations réclamées par ses adeptes, des liens de dépendance entre les communautés religieuses et des États étrangers, du combat idéologique que livrent certains religieux musulmans pour contester nos principes républicains vont demeurer prégnants.

Que peut dire encore la laïcité à ce sujet ?

Et d'ailleurs doit-elle dire quelque chose ? Au nom de quoi un régime juridique qui organise la séparation de l'Église et de l'État, qui impose la neutralité absolue de l'État dans la question religieuse et qui garantit la liberté d'exercer son culte aurait-il vocation à traiter de l'organisation et des limites à imposer à une religion en particulier ? Si la religion est de l'ordre de la liberté individuelle, qu'elle peut s'exercer librement y compris en public dans le respect de la loi, pourquoi faudrait-il que l'État ou la loi disent quelque chose de spécifique à telle ou telle religion ? Parce qu'on la trouverait moins intelligente, ou moins progressiste, ou moins juste, ou moins adaptée qu'une autre ?

Les arguments de ceux qui affirment que l'on parle trop de religion en France, et que la laïcité devrait commander à tous les acteurs publics de s'abstenir de convoquer, dans le débat politique, des questions relevant exclusivement de la conviction intime et de la pratique privée sont connus. Ils ne sont pas sans intérêt et pourraient peut-être prospérer dans un monde parfait ; un monde où la retenue et la mesure seraient partagées, où les provocations des prosélytes n'existeraient pas, où l'obscurantisme crasse de dévots imbéciles aurait été éradiqué, où la sérénité prévaudrait enfin dans un apaisement démocratique bienheureux : un monde parfait qui n'existe pas, et qui n'est pas près d'exister. Dans le monde imparfait que nous habitons et que nous construisons, il y a une inquiétude, pas toujours verbalisée, ni toujours digne mais pas toujours infondée, sur la place de l'islam en France. Et ne pas en parler, cantonner cette tension à la sphère privée, la renvoyer à quelque chose qui ne devrait pas être, la laisser se concentrer en faisant mine de l'ignorer et laisser progresser l'aigreur en donnant le sentiment que ceux qui s'inquiètent sont les jouets ou les moteurs d'idéologies nauséabondes est probablement la pire des solutions. Se borner à dire que la religion relève du privé méconnaît la nature profondément sociale des religions, qui au sens premier du terme relient les hommes entre eux, et qui tissent des cadres sociaux souvent espérés par les fidèles.

Il faut donc en parler. Et revenir aux fondamentaux de la laïcité : un régime de liberté pour les individus, de neutralité pour l'État et une façon d'envisager la Nation et la République.

Commençons par une évidence : l'islam, comme d'ailleurs toutes les grandes religions, est compatible avec la République, avec la France et avec notre temps, et nos concitoyens musulmans sont d'abord et avant tout nos concitoyens. Les délires zemmouristes sur la pureté de la Nation et les injonctions adressées aux musulmans de choisir entre l'islam et la France relèvent d'une obsession triste et d'une stratégie misérable. Respecter la liberté de conscience et la liberté d'expression n'a de valeur que lorsque ceux à laquelle elle s'applique ne sont pas d'accord avec vous. La circoncision des petits garçons juifs, le jeûne ou le port du voile des enfants musulmans, le baptême orthodoxe où l'on plonge souvent le nouveau-né dans l'eau froide avec une délicatesse toute relative, la place faite aux femmes dans les trois grandes religions du Livre : toutes ces pratiques religieuses admises dans notre pays peuvent paraître curieuses, pour ne pas dire plus. Mais elles relèvent du libre exercice du

de tenir un discours républicain sur ce qu'est une Nation. La plus grande fragilité de notre pays face à l'obscurantisme intellectuel et la violente remise en cause de nos principes ne tient pas aux dispositions législatives qui reconnaissent la liberté de pensée et de culte ni à celles qui imposent à l'État une neutralité complète. C'est l'absence de perspective de notre société, l'indigence de notre stratégie nationale, la faiblesse idéologique actuelle de notre modèle républicain qu'il faut à la fois déplorer et craindre, car elles laissent la place aux prédicateurs d'un autre modèle de société. Penser que la séparation de l'Église et de l'État n'est que le produit d'une disposition législative, c'est se méprendre fondamentalement. Le combat pour la laïcité est un combat idéologique, un combat culturel, qui ne peut être gagné si le champ du combat est laissé aux prédicateurs et aux cultes. C'est moins la force motrice d'une religion qui se développe sur notre sol qui est à redouter que la mollesse avec laquelle nous tenons à ce que nous sommes. Face au sacré, face à la puissance d'évocation des religions, la République et la Nation doivent être à l'offensive, respectueuses de la liberté religieuse et de la neutralité de l'État, mais présentes et conquérantes sur le champ de la solidarité, de l'éducation, de l'émancipation, de la promotion sociale et de la fierté.

Comment accepter, par exemple, la déscolarisation d'enfants dont les parents considéraient qu'il était préférable qu'ils suivent des cours dans des écoles hors contrat, ou même chez eux, afin que l'enseignement religieux prévale sur l'instruction ? La loi du 24 août 2021 confortant le respect des principes de la République a bien fait de prévoir qu'il ne puisse être dérogé à l'obligation de scolarisation dans un établissement scolaire public ou privé de l'ensemble des enfants soumis à l'obligation d'instruction (enfants âgés de 3 à 16 ans) que sur autorisation délivrée par les services académiques, pour des motifs tirés de la situation de l'enfant et limitativement définis par la loi.

Comment accepter la remise en cause des programmes ou des obligations scolaires ? Ne pas pouvoir enseigner la Shoah, ou l'éducation sexuelle, se faire excuser pour les activités sportives parce qu'elles auraient l'inconvénient d'être mixtes sont autant de signes d'une pression obscurantiste qui trouve dans l'islam radical un terreau fertile et contre laquelle c'est tout l'appareil de l'État qu'il faut mobiliser.

Comment accepter l'influence évidente d'États étrangers dans le financement et dans la régulation des cultes sur le territoire national ? La Turquie a fait de la gestion des communautés turques expatriées une politique publique, assise notamment sur le financement des constructions et sur la nomination et la rémunération d'un certain nombre d'imams. Il est extravagant qu'au nom de la séparation de l'Église et de l'État, certaines communautés religieuses soient placées dans la main d'États étrangers, pour des raisons politiques, au mépris le plus élémentaire de la souveraineté nationale.

Comment accepter la pression prosélyte qui s'exerce, à bas bruit souvent, dans la sphère familiale, amicale, sociale par les tenants d'un islam radical ou rigoureux ou orthodoxe ou extrême selon les cas, et qui conduit tant de jeunes gens à adopter des pratiques religieuses ostensibles ou à s'empêcher de porter une robe ou d'entretenir des amitiés à l'extérieur de la communauté religieuse ? La laïcité, parce qu'elle garantit le droit de ne pas croire et la liberté de conscience, est intellectuellement armée pour faire face à ces pressions. Encore faut-il disposer des moyens matériels et de la volonté de ne rien céder pour livrer ce combat.

C'est probablement sur la question d'un droit et d'une organisation spécifiques à l'islam que notre pays devra un jour trancher s'il entend poursuivre son aventure nationale en conservant la laïcité telle qu'elle a été mise en œuvre au début du XXe siècle. Le plus probable est qu'un jour prochain, après qu'une nouvelle polémique nous aura déchaînés ou, pire, qu'un nouvel attentat nous aura déchirés, sous la pression de plus en plus forte de ceux qui envisagent l'islam comme un élément perturbant du pacte républicain, le législateur ou le constituant s'interrogeront sur l'opportunité d'un concordat d'un genre nouveau, peut-être réservé à l'islam, ou d'obligations particulières imposées aux fidèles et aux responsables des communautés musulmanes. La querelle sera aussi bien politique que sociale, nationale que locale. L'Histoire montre que la querelle religieuse est rarement sereine et apaisée, et qu'au-delà de la polémique politique, elle peut déboucher sur des affrontements violents. Tout me paraît indiquer qu'il est infiniment préférable de combattre farouchement aujourd'hui pour préserver le cadre actuel. Une bonne partie de ce combat tient à notre capacité à tracer une perspective collective, un projet qui unit, face à des défis ou à des adversaires qui imposent de se rassembler.

***

La taphophilie est une curieuse passion.

Aimer les cimetières, aimer les découvrir et s'y perdre, apprécier la compagnie des morts, leur parler parfois et essayer de les entendre peut paraître morbide ou malsain. C'est tout l'inverse, pour autant qu'on n'envisage pas la mort comme une ennemie dont il faudrait se défier. C'est aimer les lieux verts et calmes dans les espaces urbains. C'est imaginer à partir de noms, de dates, de marbres sobres, de grandiloquences sculptées ou de dénuement complet la vie d'inconnus qui, l'espace d'un instant, suscitent à nouveau la curiosité des vivants. C'est être ému dans les cimetières militaires, à Colleville-sur-Mer ou à Villers-Bretonneux, par des alignements de pierres tombales identiques, simples et calmes qui égrènent la mort brutale d'hommes trop jeunes. C'est être remué par l'enchevêtrement du vieux cimetière juif de Prague, dans lequel les pierres semblent pousser de terre pour rappeler une histoire terrible. C'est partager, sur les hauteurs de Villequier, depuis le cimetière qui encercle l'église et qui domine la Seine, la douleur de Victor Hugo sur les tombes de ses filles et de sa femme et méditer, en récitant ses mots, sur l'amour que l'on porte à ses propres enfants. C'est être bercé par le silence de la montagne surplombant le petit cimetière de Mayres-Savel, en Isère, ou fasciné par le foisonnement du Père-Lachaise à Paris. C'est aimer les gazons collectifs des cimetières américains et lever les yeux sur les empilements verticaux des cimetières italiens. C'est chercher le fameux pin parasol que Georges Brassens réclamait dans sa *Supplique pour être enterré à la plage de Sète* et constater que c'est à un cyprès qu'il revient de prémunir contre l'insolation les bons amis venus faire sur la concession du poète d'affectueuses révérences. C'est se demander où, le moment venu, on voudrait inviter les autres à passer.

Mais c'est aussi se promener dans des lieux qui attirent moins. Effet de la sécularisation rapide de notre société ou de la mobilité géographique accrue qui conduit les familles à se disperser plus qu'avant, la fréquentation des cimetières décroît de façon régulière et rapide. 34 % des Français déclarent s'y rendre systématiquement et 16 % tous les trois ans. Leur part était respectivement de 46 % et de 17 % en 2009. 38 % des 18-39 ans disent ne jamais se rendre au cimetière, contre 24 % des plus de 40 ans. Et si les Français s'y rendent moins, c'est aussi parce qu'ils y enterrent moins leurs morts. Au cours des trente dernières années, la crémation s'est progressivement imposée en France. Le taux de crémation est ainsi passé de 10 % des décès en 1994 à 36 % en 2017. Le nombre de crématoriums, qui était de 7 en 1975, approche les 200 aujourd'hui. Changer la façon dont nous traitons nos morts n'est pas neutre. Il n'y a jamais rien de neutre dans la façon d'envisager les morts. Certains y voient un processus de privatisation de la mort, un refus de s'ancrer dans des histoires familiales et sociales longues ou un effet des préoccupations environnementales. Tout cela est sans doute vrai. Mais il me paraît à moi que cette façon d'envisager la mort constitue une traduction supplémentaire d'un phénomène particulier : la perte du sacré.

Nous n'aimons plus le sacré. Inutile, ridicule, dépassé, il est au mieux présenté comme une illusion parfois moquée et souvent ignorée. La sécularisation de la société explique en partie ce désamour, mais la perte du sacré va au-delà. Peu de choses dans la vie civile, dans l'action politique, dans la vie quotidienne viennent satisfaire cette aspiration. Pour un moment de grâce lors du transfert des cendres au Panthéon d'un Jean Moulin ou d'une Simone Veil, combien de moqueries médiocres ou de désintérêt mou pour la célébration des moments et des figures qui ont marqué en grand l'histoire de France ? Comment ne pas être effondré face au caractère de plus en plus administratif ou consumériste de ce qu'est la mort : des décès dans des lieux aseptisés, des cérémonies dans des funérariums où l'on prend acte d'une disparition, des cimetières trop souvent sans âme, des crémations qui effacent les corps sans sublimer les âmes ? Comment ne pas voir qu'à force de ne plus rien tenir pour sacré, on finit par relativiser, par niveler et par confondre l'essentiel et l'accessoire ? Derrière l'invocation incessante et souvent creuse des valeurs de la République, comment ne pas constater l'absence désolante d'une mystique républicaine ?

Le sacré relève rarement d'une logique de moyenne. À chaque fois que l'Homme essaie de le tutoyer, il hésite entre la pompe et la simplicité, et court le risque du ridicule, de l'indécent ou de l'obscène. Les Églises et l'État, chacun de leur côté, parfois de concert et souvent en concurrence, ont longtemps cultivé l'aspiration des hommes pour ce qui dépasse la nature humaine. Aujourd'hui le sacré disparaît doucement. Certains continuent à croire, d'autres à s'émerveiller, mais notre société renonce à faire de cette dimension un élément de la vie intérieure ou collective. Tout est égal, tout peut être comparé, tout peut même se valoir. Et dans cette morne plaine d'indifférence, les prophètes de malheur avancent à toute vitesse.

La somme de tous les lieux

Faire

« Quand il s'agit de réformer les structures, la France, qui met autant d'impatiences à réclamer des changements que d'obstination instinctive à s'y refuser, n'en est pas, tant s'en faut, parvenue au stade de l'accouchement sans douleur. »
Georges Pompidou, *Le Nœud gordien.*

En août 2022, me promenant à Lucques, dans cette Toscane chérie des dieux et des Français, je recevais un appel me proposant d'écrire un article pour le premier numéro de la revue mensuelle que le *Journal du Dimanche* envisageait de lancer à la rentrée. Le sujet était libre et la seule prescription formulée tenait à la nécessité de produire un texte « personnel et littéraire ». J'acceptais, sans trop savoir où l'inspiration me mènerait, et commençais à me remuer les méninges tout en cheminant vers la basilique San Frediano dont le fronton doré et byzantin me fascine depuis que je l'ai rencontré au hasard d'une première visite.

À l'intérieur, l'obscurité et la fraîcheur tranchent avec les trépidations de la saison estivale. À droite, une chapelle dans laquelle est exposée, dans un cercueil en verre, la dépouille de sainte Zita, ou peut-être d'une autre, qui provoque un effet garanti de surprise fascinée sur les enfants. À gauche, un peu à l'écart de la nef, en hauteur, une statue en bois peint, au visage d'une finesse et d'une douceur parfaites, jette sur les rares croyants et les nombreux touristes un regard digne et maternel. Jamais une statue ne m'a paru plus sereine.

L'idée de ce livre a commencé à se former sous le regard bienveillant de cette statue.

En 2017 j'avais publié *Des hommes qui lisent* et essayé de décrire la part de la lecture et des livres dans la construction d'une identité, dans une histoire familiale et dans une façon d'envisager le monde. Exercice solitaire et plaisir individuel, la lecture nous relie en fait aux autres, à des auteurs disparus et à des mondes inconnus, à des milieux inaccessibles, des moments universels ou des expériences singulières. Nous sommes bien souvent la somme des livres que nous avons lus et jeter un regard sur la bibliothèque qu'une vie de littérature a assemblée, c'est souvent retrouver les briques d'un édifice personnel jamais vraiment terminé ni complètement explicable.

Mais nous ne sommes pas que le produit de nos lectures.

Un peu de nous-mêmes est constitué de la somme de tous les lieux qui nous ont faits, d'expériences sensibles, d'horizons espérés ou d'enracinements constatés. La vie publique a beau être affaire d'idées et de valeurs, ces idées et ces valeurs prennent toujours vie quelque part. On regarde toujours le monde de quelque part…

Dans cette église, je repensais à l'incendie de Notre-Dame en 2019 et à ce qu'il avait représenté pour moi, aux souvenirs de mon père qu'avait fait ressurgir la cathédrale, à la façon dont mon regard sur la foi, la religion et la laïcité avait été façonné par des lieux autant que par des idées. Et je décidais d'écrire le récit de l'incendie, que j'ai repris intégralement dans la première partie d'un chapitre de ce livre, avant de m'interroger sur ce que les lieux qui m'ont marqué disaient de ma façon de voir la France.

Et ils disent bien des choses, ces lieux ! Sur soi d'abord. Sur ce que nous sommes, sur la part d'héritage géographique que nous portons, sur les hasards que produit la découverte d'un endroit sur notre imaginaire ou sur notre réflexion. Et sur les questions que nous nous posons. Parcourir la France, dans sa saisissante diversité géographique et humaine, c'est se nourrir de lieux et alimenter une réflexion.

Ce livre n'a donc rien d'un programme. Le temps des programmes n'est pas venu. Il doit être précédé d'une réflexion bien plus générale et d'une maturation bien plus lente ; d'un travail à la fois personnel et collectif, auquel ce livre entend contribuer, autour de quelques thèmes qui n'épuisent ni le champ des mesures à envisager ni celui des sujets à aborder ; d'une rencontre intime avec un pays qui ne sait plus très bien où il en est de lui-même, hésitant à chaque instant entre une action résolue qui prendrait la forme d'un choc salutaire voire d'une rupture nette et un apaisement tranquille, confortable, espéré tant les fragilités de notre corps social sont grandes.

Notre pays rêve d'apaisement. Il aimerait être heureux. Il se constate pessimiste et ne s'en offusque que lorsque c'est de l'étranger qu'on lui fait remarquer le caractère maussade de ce moment français. Il se sent déclinant. Il s'est longtemps pensé puissance mondiale, d'abord grande puis moyenne, et voilà qu'il est rattrapé et dépassé. Les classes moyennes populaires voient leur pouvoir d'achat s'éroder, « l'archipel français » ne se reconnaît plus en tant que Nation, l'immigration inquiète, l'Europe agace, l'insécurité taraude, l'assistanat exaspère et les réformes crispent. Et tout cela compte. Tout cela n'est pas le produit d'un sentiment qui serait malvenu et qu'il conviendrait d'écarter en faisant remarquer que bien des choses, par ailleurs, fonctionnent. Tout cela instille dans notre pays un malaise souvent diffus mais dont des expressions aussi fugaces que variées surgissent de temps en temps.

« *La France a peur*[1] », disait TF1 en février 1976. Quarante-sept ans après, la sérénité n'est pas revenue,

1. Roger Gicquel s'est rendu célèbre par cette ouverture tonitruante du journal télévisé de TF1.

et l'apaisement est une chimère à laquelle je ne crois plus. Ou plutôt, si j'espère vivement l'apaisement, j'ai l'intime conviction qu'il ne peut être, pour la France, que la conséquence heureuse de l'action plutôt que l'excuse pratique de l'inaction. Ne rien faire, pour éviter la tension, c'est choisir le confort relatif d'un sommeil léger mais se condamner à un réveil brutal. Apaiser avant la tempête n'a aucun sens, sinon celui de s'abandonner aux événements et aux circonstances. C'est au contraire à un travail de préparation résolu qu'il faut s'astreindre, pour faire face sans attendre aux trois combats redoutables qui s'annoncent.

Le combat pour la démocratie d'abord.

La démocratie telle que nous l'envisageons, telle que nous l'avons connue, la démocratie libérale, fondée sur un parlementarisme représentatif, sur un État de droit et une économie sociale de marché, cette démocratie qui au cours du XXe siècle a dû combattre et a pu défaire les totalitarismes politiques et que nous tenions pour acquise, cette démocratie est en danger. Elle est contestée par des régimes qui prétendent, mieux qu'elle, garantir à leur population stabilité politique, prospérité collective et opportunités individuelles. En Chine, en Arabie saoudite, en Turquie, en Russie même jusqu'à il y a peu, dans bien des régions du monde, des leaders forts prétendent garantir à leur population une croissance économique soutenue, une stabilité politique les mettant à l'abri des désordres du monde et une liberté cantonnée à la sphère individuelle. Dans le même temps, les démocraties occidentales, laïcisées et tolérantes, font face à une nouvelle forme de totalitarisme religieux promu par des organisations terroristes et soutenu par quelques gouvernements étrangers qui voient dans la version la plus rétrograde et la plus violente de l'islam un moyen utile d'affirmer une identité singulière et de contester une suprématie honnie.

De l'intérieur, elles sont par ailleurs fragilisées par les contestations incessantes que leur opposent les tenants d'un illibéralisme droitier et les partisans d'un désordre révolutionnaire. La droite extrême et réactionnaire, rétive à l'idée de liberté politique, aspire à un ordre débarrassé des garanties juridiques libérales qu'elle tient pour responsables des désordres actuels. La gauche extrême et révolutionnaire voit dans l'économie de marché, fût-elle une « économie sociale de marché », l'obstacle principal à la lutte contre le dérèglement climatique et l'avènement au pouvoir des classes populaires. Ouvertement anticapitaliste, elle considère que l'ordre a pour seul objet de défendre une société inégalitaire, et que la démocratie libérale n'est que formelle. Fragilisée par l'érosion continue du pouvoir d'achat des classes moyennes populaires, jugée incapable de garantir un niveau satisfaisant de sécurité et de stabilité, la démocratie est désertée : elle ne fait plus rêver, ne mobilise plus les jours de l'élection, et n'est plus que mollement défendue lorsqu'elle est provoquée.

Les démocraties ne s'effondrent jamais brutalement. Elles renoncent. Elles glissent doucement jusqu'à ne plus tenir debout et jusqu'à être remplacées par autre chose, dans un lâche soulagement qui conduit immanquablement aux regrets, aux remords et aux drames. Nous pensions vivre dans des démocraties qui nous offriraient le luxe de choisir ceux des combats nous paraissant les plus justes ou les plus utiles ; notre génération et celle qui vient vont d'abord devoir livrer le combat pour la démocratie sous peine de ne plus être libres de choisir grand-chose. Pour éviter la catastrophe, c'est bien à une logique de combat politique et intellectuel qu'il faut s'habituer, afin de ne rien céder à ceux qui ne respectent ni l'élection, ni le droit, ni la loi, ni l'usage, ni les institutions, ni la civilité.

Et ce n'est pas le seul combat urgent et difficile.

Car dans le même temps, nous allons devoir prendre en compte l'urgence climatique. Nous y sommes, elle est là. Notre terre s'est emballée, et nous n'y sommes pas pour rien. Elle s'en remettra (peut-être), mais il n'est pas certain que ce sera avec une humanité heureuse. Il n'est même pas certain que ce sera avec l'humanité tout court… Il nous appartient donc de savoir comment nous voulons faire face à la transformation aussi majeure que brutale qu'exigent la prise en compte du dérèglement climatique et la lutte pour la préservation de la biodiversité.

En rompant avec la cause de tous nos problèmes, disent certains. En cassant le capitalisme et son obsession pour l'accumulation matérielle, la course effrénée à la production et à la consommation qu'il entraîne et les inégalités criantes qu'il provoque. Rompre avec le système capitaliste, s'affranchir enfin de la loi du marché, renoncer à la croissance et embrasser un monde marqué par la sobriété, les circuits courts entre production et consommation, le partage plutôt que la propriété : voilà ce que proposent sous des formes diverses un assez grand nombre de voix écoutées et de forces politiques.

Il faut bien mesurer ce qu'impliquent ces directions. Pas seulement dans leur cohérence idéologique ou leur capacité de séduction intellectuelle. Rompre avec tout cela, c'est mécaniquement rompre avec d'autres choses, et notamment avec la démocratie libérale telle que nous la connaissons. C'est assumer un appauvrissement progressif et collectif. C'est forcément gouverner par la norme et limiter, contraindre, puis interdire de plus en plus strictement les usages des biens et des services ayant le plus grand impact sur les ressources naturelles. Certains l'espèrent. D'autres le redoutent, sans s'en réjouir, mais sans parvenir à concevoir des alternatives. D'autres encore ne veulent pas en entendre parler, et sans forcément nier l'urgence climatique, refusent de rien changer à ce que sont leur vie et leur monde à court terme.

Le second combat doit nous permettre de définir la société dans laquelle nous voulons prendre en compte la transformation climatique. Ne pas voir que ce combat est engagé, c'est ignorer ce qu'exprime une très large partie de la jeunesse européenne et c'est perdre toute chance de le remporter. Nous devons transformer nos sociétés en construisant un système économique et un système politique nous permettant d'être au point d'équilibre entre trois dimensions : la liberté individuelle, la prospérité collective et l'impact sur les ressources.

Notre démocratie libérale a réussi à définir, depuis plus d'un siècle, un équilibre parfois instable mais néanmoins réel entre la liberté individuelle et la prospérité collective. Selon les pays et les époques, les convictions et les priorités, le curseur a été placé plus près de la liberté individuelle ou plus près de la prospérité collective. Mais jamais aucune des deux n'a été oubliée.

Ce système à deux dimensions est désormais dépassé. Il doit s'enrichir d'une nouvelle priorité et systématiquement, dans notre équation contemporaine, la question de l'impact sur les ressources ou sur le milieu doit être prise en compte : dans nos décisions publiques, dans le fonctionnement du marché, dans la définition de nos stratégies. Cela impose de repenser les déterminants de nos décisions, la nature de nos investissements, de notre appareil de production ou de nos habitudes de consommation, et plus généralement notre façon de vivre. Mais nous devons nous battre pour que la liberté individuelle reste une dimension essentielle de notre système. Une société qui serait tout entière gouvernée par l'idée que seul l'impact sur les ressources doit être pris en compte deviendrait rapidement invivable, quand bien même elle ne perdrait pas de vue la question de la prospérité collective.

Pour construire de façon durable nos sociétés sur le barycentre du triangle constitué par la liberté individuelle, la prospérité collective et l'urgence écologique, il nous faudra utiliser, à des degrés divers, la norme et le marché. Oser écrire le mot « marché » alors qu'on réfléchit à l'urgence écologique relève sans doute de la provocation. Les écologistes les plus virulents semblent parfois considérer que l'économie de marché est à ce point la cause principale de l'urgence écologique que la détruire est en soi un impératif. Une bonne partie des totalitaires du XXe siècle pensaient peu ou prou la même chose sur son lien avec la pauvreté et les inégalités sociales ; il ne paraît pas que les systèmes alternatifs proposés dans le monde communiste aient permis d'obtenir en matière de prospérité collective et de libertés individuelles des meilleurs résultats. Se priver de l'extraordinaire puissance et de l'efficacité du marché pour livrer un combat si essentiel serait en réalité un contresens absolu. Nous aurons besoin d'innovations technologiques, d'investissements massifs, de transformations profondes dans l'affectation des biens et des produits et un marché bien organisé est l'instrument le mieux adapté pour y parvenir. Sans doute faudra-t-il intégrer le coût du carbone dans les prix de tous les produits afin que l'économie de marché dans son ensemble puisse prendre en compte les conséquences des émissions des gaz à effet de serre. Sans doute faudra-t-il avoir recours à la norme aussi, mais en songeant, toujours, qu'une norme contraignante, rarement aimée dans une démocratie libérale, est toujours plus durablement observée que dans un régime politique où elle est imposée. Notre pays est conscient de l'urgence. Il n'est pas le plus mal placé pour y répondre de façon crédible. Si le débat public pouvait s'extraire des postures et des outrances vertes, il montrerait combien nos choix énergétiques et nos politiques publiques actuelles ont peu à envier aux pays les plus vertueux en la matière. Il nous reste un long chemin et un féroce combat à mener pour être à la hauteur des enjeux, mais l'issue peut être victorieuse.

Et à tout cela, il convient d'ajouter un troisième combat, qui doit se conjuguer avec les deux précédents.

Il tient, littéralement, à la place que nous voulons occuper, aux intérêts que nous pensons devoir défendre et à l'influence ou au rayonnement que nous voulons exercer. Pendant longtemps, nous autres Européens nous sommes envisagés au centre du monde. Le travers était sans doute assez humain.

Difficile de penser qu'ailleurs est plus important qu'ici lorsqu'on connaît mal l'ailleurs. La Chine jusqu'au XVIIIe, les civilisations maya ou aztèque, le royaume du Mali aux XIIIe et XIVe siècles, pour ne parler que d'eux, rappellent qu'évidemment l'Europe a longtemps été une région moins riche ou moins avancée que beaucoup d'autres dans le monde. Mais depuis la Renaissance, depuis les grandes expéditions jusqu'à la révolution industrielle, la colonisation et le XXe siècle, nous avons pris l'habitude de considérer que nous nous situions au cœur du progrès technique, de la prospérité mondiale, de la puissance militaire et politique. Et même affaiblis par deux guerres mondiales, même « coincés » entre l'Union soviétique et les États-Unis après 1945, nous restions au cœur de la bataille d'influence entre les deux superpuissances. Sans doute y a-t-il beaucoup d'arrogance de la part des Européens à avoir pensé qu'ils vivaient dans l'endroit le plus créatif, le plus agréable, le plus intelligent et le plus urbain du monde, mais il faut bien reconnaître que les derniers siècles de l'histoire mondiale leur avaient donné quelques raisons de considérer que les jaillissements et les tensions de l'Histoire s'organisaient autour de leur territoire.

Tout cela n'est plus.

L'explosion démographique et économique de l'Asie, la tension croissante qui s'exerce entre les deux rives du Pacifique, le caractère de plus en plus stratégique de l'axe indopacifique ont provoqué un déplacement du centre de gravité du monde. Et nous courons le risque d'être désormais, pour la première fois depuis longtemps, renvoyés à sa périphérie, loin des lieux où les choses se passent, se décident et se jouent. Nous demeurons un continent riche et attractif, bien sûr. Le Royaume-Uni et la France restent deux puissances nucléaires, membres permanents du conseil de sécurité de l'ONU, l'Allemagne est une des principales puissances industrielles mondiales et l'Europe rassemble plus de 500 millions d'habitants dont le niveau d'éducation, le pouvoir d'achat, la capacité d'innovation et la qualité de vie sont très au-dessus de la moyenne mondiale. Nous ne sommes pas rien, loin de là, mais nous décrochons face à l'émergence du pouvoir technologique chinois ou à la suprématie américaine, et nous dévissons dans les régions du monde où nous exercions traditionnellement une influence décisive.

En 2017, un professeur à l'université de Harvard, Graham Allison, publiait un livre[1] décrivant le « piège de Thucydide », dispositif infernal dont les mâchoires se referment lorsque l'ordre mondial repose sur un gardien fort mais inquiet de la montée en puissance d'un concurrent ambitieux. « *Ce fut l'ascension d'Athènes et la peur que celle-ci instilla à Sparte qui rendirent la guerre inévitable* », écrit l'historien grec quelques siècles avant le début de notre ère pour décrire le face-à-face qui déboucha sur la

1. Graham Allison, *Destined for War*, Houghton Mifflin Harcourt, 2017.

guerre du Péloponnèse. Allison, reprenant ce modèle et l'appliquant aux siècles écoulés depuis, y démontrait combien le risque d'une confrontation frontale entre les États-Unis, installés et dominateurs, et la Chine, ambitieuse et déterminée, semblait critique. Il faut se méfier des leçons de l'histoire, les événements ne se répètent jamais vraiment ou alors, comme Marx le pensait, ils se produisent, « *la première fois comme une grande tragédie, la seconde fois comme une farce sordide…* ». Personne ne sait si la tension entre les États-Unis et la Chine conduira à l'affrontement, mais elle est telle que ce qui se trouve à l'extérieur de l'arc électrique est secondaire. Périphérique. Et à la périphérie, le monde est rarement plus calme et souvent plus dangereux.

L'idée de vouloir faire de l'Europe une puissance à part entière ne s'est pas encore imposée. La dimension commerciale ou culturelle de la puissance est volontiers admise, mais ses autres fondements sont toujours regardés avec méfiance. L'histoire récente de l'Allemagne la conduit à aborder cette question avec une réticente prudence. Celle des anciens pays de l'Est les encourage à chercher sous le parapluie américain la sécurité que l'Europe de l'Ouest n'a jamais pu leur garantir face aux appétits russes ou turcs. Et en dépit de lentes avancées, l'Europe rechigne au fond à se doter de l'arsenal intellectuel et de l'ambition politique nécessaires pour essayer de construire la puissance qui lui permettrait de rivaliser ou en tout cas d'exister face aux deux superpuissances concurrentes.

Parce qu'elle aspire à trouver dans l'Union le relais de son influence et un moteur nouveau pour alimenter son destin mondial, la France plaide et milite souvent pour une politique de puissance. Sa capacité d'entraînement n'est pas nulle, mais elle ne pourra convaincre qu'en étant elle-même capable de réaffirmer les fondements de son influence. En refondant son école, en réformant son État, en assumant de vouloir accroître sa prospérité, en retissant une cohésion nationale à partir d'un projet et d'une vision, en regardant lucidement ses faiblesses et en s'engageant résolument sur la voie de leur correction, elle sera plus crédible et mieux entendue. Ce n'est pas l'Europe puissante qui nous rendra forts. C'est au contraire lorsque nous serons à nouveau solides que l'Europe pourra devenir puissante.

Ces combats, et bien d'autres encore, nous attendent. Nous devrons les livrer, sans certitude de victoire, car nous savons depuis Cyrano « *qu'on ne se bat pas dans l'espoir du succès* », mais avec résolution et sérieux, en changeant tout ce qui peut l'être pour conserver tout ce qui doit l'être, et en ayant conscience que les plus grands dangers de l'action politique ne sont ni le ridicule, ni l'opprobre démocratique, ni même la défaite. Ce dont la démocratie ne se relève pas, c'est le mélange délétère de la désinvolture et du renoncement. La première écarte les questions en disant qu'on verra plus tard car ce n'est pas si grave ; le second écarte l'action en disant que c'est trop tard car c'est trop grave. Lorsque ces deux faiblesses envahissent le débat public, dans un mélange misérable de rires mécaniques de plateau télé et de défaitisme piteux, nous savons qu'il faut lever l'ancre et affronter la tempête.

Et c'est là qu'intervient une des formes les plus dérangeantes de défiance à l'égard de l'action politique : nous doutons de notre capacité à faire. Un scepticisme collectif et sournois s'exprime de façon récurrente qui met en cause les capacités de notre pays, de notre peuple, de nos institutions à concevoir et à mettre en œuvre ce dont nous aurions besoin. Les oppositions sectorielles, les obstacles juridiques ou financiers insurmontables, les refus collectifs fondés sur le déni ou la mauvaise humeur, l'indolence ou la mollesse supposées d'une Nation fatiguée : nous serions condamnés à buter sur des obstacles infranchissables, à échouer et à observer interdits notre propre chute.

Pas une réunion, où qu'elle se tienne et quel que soit le public, sans que soit posée avec inquiétude cette question de la capacité de notre pays à mettre en œuvre des transformations délicates.

Notre pays ne serait pas réformable.

D'abord, si l'on en croit les plus critiques, en raison de la nullité crasse de la classe politique au pouvoir depuis au moins cinquante ans. Si le Général, telle la statue du Commandeur, échappe pour l'essentiel aux critiques, comme Pompidou quoique pour des raisons différentes, et si Giscard n'agace plus guère que ceux qui, à gauche, lui reprochent d'avoir retardé de sept ans la victoire de Mitterrand et ceux qui, à droite, ne lui pardonnent pas d'avoir permis au même Mitterrand de gagner sept ans plus tard, les suivants ne sont pas épargnés : à compter de 1981, c'est l'hallali. Balayée d'un revers de main souvent hargneux par ceux qui peuvent récuser toute responsabilité dans la conduite des affaires depuis si longtemps, la « classe politique » dans son ensemble est tenue responsable de l'affaiblissement du pays, des choix comme des refus de choisir, des discours forcément faux comme des silences nécessairement coupables, de l'inflation comme du franc fort, de la prétendue rigueur autant que de la dette publique. Incapable, timide, tétanisée, en quête d'apaisement ou rétive à l'idée de tenir dans la durée face à une opposition populaire, la « classe politique » serait la cause, et en tout cas l'incarnation, de ce refus français.

Et si elle n'en est pas la cause, elle en est *a minima* l'instrument servile. Car derrière la dénonciation de cette impuissance française pointe souvent celle, au moins aussi amère et rageuse, d'une omniprésence européenne, dont la classe politique française aurait accepté honteusement la suprématie. Si nous ne pouvons pas changer les choses comme elles devraient l'être, c'est que nous serions enserrés dans un carcan invisible mais bien réel, constitué de règlements et de directives communautaires, de contraintes budgétaires européennes ou de traités internationaux qui interdiraient à notre droit national de déployer l'étendue de sa souveraineté. Aux deux extrêmes du spectre politique, à droite et à gauche, on vilipende régulièrement, dans des termes différents parfois mais dans un enthousiasme le plus souvent commun, la conséquence de ces choix anciens qui ont fait de la France un membre à la fois fondateur et moteur de l'Union européenne et un pays au cœur d'une stratégie de régulation des relations internationales par le droit.

Plus subtilement enfin, c'est parfois la nature particulière de notre histoire et une forme curieuse de réticence inscrite dans notre génie national qui sont pointées du doigt. La France buterait sur la réforme et le compromis, comme soumis à une malédiction historique, et ne serait ouverte qu'à la révolution et aux changements radicaux et violents. Les régimes politiques n'y tiendraient qu'un temps, et à intervalles réguliers, bien plus fréquemment que dans toutes les autres vieilles démocraties, incapable d'ajuster sa politique sociale, sa politique de défense ou sa politique coloniale, impuissante à se transformer progressivement, la France serait condamnée à vivre un bouleversement institutionnel, souvent brutal, permettant de rompre avec le passé et de se projeter enfin dans un avenir devenu impossible à éviter.

À l'appui de cette dernière idée répandue, trois listes impressionnantes.

La première est celle des réformes « abandonnées » qui ponctuent notre débat public depuis si longtemps, avec leur lot d'annonces flamboyantes, de contestations vigoureuses puis de retraits piteux. Ayant moi-même contribué à allonger cette liste en interrompant, pour cause de Covid, la réforme devant permettre la création d'un régime universel de retraites, j'en parle avec humilité et me borne à observer que le projet de loi Savary de grand service public unifié et laïc de l'Éducation nationale envisagé en 1984, pourtant censé refonder l'école républicaine, a été abandonné, comme a été retirée la réforme du ministère des Finances en 2000, comme l'ont été le contrat première embauche en 2006, une partie du plan porté par Alain Juppé en 1995 et quelques autres.

La seconde, au moins aussi longue, rassemble les sujets sur lesquels nous savons qu'il nous faut changer profondément la donne, et sur lesquels nous n'avançons pas depuis longtemps. L'école, la justice, la politique du logement, l'organisation territoriale de l'État, l'enchevêtrement des collectivités territoriales, la dette publique, l'intégration, l'immigration, les retraites et bien d'autres encore illustrent cruellement notre incapacité à saisir à bras-le-corps les sujets importants.

La dernière, spectaculaire, est constituée de la liste des systèmes constitutionnels adoptés et essayés[1] dans notre pays. Si la Ve République se prépare à célébrer ses 65 ans, devenant ainsi le deuxième régime le plus durable depuis la Révolution après la IIIe République[2] et ses 70 ans, elle est la quatorzième expérience constitutionnelle testée dans notre pays depuis 1789[3]. Peu de pays dans le monde peuvent se prévaloir d'une aussi grande richesse et il semble bien qu'en la matière, nous ayons quasiment tout essayé.

Au fond, la thèse est simple : nous avons du mal à corriger ce qui doit l'être, et au lieu d'évolutions progressives résultant de compromis consentis dans un cadre constitutionnel stable, nous attendons la rupture pour agir dans un cadre constitutionnel nouveau.

Je n'ai jamais été complètement convaincu par cette thèse.

---

1. En matière constitutionnelle, différence majeure avec la publicité, « l'adopter, c'est l'essayer ».
2. Encore qu'il y aurait beaucoup à dire sur les premières années de la IIIe République dont on dit souvent qu'elle ne débute vraiment qu'en 1875 à l'occasion du vote très disputé de l'amendement d'Henri Wallon prévoyant dans la Constitution explicitement l'élection d'un « président de la République », élu par les deux chambres, et « nommé pour 7 ans ».
3. Quatorze Constitutions auxquelles on pourrait ajouter la Constitution de 1793 (non appliquée) et les périodes transitoires sans règles très définies…

Elle n'est certes pas sans mérite, et explique en partie combien un pays aussi conservateur que le nôtre a pu développer une pratique révolutionnaire aussi aboutie. Je reconnais que la comparaison avec des démocraties politiquement plus stables, plus enclines à construire des compromis ou des coalitions parlementaires et ayant mis en œuvre des réformes profondes dans des domaines où nous peinons semble en démontrer le bien-fondé. Et j'observe que d'une certaine façon, elle présente le délicieux mérite de nous dédouaner un peu, en mettant sur le compte de la tradition, de l'ordre des choses, des spécificités nationales, ce qui est d'abord une forme d'incapacité et donc de faiblesse collective.

Mais cette thèse n'explique pas comment notre pays a pu passer d'une monnaie nationale, le franc, à une monnaie européenne, l'euro, dans un transfert de souveraineté inouï, sans aucun précédent, perçu à juste titre par nos concitoyens comme une garantie solide[1] de paix et de prospérité en Europe ; elle n'explique pas non plus comment nous avons su passer d'une organisation centralisée à une république décentralisée dont l'essentiel des investissements publics est réalisé par les collectivités territoriales ; elle ne dit rien sur l'incroyable transformation de notre armée qui est passée d'un modèle fondé sur la

1. Marine Le Pen ne s'y est pas trompée : elle qui voulait sortir de l'euro en 2017 a radicalement changé de position en 2022, démontrant ainsi une souplesse d'échine et une capacité à renoncer facilement à une conviction ancienne qui méritent d'être soulignées.

conscription à une armée professionnelle ; elle néglige le fait qu'en quelques années nous avons choisi de procéder d'abord à des nationalisations massives puis à des privatisations puissantes ; elle ne veut voir ni la création des régions, ni le développement des intercommunalités qui ont pourtant radicalement changé la donne en matière d'administration locale ; elle oublie que, sans accident constitutionnel, nous avons décidé d'autoriser l'IVG et le mariage pour tous, d'interdire la peine de mort, de développer, puis de ralentir, puis d'accélérer à nouveau la production d'électricité nucléaire… La France n'est donc pas hermétique à la réforme, et imaginer qu'ailleurs les transformations majeures seraient toujours le produit de compromis pacifiques et délicats, c'est oublier la violence qui a accompagné les réformes emblématiques de Margaret Thatcher au Royaume Uni, l'incapacité durable et répétée de nos cousins belges à constituer des gouvernements ou la difficulté récurrente de nos amis italiens à lutter efficacement contre les dérives mafieuses ou des inégalités territoriales encore plus profondes que chez nous…

Il est évidemment possible de conduire des réformes en France, y compris des réformes difficiles ou profondes. La fatalité n'existe pas et aucune malédiction ne nous interdit d'être à la hauteur des enjeux. La question est plutôt de savoir si nous sommes capables de faire ce qui est nécessaire, c'est-à-dire si la France est en mesure, après un débat public clair, de prendre des décisions fermes, de les mettre en œuvre, et de se laisser suffisamment de temps pour en constater les effets et en tirer les conséquences.

Toute ma vie j'ai cru qu'être sérieux suffisait, pour autant que l'on ne se prenne pas soi-même trop au sérieux.

Toute ma vie m'a conduit à dire et à penser qu'il était possible de changer les choses pour autant que la démocratie soit prise au sérieux et que nos institutions soient respectées. Parce que j'ai été un élève aimant l'école, un étudiant studieux, un juge soucieux de définir un cadre juridique clair, un avocat déterminé à trouver des solutions intelligentes à l'intérieur de ce cadre juridique, un député de l'opposition respectueux des prérogatives du gouvernement et de ses membres en dépit de désaccords profonds avec les gouvernements successifs nommés par François Hollande, un maire épanoui et capable d'emmener Le Havre dans le sens qui me semble le bon, j'ai toujours considéré que l'action publique permettait de réussir.

Le sérieux, c'est l'idée simple qui veut qu'en maîtrisant complètement les règles du jeu, en les appliquant avec constance et cohérence, sans jamais chercher à biaiser avec elles mais en comprenant ce qu'elles permettent, il soit possible de réussir.

Le sérieux c'est respecter notre démocratie : en privilégiant un débat public clair et précis avant les élections ; en présentant à nos concitoyens une stratégie et un projet, c'est-à-dire une vision de long terme du pays et un mouvement collectif de nature à rassembler la Nation ; en proposant des priorités, limitées dans leur nombre et réalistes dans leur ambition, c'est-à-dire en admettant que tout ne sera pas possible mais que certains domaines sont plus urgents et plus essentiels que les autres et justifient, de ce fait, des efforts et une attention plus soutenus ; en concevant un programme regroupant un ensemble de mesures à mettre en œuvre pour atteindre un objectif de moyen terme cohérent avec la stratégie de long terme ; en « *disant tout avant pour tout faire après* », pour reprendre la formule efficace et juste de Nicolas Sarkozy en 2007 ; en obtenant du peuple un mandat, fondé sur des engagements publics, permettant, une fois élu, de faire. L'élection n'est évidemment pas seulement le choix d'une personne, même si elle est toujours aussi cela ; elle doit surtout être le moment de validation d'un mandat, c'est-à-dire au sens propre l'acte par lequel une personne (le mandant) donne à une autre (le mandataire) le pouvoir de faire quelque chose en son nom.

Le président Beaufort[1], à qui Jean Gabin offre une incarnation magnifique et Michel Audiard un sens de la formule réjouissant, dictant à sa secrétaire ses mémoires, relevait « *qu'une habitude bien française*

1. *Le Président*, Henri Verneuil, 1960, avec Gabin et Blier, dialogues Michel Audiard… pur bonheur.

consiste à confier un mandat aux gens et de leur contester le droit d'en user ». La formule est savoureuse et le film merveilleux, mais la menace démocratique à laquelle nous nous exposons tient moins aujourd'hui à cette forme d'incohérence française dont s'amuse Audiard qu'à l'absence de mandat découlant d'un débat public médiocre, d'une stratégie négligée au profit de considérations tactiques, de priorités tellement nombreuses qu'elles révèlent l'absence de choix, de programmes bâclés au point qu'ils collectionnent des engagements vagues et disparates.

Le sérieux impose de respecter les exigences démocratiques avant l'élection et implique, après l'élection, de respecter nos institutions. Le texte constitutionnel n'est pas seulement un document qui autorise ou qui interdit, et le réduire à une espèce de règlement de copropriété de notre République serait piteux. La Constitution définit les missions propres à chacun des pouvoirs, en organisant un équilibre souple entre eux et en créant un esprit qui compte autant que la lettre. Ne pas respecter la façon dont les institutions ont été conçues pour fonctionner, c'est s'exposer, à coup sûr, à ne pas obtenir de résultats durables.

Parce qu'elles me paraissent relever aussi bien de la lettre que de l'esprit de la Constitution de 1958, deux vérités doivent être prises en compte : d'une part, la Ve République est un régime parlementaire et, d'autre part, l'Exécutif est constitué de deux têtes dont les missions ne doivent pas être confondues[1].

Penser que la légitimité présidentielle permettrait de s'affranchir d'une majorité parlementaire est évidemment un non-sens. Penser que la majorité parlementaire ne serait qu'accessoire, comme si elle était un produit résultant de la légitimité présidentielle, au mieux un moyen et au pire une case à cocher pour pouvoir continuer à agir, n'est pas seulement irrespectueux du suffrage universel mais aussi constitutif d'un contresens institutionnel. Construire une majorité parlementaire, la solidifier, l'élargir le cas échéant est une condition indispensable de l'action. Sans cela, la politique court le risque de n'être qu'affaire de posture et de discours. Au cours des quatre derniers quinquennats, nous avons vu une majorité se dissoudre progressivement (quinquennat Hollande) et une autre rester durablement et nettement relative (deuxième quinquennat Macron), limitant de ce fait les marges de manœuvre déjà contraintes des équipes au pouvoir…

Au sein de l'Exécutif, la distinction des fonctions présidentielle et gouvernementale est essentielle. Pour que le dispositif fonctionne, et que la dyarchie singulière mise en place par les concepteurs de la

1. Sur ce sujet, nous avons avec Gilles Boyer beaucoup écrit dans *Impressions et lignes claires*. Je ne saurais trop recommander aux lecteurs qui trouveraient la démonstration un peu courte de se reporter au chapitre « Moderato Cantabile ».

Constitution puisse prospérer, il convient que le Président préside et le Premier ministre gouverne. Le Président est la pierre angulaire du système, il dispose d'une légitimité considérable grâce à l'élection au suffrage universel, la Constitution lui confie le pouvoir de nommer, la conduite des affaires relevant de ce qu'il est convenu d'appeler le « domaine réservé », la responsabilité d'être le chef de l'État et d'incarner la Nation, mais pas celle de gouverner. C'est au Premier ministre que revient ce lot « *aussi complexe et méritoire qu'essentiel*[1] ». C'est le Premier ministre qui est responsable devant l'Assemblée nationale, c'est à lui qu'il revient de prendre les décisions s'agissant du gouvernement des hommes et de l'administration des choses. La confusion des genres, qui intervient lorsque le Premier ministre veut empiéter sur les prérogatives du Président, ce qui n'est pas courant, ou lorsque le Président se mêle de vouloir gouverner, ce qui n'est pas rare, finit toujours par nuire à l'efficacité de l'action publique.

Cette lecture de notre constitution n'est celle d'aucun Président élu depuis 2007. Le raccourcissement du mandat présidentiel, la montée en puissance des réseaux sociaux et des chaînes d'information en continu, l'affaiblissement des partis politiques, des doctrines qui les soutenaient et des équipes qui les animaient ont conduit Nicolas Sarkozy et ses

1. Général de Gaulle, conférence de presse à propos du rôle du Premier ministre, 1964.

successeurs, dans des formes différentes mais parallèles, à assumer l'idée d'un Président omniprésent, intervenant dans le débat public, pilotant souvent lui-même depuis l'Élysée la conduite des affaires. Un Président contraint de gouverner puisque tout remonterait à lui et qu'il serait, *in fine*, responsable de tout devant les Français. Il me paraît en réalité que cette lecture « présidentialiste » du régime est condamnée à produire des résultats insatisfaisants.

Gouverner sérieusement consisterait à mettre en œuvre des solutions sérieuses. Ni forcément spectaculaires, ni toujours populaires, mais sérieuses. Ainsi, pour réduire la dépense, la dette et le déficit publics, le sérieux commande de proposer une politique cohérente, constante, seule capable de produire des effets : par exemple de s'astreindre à ce que durablement l'augmentation de la dépense publique soit inférieure à l'augmentation de la richesse nationale. Si pendant dix ans, les dépenses de la puissance publique augmentent moins vite que la progression du PIB, la part de cette dépense dans la richesse aura diminué, et probablement de façon sensible. C'est long, c'est difficile, c'est peu spectaculaire, cela impose des irritations de la nature de celles qui découlent de l'utilisation du rabot sur une jambe de bois, mais à la fin, c'est efficace. Une solution sérieuse, qui ne bouscule pas tout mais qui garantit un résultat honorable, et qui n'a jamais été mise en œuvre dans notre pays plus de deux ans consécutifs.

Il en va des solutions sérieuses comme des bons élèves dans une classe. Pénétrés de l'importance du travail et du refus de la facilité, ils exercent une fascination modérée sur leurs congénères et pourtant ils réussissent. Les pays qui, autour de nous et alors même qu'ils sont soumis à des contraintes budgétaires ou juridiques tout aussi sévères, ont obéi aux règles simples du sérieux ont obtenu des résultats probants : en vérité, à peu près tous les pays d'Europe maîtrisent mieux leur dépense publique et réduisent plus vite leur déficit que nous.

Il pourrait donc être tentant, sur le plan intellectuel, de proposer à la France une cure de sérieux : un débat lucide, des décisions claires, un exercice rigoureux et en avant sinon pour la gloire, au moins pour les résultats !

Et pourtant.

Il n'est pas impossible qu'il soit trop tard pour ne compter que sur les solutions sérieuses. Il n'est pas impossible que notre situation soit trop tendue pour escompter obtenir les résultats que nous devons atteindre rapidement sous peine de décrocher plus rapidement encore. Il n'est pas impossible que le cadre dans lequel nous exerçons l'action publique se soit solidifié à un point tel qu'il ne permette plus les grandes transformations exigées par l'époque, et que les contre-pouvoirs qui se sont multipliés soient tels que la possibilité matérielle de répondre aux aspirations du peuple ou aux nécessités du moment ait disparu.

Depuis trop longtemps nous n'avons pas été assez sérieux. Les circonstances, la pression, les urgences, les incertitudes, les désaccords souvent, les faiblesses parfois, l'excès d'optimisme et peut-être même une certaine forme de désinvolture à quelques moments : les raisons qui nous ont écartés du bon chemin sont nombreuses. Mais au fond de moi, je doute aujourd'hui que, quand bien même nous puissions nous astreindre à une discipline aussi exigeante, notre système nous permette d'obtenir l'effet que nous recherchons.

Les docteurs inquiets qui se penchent depuis longtemps au chevet de la démocratie française ont souvent identifié, au rang des causes principales de la maladie, l'absence de contre-pouvoirs qui prévaudrait en France. La toute-puissance exécutive et le parlementarisme rationalisé de la Ve, le poids et la verticalité de l'Administration française, le centralisme dont souffre le pays concourraient chacun pour une large part aux dysfonctionnements démocratiques français. Sans doute cela fut-il vrai. Mais il me paraît que bien loin de ces idées anciennes, la réalité du pouvoir en France, aujourd'hui, est celle de marges de manœuvre réduites à l'excès par la sédimentation de contraintes et de contre-pouvoirs, par l'ossification d'un système juridique et administratif, par une carapace rigide qui contraint, qui ne se déforme que lentement sous l'effet de la pression, et qui pourrait bien exploser si elle ne s'assouplit pas rapidement.

Nous avons déconstruit le pouvoir hiérarchique de notre administration centrale à coups d'autorités administratives indépendantes et d'agences aspirant à porter des politiques publiques dont elles considèrent qu'il leur revient de définir les contours ; nous avons transformé les circuits de décision au sein de l'Administration en des processus consultatifs complexes, en préférant la gestion des carrières et des décisions par la norme plutôt que par le discernement de patrons responsables de leur administration ; nous avons produit un droit de plus en plus lourd, de plus en plus complexe et de plus en plus mou ; nous avons, et ce n'est pas en soi critiquable, offert la possibilité aux juges de contrôler toujours plus finement les décisions de l'Administration, les décisions du gouvernement et les lois du Parlement au regard d'un nombre de plus en plus important de principes issus de règles constitutionnelles ou de droit international ; les collectivités territoriales, et là encore ce n'est pas en soi critiquable, sont devenues infiniment plus puissantes qu'elles n'étaient au début de la Ve, au point qu'elles représentent aujourd'hui une part déterminante de l'investissement public et une part incontournable de l'action publique ; nous avons rendu plus nombreuses, plus ouvertes et plus complexes les procédures accompagnant la conception et la mise en œuvre des projets publics ou privés, ralentissant d'autant leur vitesse d'exécution ; le droit communautaire et le droit international se sont étendus et leur place dans l'ordonnancement juridique a été garantie ; la dépense publique s'est accélérée au point que la dette publique est devenue un élément de fragilité qui impose de rassurer en permanence les marchés… Ces évolutions sont en cours pour certaines depuis plus de quarante ans. Il me paraît vain de vouloir les imputer à tel camp plutôt qu'à tel autre. Elles correspondent bien souvent à des mouvements qui ont été perçus comme des avancées : l'avènement de contre-pouvoirs n'est jamais une mauvaise nouvelle dans une démocratie. Mais leur conjugaison, leur imbrication, leur intrication même ont fini par tisser un cocon contraignant où rien de décisif ne peut plus intervenir, ni dérives dangereuses ni ressaisissement salvateur.

Ce constat ne me réjouit pas.

D'abord parce que la révérence et l'admiration que je porte au texte constitutionnel et à ses auteurs me conduiraient plutôt à vouloir préserver cette merveille qu'est la Constitution de 1958.

Ensuite parce que ce constat me rapproche bien trop à mon goût de ceux qui militent pour la *tabula rasa* constitutionnelle. Jean-Luc Mélenchon plaide depuis longtemps pour une VIe République dont je sais parfaitement qu'elle ne correspond en rien à ce que je souhaite pour mon pays. D'autres extrêmes militent pour une rupture plus ou moins brutale avec le cadre juridique communautaire ou international, pensant trouver dans l'expression d'une souveraineté juridique nationale libérée le remède à tous les problèmes du pays. Ceux-là n'ont pas compris combien il est dans l'intérêt de la France de défendre un modèle de régulation des questions internationales par le droit et combien, en s'extrayant unilatéralement des constructions juridiques qu'elle a contribué à édifier, elle se fragiliserait aux yeux du monde.

Enfin parce que compte tenu de la situation du pays, des tensions dont il est traversé, des crispations permanentes qui s'en dégagent, remettre sur le tapis la question du système institutionnel est dangereux.

Et pourtant. Il est probable qu'il faudra en passer par là si nous n'obtenons pas rapidement des résultats de nature à rassurer les Français (et ceux qui, à l'extérieur de nos frontières, nous observent) sur notre capacité à préparer ensemble la prospérité collective, la stabilité politique et la sécurité de demain.

Le sérieux n'est pas caduc. Il sera toujours nécessaire, mais il risque bien de n'être plus suffisant. Et pour que la France poursuive son aventure sans renoncer à ce qu'elle aime, à ce qu'elle croit ou à ce qu'elle veut, il nous faudra rompre, modifier notre constitution en profondeur, changer radicalement notre État, changer notre façon de faire la loi et même notre façon d'envisager ce qu'est la loi, nous sevrer de la puissante addiction à la dépense publique qui nous fragilise, casser la sédimentation de textes, de structures et de contrôles qui nous paralyse, changer nos priorités en faisant de l'Éducation notre nouvelle frontière, d'une Justice profondément rénovée le ciment de notre État de droit, en modernisant massivement nos infrastructures pour nous adapter au bouleversement climatique et pour conserver un avantage en termes de qualité de vie et de compétitivité, en réparant un système de santé devenu une condition de la cohésion nationale, et surtout, surtout, en remettant la France dans le sens de l'avenir.

Vieille Nation marquée par une longue histoire, la France est largement déterminée par son passé. C'est ainsi et il nous appartient de le connaître, le comprendre, l'admettre, l'éclairer, le partager aussi. Puissance inquiète d'elle-même et du monde dans lequel elle vit, la France est occupée et même préoccupée par son présent. C'est ainsi et il faut regarder notre pays avec lucidité et se battre avec énergie pour qu'il prévale. Mais notre avenir n'est pas acquis : l'angoisse des jeunes générations devant l'évolution de la planète est à prendre au sérieux, l'inquiétude et la consternation exprimées par nos concitoyens devant notre affaissement aussi, la divergence de moins en moins discrète et de plus en plus préoccupante avec l'Allemagne encore plus. La France peut décrocher. Et il ne s'agit pas de faire de ce constat l'instrument d'une critique contre tel ou tel gouvernement, et encore moins contre le Président actuel. Je laisse à d'autres le jeu politique misérable consistant à penser que les évolutions décrites dans ce livre seraient le résultat de l'action d'un seul homme, ou d'une majorité, alors qu'elles relèvent en général d'évolutions lentes, continues et partagées.

George Pompidou, figure emblématique d'un modernisme enraciné, résumait assez bien les sentiments contradictoires du peuple français dans un petit livre merveilleux[1] rédigé avant son élection à la Présidence et publié après sa mort. Quand il s'agit de réformer ses structures, la France, disait-il, n'en est pas parvenue au stade de l'accouchement sans douleur. L'histoire révolutionnaire du pays et les figures tutélaires que sont Napoléon ou de Gaulle montrent que c'est souvent par césarienne que la France a procédé. Rien ne nous y condamne cependant. Et rien ne nous impose de rester immobiles. Le nœud gordien de notre époque peut paraître plus serré et plus compliqué encore que ceux qu'ont eu à défaire nos prédécesseurs. À nous de le trancher.

1. Pompidou, *Le Nœud gordien*.

Remerciements

Des lieux qui disent est le deuxième livre que j'écris seul, c'est-à-dire sans Gilles Boyer.

Depuis que j'ai commencé à écrire, en 2005, j'ai publié deux romans et un essai avec lui et deux essais sans lui. La question m'est souvent posée de savoir comment il est possible d'écrire à deux, et si c'est plus difficile que d'écrire seul.

La réponse à ces deux questions est simple : c'est possible et c'est différent.

Une des différences fondamentales tient à ce que, lorsqu'on n'écrit pas à deux, on fait l'expérience de la solitude face à un texte encore incomplet, aux doutes qu'il suscite et aux difficultés qu'il pose. Avec Gilles, aucun de ces doutes ou de ces difficultés ne résiste à quelques coups de fil et à quelques fous rires. Seul, il peut arriver d'être bloqué ou d'hésiter longtemps sur l'angle à donner, le mot à choisir ou la référence à privilégier.

Fort heureusement, on n'est jamais complètement seul.

Ce livre est le produit de nombreuses discussions avec des amis ou des interlocuteurs qui ont accepté de me consacrer un peu de temps. Tout ce qu'ils m'ont dit n'est pas forcément dans le livre, et peut-être y découvriront-ils des idées ou des points de vue qu'ils ne partagent pas, mais qu'ils soient sincèrement remerciés de m'avoir aidé à construire ma réflexion. Merci aussi à celles et ceux qui m'ont conseillé des lectures qui se sont avérées précieuses.

Anne-Sophie Stefanini et Véronique Cardi, mes éditrices, ont démontré une nouvelle fois combien elles savaient conjuguer une solide patience, indispensable pour accompagner un auteur qui écrit aussi lentement que moi, et une grande intelligence, exprimée par des remarques constructives, des suggestions utiles et des questions judicieuses formulées au bon moment.

Quelques amis proches ont eu la gentillesse de lire ce texte avant sa publication, de corriger des fautes et de me donner des avis dont j'ai essayé de tenir compte. Ils savent depuis longtemps combien je leur suis reconnaissant.

« *Les livres les plus utiles sont ceux dont les lecteurs font eux-mêmes la moitié : ils étendent les pensées dont on leur présente le germe, ils corrigent ce qui leur semble défectueux et fortifient par leurs réflexions ce qui leur paraît faible* », écrivait Voltaire dans la préface de son *Dictionnaire philosophique*. J'espère que les lecteurs de ces *Lieux qui disent* pourront apporter la meilleure moitié de ce livre.

Table

CET OUVRAGE A ÉTÉ COMPOSÉ PAR NORD COMPO
ET ACHEVÉ D'IMPRIMER SUR ROTO-PAGE
PAR L'IMPRIMERIE FLOCH À MAYENNE
POUR LE COMPTE DES ÉDITIONS J.-C. LATTÈS
17, RUE JACOB – 75006 PARIS
EN AOÛT 2023

N° d'édition : 01 – N° d'impression : 103114
Dépôt légal : septembre 2023
Imprimé en France